数字摄影

北京电影学院摄影专业系列教材

刘灿国 著

浙江摄影出版社

刘灿国 摄影师和资深设计师。

毕业于北京电影学院摄影学院图片摄影专业本科班,现为该学院客座教师。

从1995年至今,在数字影像方面积累了丰富的经验,工作领域涉及摄影、视频、平面设计和互联网,曾多次获得国内外重要的相关奖项。1998年即开设个人图像教学网站Uspace,并于同年主持嘉星品网"图形世界"教学栏目。至今,仍是wikipedia(《互联网维基百科》)摄影类辞目的主要撰稿人之一。

在创作中,始终关注当代艺术和摄影之间的渗透与融合,强调将分属于不同媒介的技术进行超越媒介的整合运用。这种观念也在个人作品和书籍写作中得到了持续的体现。

联系电子邮件是:
colorthink@gmail.com
个人主页是:
http://www.opps.cn

《北京电影学院摄影专业系列教材》是在前一套《北京电影学院图片摄影专业系列教材》的基础上重新组织、策划而编写的。在这里，首先要感谢各位作者的加盟，有了各位作者的辛勤努力，才有今天的教材问世。这套教材的出版将有益于当今中国高校摄影教育的发展，对当前缺少专业摄影教材的高校无疑是雪中送炭。我们试图通过我们的工作为社会、为时代的发展做一点有益的事。这套教材是在浙江摄影出版社的帮助下才得以出版的。

　　教材出版后，得到摄影界和广大高校师生的关注和认可，同时也指出了其中的不足之处。在此基础上，我们根据高校摄影教学的需要和读者的建议，对 2003 年版的教材作了一次全面修订，不仅增删了部分科目，对书籍的内容及装帧也作了一些修改。当然，此套教材在编写中难免还会有一些缺憾，敬请各位老师、同学和读者谅解。我们会在今后的工作中加以完善和改进。谢谢。

北京电影学院

2006 年 3 月

目 录

前言
新的摄影

这本叫做《数字摄影》的书与你的想象会稍有不同。

本书着力探讨的既不是"数字"也不是"摄影",因为数字摄影不是两个名词的简单叠加,而是涉及多个领域的知识、美学与技术的全新聚合。其实我更希望叫它"新摄影"(Neo-Photography),它所指称的是经历了数字革命的第二代摄影,它不是由单一技术所构成和决定的,而是全新的复合形态。

本书避免了知识的生硬堆砌,强调对和谐体系的建构、内容的整合与优胜劣汰。在许多技术性章节中,所汇集的是作者的实际经验和研究结果。多数情况下,本书会为初级读者提供一个选择,而不是冗长的选项,每个选择都会协助用户解决实际面临的问题,帮助初级用户一上手就使用最优良的方式,少走一些弯路。简单地说,我们希望读者能"踩"在作者的肩膀上去轻松感受数字化摄影的无穷魅力,因为这是在知识爆炸的时代快速学习的有效方法。

在当今的国际主流艺术界,摄影早已成为最为强势的媒介。"强势"的根源是又一次优胜劣汰的结果,被数字技术改造后的第二代摄影具备了空前强大的表现力和共同参与性,在未来的社会必然更为数字虚拟化的趋势下,无论在表现力抑或传播性上,摄影都是时代当之无愧的上上之选。

为了适应这种变化,本书也从思想和技术角度剖析了当今主流的摄影创作形态,介绍了许多著名摄影师及其创作理念,并且通过设置的新摄影实践练习,协助学生快速掌握新的创作理念和方法。我们希望借助数字化的契机,将学生的思路从传统摄影百年不变的知识体系中"解放"出来,走出固步自封的状态,从社会、技术、艺术等多元角度重新认识摄影这一独特媒介。

《数字摄影》在摄影行业全面转入数字化时被纳入写作计划,这是因为:一方面,数字化已经在摄影领域成为不争的事实;另一方面,我们注意到针对摄影艺术的数字图像书籍的缺乏。出于历史原因,市售数字图像处理的书籍一般以"软件说明"的姿态为主，这种庞大而主次不分的"百科全书"式教材在摄影应用中并不适用，读者并不需要那么多可怕的技术词汇和指令，而需要适合摄影自身的数字影像知识体系——不仅需要掌握技术操作，更需要知道如何合理地运用。我们呼唤一种多元、克制而有深度的数字影像知识体系。

作者的跨专业背景和十余年的数字影像经验或许会在本书中对这种体系的建构作出一些尝试，因此严密构思了完整的体系，设想了摄影人在数字化转型中所可能遇到的问题。作者谨小慎微、勤勤恳恳，期望帮助读者解决技术和创作上所遇到的瓶颈。

摄影的数字化打破了许多技术壁垒，在手机都有照相功能的今天，摄影也不再为专业摄影师垄断，而是成为所有社会人群同场竞技的大舞台。在这个舞台的顶端，比拼的只能是思想而不是技术。因而，摄影专业学生更需要具有兼容并蓄的学习态度，广泛吸收艺术和思想界的已有成果来进一步改造摄影。未来的摄影史，需要新一代的摄影师来书写。

在本书即将付梓之际，我的心中开始忐忑不安，因为任何书籍一诞生就意味着存有缺陷，特别是在一种全新的结构下似乎更为明显。但我想，这是我十多年来日日夜夜的探索所得，如今将它总结、梳理，在我学生生涯暂告一段落时刻写给后来的人。如果这本书对你还有些作用，我想我和你都会很快乐。

刘灿国

2006年6月9日，北京

作为一本技术性和理论性相结合的书籍，在对某些难点的处理和认识上必然会存在一些有争议性的看法，请读者予以谅解。如发现有争议的内容，请通过电子邮件与作者探讨。

章节划分和学习方法

本书共分为四章,分别为数字摄影基础、数字摄影(流程)、数字影像和数字影像创作。

第1章"数字摄影基础"用简短的篇幅讲解了读者可能遇到的数字图像的基本知识,建议进行辅助性的阅读。

第2章"数字摄影"主要解决日常应用问题。本章全面涵盖了从拍摄准备到输出发布的所有环节,目的是协助读者快速完成日常操作,适宜读者作为解决实际问题时的应用指南使用。为照顾初级读者,本章使用了较多的步骤截图来帮助读者按图操作。

第3章"数字影像"深入涉及了数字摄影图像在处理中遇到的许多核心问题,加入大量原创性的操作指导,强调以理论引导实践,协助读者找到甚至创造出适合自己的操作方法。

第3章共分为3节,第1节主要讲解曲线、通道和图层等核心性操作;第2节讲解了扩展的应用性操作;第3节引入了一些相关领域的知识,为影像创作奠定一些理论性基础。本章减少了例图,提高了正文的信息容量,希望能协助高级读者迅速建立起自己的影像控制观念。

第4章"数字影像创作"从视觉艺术的高度关注当代艺术中摄影和影像的发展走向,概要介绍了当前国际摄影的发展,通过分析和设置练习协助读者进行数字影像创作演练。我们还特别列出了数字影像创作的一般流程和注意事项,以方便学生们在创作时参考。

在本书的实际运用中,请结合目录寻找相应的操作,而并非一定按照现有的目录排序学习。本书包含大量的操作课程,虽已包含一定的基础使用信息,但不可能照顾所有级别的读者水平,要求读者有基本的Windows平台操作知识,能完成诸如文件复制、存储、打开、关闭程序等基本操作。如对基本的软件应用仍有问题,可参考阅读相关书籍。

本书无法替代 Photoshop 操作说明类书籍,初级读者仍需准备操作指导书籍或借助 Photoshop 帮助文件(在 Photoshop 中按F1键)。

工作平台及版权声明

本书的主要工作平台是基于 Windows 的 Photoshop CS2，部分案例也可能使用Mac OS X版本的 Photoshop CS 2。有部分章节可能涉及Adobe Illustrator CS2、Indesign CS2、Acrobat 7.0等软件。

书中所选择介绍的大部分核心内容不会随软件版本变化而变化，但某些快捷操作可能例外，因而可能会在低版本的Photoshop中出现快捷键不同的情况(在文中对有冲突的快捷键已尽量作出说明)。

本书也涉及大量的第三方软件，许多软件可按照软件名称在互联网上搜索找到演示版本并通过相关途径获取或购买。

本书所涉及的任何相机及其附件、计算机软硬件商标均为商标持有人所有。

致　谢

经过几个月的伏案写作，我想打破惯例先来感谢一下我"自己"，感谢我终于坚持了下来，更坚持了完全独立原创的写作理念。我希望读者们知道，这本书是经过认真思考和规划的，即使可能会有这样那样的问题，但毫无疑问，它是一个和谐并经过严密构思的整体。

我对朋友说，这本书除了要对各阶段的读者有用外，更要对我自己有用，要做到身为作者的自己阅读时，每每也都有新的发现和体会。

特别感谢宿志刚教授，感谢他的信任和支持，起用一个学生来写教材，这似乎是个"冒险"的举动，我希望自己没有辜负这个期望。

感谢班主任朱炯老师，以及程樯老师和曹颋老师在本书写作过程所提出的宝贵意见和建议，在国外交流期间，我在工作学习上也深受他们的影响。

特别感谢摄影学院各位老师对我的教导，感谢张益福、马松年、钱元凯、李连珍等老师对我各方面的培养。

特别感谢我的父母，没有他们的支持，这本书不可能完成。

1

Shuzi sheying jichu

数字摄影基础

□ 作为本书的开始，第 1 章主要解决的是一些认识问题，这些内容是数字摄影的基础理论和知识。只有对这些知识有所了解和认识，在接下来逐步深入的学习过程中，才能领会和掌握许多实践操作方面的知识和要求。

□ 数字摄影是一门实践性很强的课程，所以本章篇幅虽然不多，但包含了"数字摄影"课程闭卷考试的大部分内容。

数字摄影发展概要

数字相机发展概要

　　数字摄影是传统摄影的延续和发展，它在化学摄影技术不断进步的年代开始萌芽。数字影像技术在早期并没有得到传统影像企业的足够重视，而一直只依赖于计算机或电子厂商所进行的研究。

　　直到 20 世纪末期，数字摄影才随着计算机和互联网的大量普及迅速渗透到人类的生活中，并以毋庸置疑的全方位优势，飞速淘汰了以化学胶片为主体的传统摄影。应该说，无论从技术上还是文化影响上，数字摄影和信息科技领域的发展都密不可分，两者共同构筑了新一代的影像文化。

　　我们应该共有的清醒认识是：数字化的影像记录方式是摄影技术发展史上的自然进程。如果仅从技术层面上讲，如摄影早期的干版取代湿版又被胶片取代一样，这一切仅仅是技术上的正常更迭而已。

　　现代摄影器材的进化从小型相机诞生伊始就一直趋向于大众化和简易化，如果说现代的胶片摄影和大众还有一些隔阂的话，那就是人们在胶片时代更多的是拍摄而忽略（或没有能力进行）后期的处理，其中最主要的因素是胶片后期工艺几乎永远无法达到如自动曝光这样易于掌握的程度。

　　胶片摄影最重要的缺陷是拍摄完后要面临漫漫无期并无法预知的等待。对于大多数用户来说，通常拍摄完后需要等待很长的时间才能看到拍摄结果，而且由于胶片所蕴含化学成分的不确定性和过多的人工干预过程，也导致了照片品质的细小差异和难以控制。

　　胶片的这种特性带来了许多实际的问题，拍摄时机往往在一个时间段内转瞬即逝；有的拍摄时机（如人物群照）几乎不允许摄影师犯错，但错误和疏忽总是难免的。能否找到一种方式，能让摄影师直接看到影像而在现场发现问题，这似乎成了所有职业摄影师们最发自内心的需求。

　　这种需求催生了美国宝丽来 (Polaroid) 公司。1947 年，宝丽来公司对外宣布了"即时成像技术"。经过拍摄后约一分钟的显

图 1-1　20 世纪 50 年代"宝丽来"的相机广告

图1-2　世界上第一台数码照相机Mavica(1981)

影过程，"宝丽来"胶片就可以显现出拍摄的影像，宝丽来随即风靡整个欧美，一跃成为庞大的经济集团。

对于摄影来说，"宝丽来"近乎完美地实现了"直接成像"的摄影理想，并且在它活跃的整个20世纪后半期，这种拍摄方式也直接导致了摄影拍摄理念的变化，在这些年间成长起来的摄影师大多受到即时成像技术的影响。如果为今天的LOMO(一种摄影文化和方式)寻找根源的话，宝丽来或许应该是非常重要的一个始作俑者。

几乎是在宝丽来技术发展的同期，1951年录像机的发明所代表的电子成像技术开始在另一个领域得到蓬勃的发展，但那时的人们还无法想象出录像机和照相机这种"怪异"的组合。随后的冷战时期，电子成像技术被广泛应用到科学与军事领域，在各国政府支持下得到了长足的发展。冷战后，大财团的介入和技术的飞速发展使得数字相机成为可能。

1981年8月24日，日本索尼公司发布的MAVICA (Magnetic Video Camera)相机是世界上第一台真正意义上用于销售的数码"理念"相机(图1-2)。

单反结构的MAVICA具有三只可更换的镜头(25mm f/2, 50mm f/1.4, 16~65mm f/1.4 zoom)，固定的1/60秒快门和约ISO200的感光度，可以在专用的电子记录磁盘Mavipak(即同年稍晚时候SONY发布的软盘和软驱)上最多记录约50幅570×490像素的图像，再通过专用的读取装置传送到电视上观看。

MAVICA实际上是一台打着推翻摄影化学旗号的借助电视技术的TV或AV相机，并非我们现在常用的真正意义上的数码相机，它记录影像的目的是为了在电视上显示，而并非在当时的条件下复制和冲印图像。即便如此，由于它具有非常鲜明的数字摄影理念，MAVICA被公认是世界上第一台实际销售的数字相机。

图1-3　世界第一个电子相机传送系统——佳能RC-701系统

1984年，日本佳能公司成为洛杉矶奥运会的相机赞助商，但更有意义的是佳能在洛杉矶奥运会上完成了一次重要的尝试：佳能使用"电子静止图像相机(RC-701测试机型)"上搭载的40万像素CCD拍摄奥运会举重项目，并成功地通过电话线路在30分钟内将图像传回日本，并随即刊登在《读卖新闻》上，这是世界上第一次公开的数字影像拍摄和传送实验。RC-701 的拍摄和工作模式已非常接近现代的数码相机了(图 1-3)。

1986 年佳能销售版 RC-701 正式上市，这也是第一台正式发售的真正意义上的数码相机，可以拍摄出 300×320 像素的图像。由于不再使用 AV 相机的视频成像技术，它的快门速度可以达到 1/2000 秒。

继 1984 年柯达推出 1000 美元以下的 DC40 相机以来，数字相机技术不断成熟并逐步摆脱大机构的使用背景而进入民用市场，占据了影像市场的主流。到了 2006 年，有照相功能的手机最高成像质量已达到约千万像素，多数民用数字相机的拍摄质量均超过了传统胶片质量。

20 世纪 80 年代是数码时代的一次技术热身。在这些年间，出现了许多并未公开销售的数字相机机型，它们具有这样那样的开创性。影像工业和电子工业被这样一种即影即有的摄影梦想和随之隐藏的巨大市场潜力所推动，义无反顾地投身到这场争夺之中。但是，20 世纪 80 年代的数码相机还无法真正进入家庭甚至职业摄影师的视野之内。和所有的新技术一样，在诞生伊始，它只为军事或政府服务，粗劣的功能、高昂的价格将普通人拒之门外。这种情况甚至一直延续到 20 世纪结束，几乎没有多少人意识到它的革命性。

1982 年，柯达公司发布了"T 颗粒"技术(图 1-4)，使胶片技术发展到了新的高度，人们几乎不会在意那些仅能生成名片大小图像并且异常粗糙的数码相机，人们一面为做工精湛的徕卡相机所痴狂，一面聚集在用最新反转片技术拍摄的大幅影像之前，陶醉于那近乎完美的影像效果。

Electron micrograph of tabular grain emulsion

图 1-4　柯达 T 颗粒是胶片领域"最后"一次重大进步

同一时期的信息科技领域也发生了几件"小事情"，1977 年，苹果电脑公司成立；1981 年，美国微软公司成立。1984 年，第一个民用图形界面(GUI)电脑 Macintosh 发布。

谁也不会想到，这些看似与摄影无关的科技进步，却在今天把摄影带进了飞速发展的数字时代。

计算机图像化发展概要

1965 年，Intel 公司创始人之一戈登·摩尔(Gordon Moore)发表了著名的"摩尔定律"，预言"微芯片的晶体管数目将每12个月增加一倍",至今摩尔定律尚未失效。

尚在技术褓襁中的数字相机一直在酝酿足够的力量,数字半导体巨头们在"摩尔定律"的激励下不断地推动技术变革,数字相机在具有了更强大功能的同时成本不断下降。

单纯地变更记录元件并不能促使数字相机产生革命性的影响。数字相机必须依托在整个计算机世界的进步和发展浪潮中,当时的数字相机一般不具备显示屏,操作便捷性和传统相机相比几乎没有太大的不同,而且成像品质即使和最低级的传统相机也无法比拟。

单独发展的数字相机毫无意义。数字相机无法离开计算机领域的技术进步,应该说,数字摄影是伴随着计算机的成长而成长的。稍具雏形的早期计算机是属于科学家的专用工具,它们使用专用而深奥的"命令行"方式工作,科学家通过复杂的装置输入指令,命令计算机进行数据运算。这些界面简陋的机器唯一能显示的只有字符。

1962年,为NACA(美国国家航空咨询委员会)工作的美国科学家道格拉斯·恩格巴特(Douglas Engelbart)发表了对信息科技影响深远的论文《增进人类智力》(Augmenting Human Intellect)。

道格拉斯论文的主要观点是:计算机应该提供更快速有效的方法以"提高人们找到解决复杂问题方法的能力,获得满足自身需要的理解和解决问题的方法"。随后不久,道格拉斯就提出了图形用户界面(GUI)的设想。

1968年,道格拉斯完成了名为"NLS"的演示,他用电视摄像机拍摄自己的头和手,并将图像以字符和实线的方式通过多台相连的计算机显示在三台不同的显示屏上,NLS不仅完成了图形用户界面的初次尝试,而

图1-5 1968年,道格拉斯展示的用户工作站雏形

且还产生了三种输入设备:一个打字机风格的键盘、一个带有批处理方式的快捷键盘、还有一个鼠标的雏形。直到今天,这些仍是计算机的主要输入设备(图1-5)。

这种超前的思路在大型机时代是难以想象的,作为"鼠标之父"和互联网超文本应用的重要开创者之一,道格拉斯开创了计算机个人化的热潮。道格拉斯的设计随即激励起更多的跟随者,并开始接连不断地推出商业化产品。

1973年,第一台具备GUI的大型电脑Xerox Alto诞生(图1-6),在演示会上,有位年轻人被Alto

图 1-6　Xerox Alto GUI

深深地打动了,他就是斯蒂芬·乔布斯(Steve Jobs),现任苹果公司首席执行官。

1976 年,乔布斯开始在自己的车库里开发一种名为苹果(Apple)的计算机。1979 年,乔布斯从 Alto 小组找来人员和技术。经过几年的研究,支持鼠标拖拉和移动文件窗的 Apple Lisa 于 1983 年诞生了。Lisa 主要用于大型计算机,高昂的价格影响了它的销售,1984 年,Lisa 的简化版本 Macintosh 在乔布斯的主持下诞生。

1984 年苹果电脑公司发布了著名的商业广告,广告中奔跑的代表自由和新生的红衣女郎形象正式宣布麦金托什(Macintosh)这一革命性计算机的诞生(图 1-7)。1985 年,微软公司 Windows 1.0 也如期发布(图 1-8)。当时谁也不曾想到,20 多年后的今天,Macintosh 和 Windows 这两个计算机操作系统几乎占据了全球所有计算机的桌面。

1986 年,ISO(国际标准化组织)和 CCITT(国际电报电话咨询委员会)成立联合图像专家组织(JPEG),开始对静止图像压缩编码进行研究。1988 年,JPEG 提出一项图像编码算法,经过几年的优化,于 1992 年正式成为静止图像压缩的国际标准,这也就是今天最通用的图像压缩存储格式——JPEG。

图像标准的统一和平台的确定为图像处理软件的出现奠定了基础。1988 年,工作于苹果个人电脑平台的计算机图像处理程序 Photomac 由阿瓦隆开发组(Avalon Development Group)发售,成为历史上第一个图像处理程序(图 1-9)。

1987 年,密歇根大学计算机系博士生托马斯·洛尔(Thomas Knoll)在写博士论文的过程中,为解决遇到的问题,编写了一个显示灰度图像的程序 Display,在其兄长约翰·洛尔(John Knoll)的

图 1-7　1984 年,苹果公司 Macintosh 电脑

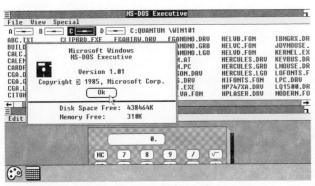

图 1-8　1985 年,微软 Windows 视窗 1.0 界面

协助下,Display 得到了长足的发展,不久之后更名为
Photoshop, 很快地就因为强大而独特的功能受到了
市场关注。1988 年,Adobe 公司从洛尔兄弟手中购买
了 Photoshop 的授权。1990 年 2 月,Adobe 发布了
Photoshop 1.0。这一革命性的软件最终获得了巨大的
成功。经过十数年的发展,Photoshop 已发展成为功
能强大的多领域通用图像处理程序,成为当前摄影、
设计和印前业界的实际标准。

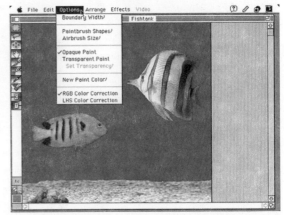

图 1-9　1988 年,第一个图像处理软件 Photomac 1.0

　　从图形用户界面、鼠标、图像标准到 Photoshop
的诞生,为数字摄影打通了困扰已久的关节,用数
字相机拍摄回的影像终于可以并入一个有效并高
速发展的平台之中。这个平台伴随着整个社会的数
字化改革迸发出了强大的生命力。今天的数字影像
已伴随互联网的发展成为人们生活中最重要的应
用之一。

　　现在的民用计算机已经可以用极高的速度处理
超大规格数据量的数字影像,也产生了以数字技术
为基础的印刷、数字冲印、打印、互联网传送等多种
现代化的影像呈现方式。无论如何,数字影像时代已
经正式到来了。

图 1-10　1989/1990 年,Photoshop 1.0

数字摄影基础

摄影和影像

数字摄影(Digital Photography)也可称为数字影像、数字图像(Digital Imaging)。虽然看起来十分相似,但两者表述的意义却有些不同。

数字摄影更倾向于将传统的摄影数字化。也就是说,"数字摄影"这一概念所表述的是一个替代化学摄影流程的数字化整体方案。在本书第 2 章,我们将系统讲述从相机选型到输出作品这一完整流程。

"数字影像"则包容更广泛的内容,在本书中主要出现在第 3 章。数字影像更重视影像拍摄后在计算机中所做的"后期"工作,这一部分也真正体现了数字摄影的优越性。

在获取图像方式上,数字摄影以直接经由数字相机或数字拍摄器材所捕获的影像为主。而数字影像包括扫描、手绘等其他采集影像方式,而文字等设计元素也介入影像的创作。

本章接下来无法避免技术性内容。为了方便读者阅读,文中对最常使用的设置做了推荐。如果读者没有兴趣深入了解,请直接按照推荐的内容进行设置即可。

数字和化学图像比较

在传统摄影中,镜头的光学信息和胶片中卤化银反应形成潜影,经过冲洗过程形成卤化银颗粒构成的影像,这种由小颗粒记录影像的方式和数字图像具有相同的工作原理。

数字图像又称点阵图像、像素图像。图像由密集规则分布的图像单位以指定的单元密度构成,每个最小图像单位具有不同的色彩信息, 这一信息可被图像处理软件解释并在显示器或打印机中以不同的方式再现。

这种数字化的特征使图像的各种信息可以被计算机精密控制,可以在人为控制下增加或删除,变更像素的排列位置和顺序,调整颜色,从而形成新的排列顺序,达到对画面精确控制的目的。

与数字图像的矩阵规则像素不同,传统的卤化银颗粒非常多变,排列密度和单体颗粒的形态都非常不同(图 1–11)。

数字成像和胶片成像都具有的特征是在受光后产生反应。常见的数字成像元件 CCD 是由密集排

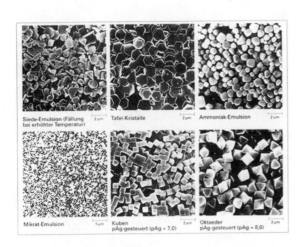

图1-11　随机分布的胶片颗粒

列的像素构成的，这和胶片由散布在明胶中密集排列的卤化银颗粒近似，因此可以认为，在技术上，数字相机是在传统相机的基础上将记录介质更换为CCD，并增加相应的处理信息组件来完成信息记录的。

之前有许多关于数字成像和胶片成像哪个像素更多的说法，现在看来已意义不大。在公开的实际测试中，业界假定135规格的ISO400专业负片理论成像颗粒像素约为2400万，而当前最高规格的135数字单反相机CCD像素为1670万。

但由于记录方式不同，两者的数值不具备可比性。CCD的单层结构使得它具有较高的成像效率，而胶片则因为三个主要感光层的因素而形成信息损失，虽然可生成较多的有效像素，除动态范围等因素的差异，我们认为近乎理想状态的良好曝光处理的胶片像素数至少应除以3或4后，约等于相同像素的专业级CCD成像效率，即约等于600万~800万像素。在实际使用中，经过冲洗、扫描等各环节的损失，在数字平台中很难达到较好的效果。

我国传统的公众胶片冲洗部门由于长期受设备和操作人员素质的限制，一直未能达到西方国家的水平。胶片对后期冲洗处理较为敏感，在冲洗环境、水温控制、成像品质等都无法得到有效保证的前提下，数字相机规范化、标准化的成像特性，对于那些使用相同器材的拍摄者来说，不再过多地受到地域冲洗水准的限制。

换句话说，在数字摄影时代，大多数国内用户所捕获的影像品质，才真正能与西方发达国家站在平等的地位上，摄影的竞争才刚刚开始。

图像处理引擎

每架数字相机都具有自己的图像处理引擎，它的主要工作是完成相机控制和图片影像信息的处理。无论数字相机采用何种成像元件，图像处理引擎才是实际区分相机品质的重点，也最终影响相机的画质表现。除了控制相机外，图像处理引擎的另一个主要工作是对数字成像元件所捕获的影像进行解释。数字成像元件是数字相机内重要的物理组件，可以将它理解为数字化的胶片（图1-12）。

与传统相机中可更换胶片不同,在大多数数字相机中,它们通常被固化在相机内部,成为不可更换组件。目前有多家厂商在对数字成像元件进行研究和发展,现在主流的成像元件为 CCD 和 CMOS (本书在后续章节中将用 CCD 或传感器来指代两者——作者注)。

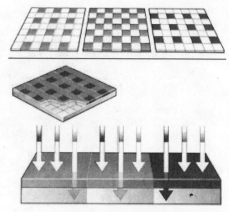

图 1-12 成像元件的工作原理

CCD 和 CMOS 各有不同的特性和缺陷,通常认为 CCD 具有较好的图像质量但成本较高,而依托计算机处理器芯片技术所发展起来的 CMOS 则具有较低的成本和低功耗的优点。

CMOS 最大的优点是较高的集成度,CMOS 可使用一块控制芯片有效完成多数相机功能,而 CCD 则需要许多独立的处理芯片来完成。即使如此,CMOS 在感光度和信噪比等指标上还是具有先天的缺陷,所以当前的高端专业数字相机或大型数字机背上还多数采用 CCD 技术。但业界多数认为发展迅速的 CMOS 技术终将替代 CCD 成为主流。

随着技术进步,无论是 CCD 或 CMOS 芯片的发展都能满足大多数用户的需求。对其评价应依据实际产品在图像品质上的整体表现,而不是鲁莽地按照成像元件来区分。

不同的图像引擎还具有不同的属性,这些属性通常属于成像元件和图像引擎的固定特性而无法被用户设置。较常见的有:

◎**色彩位深** 色彩位深用于标示像素中每种颜色所能达到的灰度信息数值,色彩深度一般用 bit 为单位,可以理解为动态范围。bit 是数字信息的基本单位。在数字图像中,1bit 表示非黑即白两种可能,2bit 为 2 的二次方 4,即表示除了纯黑和纯白外另加入两种不同程度的灰可供选择。由此可见,越高位深的图像具有越多的灰度层次变化,8bit 是最常见的色彩位深。通常我们工作的数字图像都是基于 8bit 的。数字相机一般使用 RGB 加色法处理图像,每个像素由 RGB 三种灰度构成,色彩位深通常标示其中某色所能达到的灰度值——这是极易混淆的概念。

通常标准的标注方法应标注单色(灰度)位深和三色位深,但有些产品只单纯标注 RGB 三色相加的位深,造成了一定认识上的错误。多数产品现在采用同时标注的方法,前一数值标示单色位深,后一数值标示三色位深。

通常,一个 8bit 位深具有 256(2 的 8 次方)个灰度级别,RGB 三者相加后为 24bit(真彩色)。即每个像素具有 2 的 24 次方约 1677 万种可能性,已超出了人眼约可辨识的 700 万种色彩。目前高级

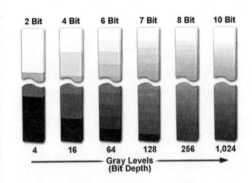

图 1-13 灰度位深示意图

别的民用相机最高达到 16bit / 48bit 位深,每个像素有 281 万亿种色彩可能, 一般高级单反相机的位深是 12bit / 36bit,单像素有 680 亿种色彩可能(图 1-13)。

位深受限于图像引擎本身的特性,较高的位深带来了丰富的影调和色调变化,但同时也带来了数据爆炸式的增长。现行多数软件和设备也无法支持 8bit 以上的高位深的工作, 虽然最新版本的 Photoshop 已可以支持 16bit 和 32bit 位深, 并可在 16bit 下使用较多的命令和功能,但高位深在高质量并支持高位深的显卡上,才能被正常转换并显示在高位深的显示器上。

在输入和冲印环节,当前甚至还无法较好支持 8bit 影像,所以也无需片面地追求高位深,但高位深确实带来了更丰富和更高质量的图像信息,有助于数字后期处理过程中有选择的取舍。

◎**成像元件面积和像素面积** 普通用户评价数码相机的指标一般是像素级别。即画面可生成的像素数。一般称为 400 万像素、800 万像素等,但这个像素并非数码相机最重要的成像质量依据。如果镜头品质不够或算法低劣,那么一台高像素相机可能用 200 个像素去记录一个应该用 20 个像素记录的信息变化,而相对于另一台搭载高分辨率镜头的低像素相机,则可以用 20 个像素去记录这一细节变化,在最终影像上表现出更多的细节。由此可见,一台数码相机更重要的是图像处理引擎(算法)以及镜头品质,而决非标称像素数。同时,成像元件大小和单个像素的面积也对画面品质有决定性的影响。

成像元件面积用于表示成像元件传感器的表面面积 (图 1-14),常见的有 135 规格全尺寸(24 毫米×36 毫米)、 APS-C 画幅 (23.7 毫米×15.7 毫米)、4/3 英寸 (18 毫米× 13.5 毫米)、2/3 英寸(9.74 毫米×7.96 毫米)等。一般认为, APS-C 幅面即可提供接近专业胶片 135 幅面的画面生成效率,而更大的 135 规格全幅成像元件甚至可提供高于 120 胶片的画面生成效率。近年由奥林巴斯(OLYM-PUS)所倡导的 4/3 英寸规格是专门针对数字相机特性全新开发的系统,经过几年的培养已占据不小的市场份额,具有很大的发展潜力。

图 1-14 成像传感器(CCD/CMOS)

同样面积大小的成像元件可能具有不同的像素密度。单个像素体积越小，一个成像元件便可以容纳更多的像素数，提高成像元件密度比提高成像元件面积所需的成本要小许多，因此深受厂家的欢迎。单体像素越小，受到的光也就越少，图像品质就越低，像素之间的干扰增大也让图像更容易出现噪点。如果搭配口径比较小的镜头，基本上光线稍暗一些就要加上闪光灯以弥补成像元件受光的不足。使用较小原件和廉价镜头，也是一些高像素的迷你廉价机型实际成像效果差强人意的主要原因。

通常，消费级一体机都使用较小的成像元件，单体像素面积约在 3~4 平方微米左右，而高级别的大型单反相机，单体像素面积可达到 8~10 平方微米。抛开生产问题，如果按照小型相机的密度来生产，理论上 135 全画幅数字单反相机应可以实现 1 亿像素以上的分辨率。像素的增大换来的是图像品质的提升，单体像素受到更饱满的光照，同时像素间干扰减少，可以实现更高的感光度。相比较于单纯无用像素的提升，像素质量的提升更容易受到专业用户的青睐。

数字相机设置原则

◎**灵敏度/感光度设定**　一般数字相机都具有可调整的灵敏度范围(图 1-15)。灵敏度主要标示成像元件对光线的敏感程度，与传统胶片的感光度相似，在相机中也多以相对感光度来标示。由于提升灵敏度实际上提高了 CCD 的工作电压，也就更容易导致信号的干扰而生成不纯净的影像。实际拍摄中应根据光线情况优选最小的灵敏度(感光度)数值，如 ISO 50、100 等。

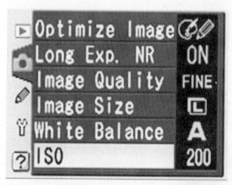

图 1-15　相机感光度的设置

◎**数据存储格式设定**　数据格式标示将拍摄所得数据转化以何种数字影像格式存储(图 1-16)。常见的有 RAW 直接原始数据存储和 TIFF、JPEG 等格式。RAW 格式类似胶片的工作方式，图像的采集是以最原始的数据格式存储，未经相机内的图像引擎转换，而由性能更强大的计算机来进行转换。

在数据存储条件允许的情况下，应优先选择 RAW 格式拍摄。但用 RAW 拍摄的影像必须经过计算机中专用的软件进行解释，增加了后期工作流程，在工作效率上没有 TIFF 和

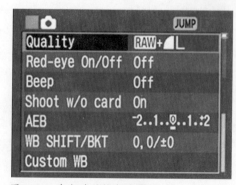

图 1-16　相机存储格式的设定

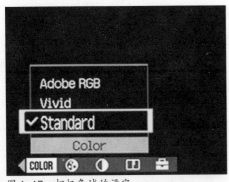

图 1-17　相机色域的设定

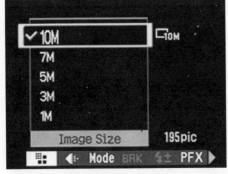

图 1-18　拍摄分辨率设定

JPEG 等存储格式高。TIFF 能保证较大的数据量和较高的品质，但因经过相机引擎运算，在后期处理和图像品质上不如 RAW 格式，而且文件量更大。如单纯为提高效率，则优选高品质的 JPEG 格式。

如果无需考虑存储空间而需要顾及速度时可测试一下自己机器的 RAW 和 JPEG 存储间歇，由于无需机内压缩过程，许多时候 RAW 的存储速度要高于 JPEG 格式。

新一代软件针对 RAW 的后期流程都做过优化，Photoshop 也包含了 Adobe Bridge 等专门针对 RAW 管理的软件，如果使用这类软件，RAW 也可以非常方便。

◎**色域设定**　色域用于标示图像的色彩表现空间大小，标示各种颜色所能达到的丰富程度，超过所能表现色域的光学影像色彩将不被保留（图 1-17）。较常见的有 Adobe RGB、sRGB 等。实际应用中，Adobe RGB 能保留尽可能多的色彩信息，有利于后期计算机制作。而 sRGB 则具有较好的通用性，如图像不再准备进行后期处理而直接输出的话，则应选择 sRGB 模式。

Adobe RGB 的影像在不同平台下色彩会有许多变化，在 Windows 中使用直接文件夹预览方式下所使用的都是 sRGB 空间。在我们的实验中，sRGB 和 Adobe RGB 的色彩表现差异并没有想象中那么大，如果你受到这个问题的困扰，可以选用 sRGB 以减少麻烦。

◎**分辨率设定**　分辨率用于标示捕获图像的像素数（图 1-18）。一般有两种标定方式：一种直接标示纵横像素数，如 3872×2576 表示长边有 3872 个像素，窄边有 2576 个像素，这种标示方法比较直接；一种则标示纵横像素相乘所得的大约 M（兆）数，如上例中 3872×2576＝9974272，约为 1000 万像素，则以 10M 标示。常见的标注有 5M（500 万）、8M（800 万）等。

多数情况下应选择最高分辨率，这样做不仅有利于后期制作，更重要的是直接对应了成像元件的物理分辨率，而避免了经过图像引擎的像素错位缩小所带来的损失。一般情况下如选择 RAW 格式，则自动为最高分辨率而无法在机内调整。

◎**白平衡/色温设定**　白平衡是用于标示成像元件对光学信息中何为基准白色的概念（图 1-19），

通过定义基准白点而记录正确还原的色彩信息，这与传统胶片色温的目的相同，为的是在复杂多变的光源色彩情况下还原被摄体的真实色彩。除了丰富的光源色温定义外，许多数码相机还提供了自动白平衡功能，由相机自动检测光源情况进行白平衡设置。

图 1-19　拍摄的白平衡(色温)设定

图 1-20　常见色温图示

相较于传统胶片中比较单一的灯光片和日光片来说，数码相机的白平衡提供了非常丰富的定制性，这也使我们真实还原环境光源色彩的愿望成为可能(图 1-20)。实际应用中应根据光源情况进行选择，如日常拍摄时应按照人眼最适应的 5500K 或日光色温作为标准白平衡设置，也不建议设为自动白平衡，因为某些情况下完全正确还原的色调反而与人眼所观察的情况有较大区别。

数字图像处理基础

◎**图像大小与 dpi**　图像大小包含多种计量方式。最直接的计量方式是与面积无关的像素尺寸(Pixel Dimension)，它只记录像素排列的长和宽两个像素数。

但在数字图像中，直接计量像素无法直观地和人类习惯的物理长度单位相对应，所以又有另一种计量方式——文件尺寸(Documents Size)。文件尺寸包含三组数值，分别为长、宽和每英寸像素数(dpi，dot per inch)。

文件尺寸与像素尺寸通过 dpi 进行换算。如长和宽分别为 72 像素的一幅图像，在每英寸像素数为 72dpi 的转换设置下，将被转换为物理尺寸 1 英寸×1 英寸大小的画面打印出来；如将该文档在 Photoshop 中通过双击放大工具显示至 100%，则所显示的图像在显示器上所占据的面积与将该文件打印所得的物理面积大致相等(图 1-21)。

通常，我们习惯认为桌面式显示器的分辨率固定为 72dpi(也有 96dpi 和更高的)，在电子显示过

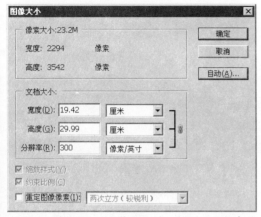

图 1-21 Photoshop 图像大小对话框显示了两者的关系

程，尤其是网络传输图片时只有像素尺寸起作用，而 dpi 均被固定换算为观看显示器的物理 dpi。如果图像不准备被打印或输出，则均以 72dpi 默认。

多数情况下，如果需要将某画面打印或输出，则至少需要 240dpi 才能达到较好的近距离观看品质。Photoshop 默认的打印文稿分辨率为 300dpi，如将上图按 300dpi 输出则只能打印 0.24 平方英寸的画面，约为 1/4。一般在工作中，应按照 300dpi 设定，Photoshop 的多数滤镜均为这一设置优化，如设置为 72dpi 则可能有些滤镜效果过于明显而缺乏精确控制。

dpi 的概念容易导致许多误解(本书将不再拘泥于 ppi 和 dpi，只在某些特定用途下标注)，一般应用中，除非特定需求，请按照 Photoshop 的默认设置屏幕分辨率为 72dpi，打印分辨率为 300dpi。

对图像大小与 dpi 的理解对于影像创作来说非常重要，新用户应结合实际操作来体会。

◎**打印过程与半色调化**　一幅数码图像，在不显示和不打印的情况下只有像素尺寸的概念，只有在被显示器和打印机重新解释时，才依据各自的工作能力进行分辨率设置。

经常遇到的情况是，往往图像在屏幕上看起来很好，但打印出来却非常粗糙。这多半是没有正确设置打印分辨率的缘故，屏幕和打印机分属硬件设备，它们对原始图像分辨率有不同的解释能力。除此之外，它们生成颜色的方式也是不同的。

显示器采用的是 RGB 加色法模式，由色光累积而形成，而打印是完全不同于显示器的减色法工作模式，打印机和冲印一样，物体不能自发光而必须依靠反射光形成色彩印象，所以必须在"CMY+K"的方式下工作。

多数人一直对打印方式不太了解而导致不少误解，本小节简要地对喷墨打印机工作原理作一些解释。如果理解了工作原理，就有可能按照打印机的特性，进行一些个性化设置以达到更高的输出品质。但如果只是以应用为目的，则可以忽略这些内容。

打印机的喷头只能实现打开或关闭两种状态，而不能像显示器那样能有无穷的色彩变化，所以必须采用类似印刷加网的半色调技术将纸面重新规划为更高密度的打印单元后，再由各色喷嘴的开合来实现色彩的变化(图 1-22)。

打印过程开始前，计算机将图像信息传送给打印机驱动解释，同时完成 RGB 到 CMYK 的解释过

图1-22 半色调加网示意图

图1-23 模拟打印分色效果

程,随后确定每种墨水的使用量并进行"半色调化"的过程(图1-23),将半色调信息转换为不同喷嘴的打开或关闭指令。

在同一个规定打印单元中,不同的喷墨打印机根据它的定位,所携带的每种喷头所具有的喷嘴数量也各不相同,常见的打印机一般有64~180只喷嘴。高喷嘴带来的变化是同一单元内容纳更多的色彩表现层次,这在某种意义上和数字成像元件的高位深有些相似。许多打印机标称2400dpi、4800dpi,这都是通过对墨点喷洒方式的更精确控制来实现的,计量的是多层累计后的扩散值而并非硬件值。

在使用过程中,我们从国外讨论组上了解到一些非官方的信息,一般认为对日本爱普生公司机型应使用360dpi设置,对惠普、佳能等其他机型使用300dpi设置。但对于一般的应用来说,240dpi是一个保证近距离观看打印品质前提下的最低设置(经我们测试,稍大的幅面使用180dpi也是可以满足要求的)。而打印输出时,高色彩位深和预先转为CMYK模式并无多大意义,它们均会被打印机的驱动程序和RIP(光栅化处理器)重新解释,因此仅使用8bit的图像位深和RGB直接打印即可满足日常需要(印刷出片应选择CMYK转换并分片输出)。

◎**图像处理软件初步了解** 图像处理软件是指工作在特定平台下的图像显示、运算和编辑工具。

图像软件的主要作用是重新解释并显示文件数据,按照所提供的虚拟工具(画笔、喷枪、橡皮等)对图像进行诸如拼合、调整色彩等工作,并可将修改和处理后的结果保存输出。图像处理软件一般主要处理像素类图像,常见的图像处理软件有Adobe Photoshop及其简化版Photoshop Elements、JASC Paint Shop pro等。

Photoshop是业界最为流行的专业图像处理软件,具有丰富的特性和强大的功能(图1-24)。另外,由于其强大的影响和开放的接口,也使得众多厂商为其设计了功能丰富的插件。插件(Plug-in)是一种独立安装的图像处理软件,它一般不能脱离Photoshop单独运行,借助对Pho-

图1-24 Adobe Photoshop是业界最为重要的图像处理软件

toshop 本身功能的创造性运用,插件通常可以更直观高效地完成许多 Photoshop 本身所不具备的运算功能和效果。

　　图像处理软件是进行数字图像处理的必要工具,但 Photoshop 这样的专业软件一般比较昂贵,如果对图像的处理要求并不复杂,一些免费的图像处理软件如 Gimp,或者微软 Office 里所携带的 Office Picture Manager 都可以满足要求。除了价格因素之外,Photoshop 对于普通用户来说显得过于庞大和难以使用。

　　◎**常用的文件格式**　文件格式用于标定数字文件的存储特征和记录方法,一般来说,某种存储格式必然有相对应的通用解释方法来打开。由此才可以实现多平台、多电脑间的文件互换。一般较常见的数字图像文件格式有 PSD(PSB)、TIFF(TIF)和 JPEG(JPG)等。

　　PSD(PSB)是 Photoshop 的标准文件格式,PSD 是默认的存储格式,它可以最大限度地存储和体现 Photoshop 的所有功能,包括存储最高位深 32Bit/96bit 图像、多层信息记录等。PSD 具有长宽各 3 万像素的数据量存储限制, 目前这一限制已不能满足高分辨率大尺寸图像的要求。为此, 在最新版本的 Photoshop 中开始提供 PSB 格式,对像素量限制为一边 30 万像素,其他特征基本相同。

　　TIFF(Tagged Image File Format)文件是一种无损存储的文件,文件存储后不会有图像数据上的丢失。TIFF 最大的优势在于其平台和软件通用性,几乎所有的图像处理软件都支持 TIFF 格式,使用苹果电脑创建的 TIFF 图片也可以在 Windows 平台上轻松打开。此外,印刷企业、商业图片库等均可无障碍接受 TIFF 格式。TIFF 格式在保证图像质量的前提下具有较高的实用价值,但缺陷是文件体积过于庞大,冗余编码和信息较多。

　　JPEG(Joint Photographic Experts Group)文件是最通用的有损静止图像压缩格式,和 TIFF 的无损压缩不同,JPEG 的压缩会损伤画面,同时 JPEG 也无法支持 8bit 以外的其他色彩位深和色彩模式,更不能记录图层效果,功能较为单一。

　　JPEG 的压缩是可被测量甚至观看到的,但 JPEG 的压缩性能非常高,如果设置质量较高,那么文件量在明显减小的同时不会带来肉眼可识别的质量损失。JPEG 更适合网络传送或屏幕直接观看,是比 TIFF 应用更广泛的图像格式。

2

Shuzi sheying liucheng

数字摄影（流程）

□ 本章与书同名，这也显示了它的重要性。本章全面涵盖了数字摄影从拍摄准备到输出、发布等环节的所有内容，提出了简便易行的实用操作方法，以帮助用户解决实际问题。从这个意义上来说，它更像是一本可以随时查找的"数字摄影应用指南"。

□ 本章针对每种可能的应用至少提出了一种实用的解决方法。通过学习，有助于初级用户建立起自己下一步深入学习的目标。同时，本章和第 1 章也是摄影专业本科一年级"数字摄影基础"课程的全部内容。

前期拍摄

数字相机的选择

◎**数字相机的分类**　数字相机和传统相机的最大差异是将胶片仓更换为数字元件,所以,在一定范围内,对数字相机的分类可参考传统分类来进行。

市售的数字相机,可以大致分为以下几类:

数字后背(图 2-1),主要用于 4×5 机背取景相机或 120 型可更换后背专业相机。这些相机本身就是分离结构,并具备可更换各种片匣来实现可换片幅拍摄的设计。只需要更换数字后背模块,就可以轻松实现数字化拍摄。如果在拍摄某些场景时数字后背不能很好地完成工作(如超长时间曝光),还可以换回胶片后背,扩大了相机的适用领域。

该类型数字后背多定位在商业摄影、建筑摄影等对影像质量要求较高的专业摄影领域,单纯数字后背的价格往往高达十数万元。

和 135 相机类似,120 相机的命名是因为采用了 120 型中画幅胶片。虽然数字相机的出现已经逐步模糊了这种划分方法,但 120 的高端市场定位已经较为稳固,我们沿用了这种分类方法,以方便用户的理解。

120 数字相机(图 2-2),多数是由数字后背直接变化而来,它们采用与大型数字后背相似的成像元件,并和机身有机融为一体,成为纯数字化的相机。这种相机的成像元件是不可更换的,也不能使用

专业级:可置换数字后背

专业级:120 数字相机

图 2-1　专业级的数字后背,图为
Leaf Aptus 2200 万像素后背

图 2-2　120 数字相机,图为哈苏 H2D-39, 3900
万像素数字相机

胶片,但换回的是一体的操作和更优异的性能,同时也为娇弱的成像元件提供了更严密的保护。

120 数字相机适用于要求较高的商业摄影、影室人像摄影等,一体机的售价一般与专业数字后背持平,高达十数万元。

135 单反数字相机是适用面较广的机型,一方面它在便携性、操控性上继承了传统 135 相机的优点,另一方面,相对较小的成像元件也有效地压缩了成本,使其价格大多在用户可接受的范围内,属于最常见的专业相机类型(图 2-3、图 2-4)。由于 135 型相机广泛应用在各个摄影领域,所以也分出了强调速度的新闻摄影、体育摄影用机和强调画面高分辨率的通用机型。

135 数字单反相机因其用户面广泛,属于各厂家优先发展的领域,所以往往能在拍摄速度、画面质量、附加特性上体现数字相机制造领域最新的技术水平。由于生产商众多,导致 135 单反数字相机的市场竞争非常激烈,使多数 135 专业单反机型具有非常高的性能价格比。135 数字单反相机依据不同的性能特点和市场定位,售价在 1 万元至 6 万元区间。

专业级:135 单反数字相机

图 2-3　佳能 1Ds Mark II,1670 万像素单反数字相机

虽然 135 单反数字相机在价格上距离那些动辄数十万的高端机型已经便宜了许多,但高达数万元的价格也实际制约了更广的用户群体。高端机型的利润非常高,但相对的用户面非常狭窄,市场上升空间较小。胶片时代的普通用户,2000 元几乎就可以买到一台非常合适的常规用途相机,用 10 多倍的价格来升级到单反数字相机是不现实的。单反数字相机相对高昂的成本限制了更多的普通用户,这些普通用户从属于最大的用户群体,也具有最大的市场空间。如果说高端专业市场是塑造企业技术形象的战场,那么入门级市场就是巨大的淘金库。

入门级数字单反相机同样属于 135 单反相机,但其在定位上、材质上缩减了一定的成本,使其在满足日常使用的基础上降低了价格。

由于数字相机的特性,所以在画质上通常入门级相机不会和高端相机有特别大的差距,更多的是在操作响应速度、连拍速度、操作体验等方面存在差别。一般来说,入门级单反数字相机价格约在 0.5~1 万元区间。

图 2-4　尼康 D2X,1240 万像素单反数字相机

虽然单反数字相机也有较为廉价的选择,但对于一般用户来说还是存在各种问题。镜头和机身分离增加了更换镜头时可能对 CCD

应用级:万元以下,入门级135单反数字相机

图 2-5 奥林巴斯 E-500,800 万像素单反数字相机

图 2-6 索尼 Alpha A100,1000 万像素单反数字相机

所带来的灰尘和损坏。另外,单反机型多数比较笨重,不利于家庭旅游或外出携带。

一体化数字相机实际继承的是传统的胶片"傻瓜相机",镜头一体化的设计带来了许多优点,比如有效地防止了 CCD 进灰尘和受损,在便携性上也可以得到有效的控制。

一体化数字相机基本有两种设计思路,一种是偏大型化、专业化,代表机型如索尼的 DSC-R1(图 2-7)和佳能的 PowerShot Pro1,这种设计一方面满足了用户寻求"专业"的心理,同时也给机型设计安排了更多的空间,增强了操控性和性能。专业化的一体型相机售价往往与入门级单反相机重叠,其市场定位也大致相同。

另一种思路是将机型紧凑化,在外观上非常接近传统的便携"傻瓜"相机(图 2-8)。该类相机价格相对低廉,可以满足低预算用户的要求,通常具备较高的便携性,也适合资料收集、保险、房地产等行业的商业应用。

与单反相机不同,为控制成本和压缩体积,一体化的数字相机通常成像元件偏小,通过增加像素密度而不是表面积来提高分辨率,这也导致在高感光度下普遍表现较差,而分辨率也受制成像元件面积不能达到较高的质量,成像质量与数字单反相机相比有不小的差异。

应用级:一体化数字相机

图 2-7 索尼 DSC-R1,1000 万像素数字相机

图 2-8 奥林巴斯 Stylus 720 SW,700 万像素数字相机

随着数字摄影技术的发展，摄影用户也越来越广泛化和生活化，数字相机也在向小型化发展，越来越多的用户将拍摄所得的照片存储在相机内随身携带，使用相机所附带的显示屏观看，数字相机的设计趋向于走超轻薄的路线(图2-9)。

所谓时尚数字相机，也泛指市售的"卡片"机，这种相机通常具备时尚现代的外观，非常大的高亮显示屏，由于方便携带，完全可以每天装在口袋里，于是成了"随走随拍"这一新摄影文化的主要代表机型。

摄影数字化之后，相关的电子设备也可以通过附加数字摄影元件来实现拍照功能。目前国内销售的大多数移动电话和摄像机都具备拍摄静止图片的功能，移动电话被用户随身携带，因此，摄影越发成为每个人都能做的事情，在任何时间、任何地点均可以拍摄(图2-10)。

这种趋势强化了摄影在信息时代的媒介核心地位，庞大的用户群体使摄影成为日常生活中重要的组成部分。伴随着图片博客和互联网的发展，我们几乎无法设想摄影今后的发展方向，但可以肯定的是，摄影将在我们每个人的生活中占据更为重要的地位。

◎**选择数字相机的一般原则**　数字相机虽然种类繁多，但依据易于理解的原则，我们可以简单地将通常所见的数字相机分为可更换镜头和不可更换镜头两种。一般情况下，可更换镜头相机价格更昂贵，但相对也具备了更好的影像素质和更广的适用范围。

单反数字相机是最常见的数字相机之一，随着技术更新和不断降价，单反数字相机已逐步代替传统单反相机，成为数字摄影的主流机型。市售单反数字相机从入门型到专业型，价格和性能跨度非常大，如需购买可根据经济承受能力来进行选择。

单反数字相机因为镜头和机身分离，如何确定合适的镜头去适应拍摄要求成为选购最主要的考虑因素，厂家多数会推荐配套镜头，虽然质量良莠不齐，但由于成组出售，配套镜头的价格多数令人满意。对于要求较高的用户，应该理性消费，从自己主要的拍

消费级:时尚数字相机

图 2-9　尼康 Coolpix S6,600 万像素数字相机

消费级:移动电话、摄像机等可拍照设备

图 2-10　带有数字摄影功能的手机

图 2-11　入门级单反相机可以满足学习者的要求

图 2-12 适合体育、新闻摄影用途的
高速数字相机尼康 D2Hs

摄用途考虑去配置镜头。

镜头是影响成像的重要因素,一般来说,一台高分辨率的专业单反相机用劣质镜头捕获的成像甚至要差于低分辨率的相机搭配高质量镜头的组合,片面追求高分辨率是不可取的。

因为用户情况不同,书中无法给出具体的购买参考,但对于摄影专业学生来说,可选择 135 单反数字相机。如考虑今后出售照片,则可考虑购买 800 万~1000 万像素以上的机型,这些机型可满足一般商业图片库的要求,方便售卖照片,使摄影进入良性循环。

数字单反相机可以满足通常几乎所有领域的拍摄要求,如热衷于拍摄动物、野外生物、体育运动等题材,可选择高速度的数字单反相机(图 2-12),这种定位的相机快门响应迅速,有些可达到每秒 8~9 幅最大分辨率画面的拍摄,大大提高了特定瞬间成功捕捉的机率。其他领域并无特殊要求的,应根据购机预算来进行选择。

相对的,一体相机和卡片相机的操控性较少,功能设计比较单一;高端 120 数字机背相机价格过于昂贵,而且在感光度、光源等拍摄条件上限制较多,不太适合摄影专业学生学习的要求。

镜头和存储介质

◎**镜头及焦距换算系数**　数字单反相机可更换镜头,依据拍摄要求实现从超广角到超长焦的拍摄。数字单反相机作为胶片单反相机的延伸,多数可以使用以前设计的镜头,但这中间还存在一定的问题。

一般来说,摄影最常用的拍摄焦距段从广角端 24 毫米到中长焦 135 毫米。在镜头上可选择相当于该焦段的镜头搭配,目前多数数字单反相机使用的成像芯片都要小于传统 135 胶片的面积,即成像元件只能记录镜头成像范围中间的一部分,焦距相应增加,在使用传统摄影镜头时必须进行焦距的换算才能得出实际的焦距。

以尼康 DX 系列数字相机为例,其焦距换算系数为 1.5,使用为 135 片幅设计的 50 毫米镜头进行拍摄时,实际成像焦距为 50 乘以 1.5,即相当于 75 毫米焦距的成像。

专业摄影中最常用的仍是广角端,由于焦距换算系数的存在,使得多数数字单反相机难以用较低成本实现广角拍摄,而视角更宽的广角镜头则非常昂贵。

为解决这个问题,多家厂商针对数字相机的特性生产了数字镜头,数字相机专用镜头大多无法适用于传统胶片片幅,在镜头用料、镀膜、结构上针对数字成像元件的特性进行了优化,通过这种整体结构上的优化,有效解决了广角端的问题,并且提高了镜头在数字成像元件上的成像质量(图2-13)。

另一种解决方案是使用全片幅的数字相机,即画幅等于135胶片面积,因此也无须进行镜头换算,而且更大的成像面积提高了单位像素的品质,实现了更高的像素数。

这种解决方案的主要问题是提高了成本,全画幅尺寸的成像元件价格高昂,成品率较低,这一部分的支出最后也必须由用户来承担。全画幅相机对镜头成像品质要求较高,许多低

图2-13 专为数字相机设计的数字镜头可以提供更优异的成像质量

端镜头在成像边缘区容易出现的暗角、光晕、色差、分辨率衰减等缺陷,会非常明显地体现在最终成像上,影响画面效果。

但瑕不掩瑜,在市场需求的推动下,全片幅必然是今后的高级数字单反相机的发展方向,只是相应的需要设计新的镜头来满足数字元件高分辨率的要求。

在实际选择中,应根据自己相机的特点选购镜头。通常情况下,镜头换算后焦距应覆盖28~100毫米这个范围,应优先选择相机原厂生产或推荐的系列镜头,也可选择近年新生产的副厂镜头或已标注的数字相机专用镜头。

◎**图像存储与安全**　相机拍摄的数据必须存储在机内存储介质上。经过多年的发展,目前在数字单反相机上最常见的介质是CF卡(Compact Flash,紧凑型闪存)和SD卡(Secure Digital Memory Card,安全数字存储卡)两种(图2-14)。

其中SD卡相对尺寸较小,约为24毫米×32毫米,厚度为2.1毫米,相较CF卡在尺寸、耗电、数据安全性等各项指标上均有优势,是目前市场占有率最高的存储卡。即将上市的新规格SDHC卡将突破单卡2G的容量限制,在未来可能达到单卡32G的高存储容量。

存储卡是固化的数据存储装置,除了少数固化存储元件的数字相机外,绝大多数数字相机均设计有存储卡插槽,在存储卡存满后可以进行更换。

作为数据装置,数字相机通常附带数据连接线,在拍摄完成后可直接连接电脑将文件转存,这种方法比较通用,但所需设置较多,如果计算机未安装驱动程序,某些机型不能

图2-14 CF卡和SD卡是市场主流

图 2-15　外置读卡器

图 2-16　便于大量存储的数码伴侣

被正确识别。

更为常用的方法是读卡器和移动存储装置。读卡器具备多个插口,可以插入各种类型的存储卡,在使用时,将读卡器的另一端与电脑相连接,经过读卡器的转换,插入的存储卡被模拟为一个磁盘出现在电脑中, 用户可以直接用拷贝粘贴的方法将文件存入电脑中(图 2-15)。读卡器售价较为低廉,使用也非常方便,一般的读卡器就基本可以满足目前各种电子设备的读卡需要。

读卡器适合在室内使用,但如果外出拍摄,那最好的设备就是移动存储装置,也称"数码伴侣"(图 2-16)。该类型设备内置一个小型大容量硬盘,其容量足够用户外出数天的使用。移动存储器具有电池和存储卡接口,也具备连接电脑的接线。近来一种使用 USB-OTG 技术的设备正在逐渐流行,OTG 设备上具有一个可以直接连接的 USB 接口, 用户只需携带小型读卡器或直连相机到移动硬盘上即可完成内容转存工作,值得用户关注。

在工作状态下,该设备使用电池驱动硬盘,并将插入的存储卡数据转存入机内硬盘中,由此存储卡可以立即再次投入使用。有些设备还具备大型的显示屏可供浏览拍摄文件,此外,部分型号甚至还具备音乐和电影播放功能。

保证拍摄后的图片数据安全是非常重要的,虽然目前许多存储装置强调自己的安全设置,但最安全的还是靠用户的正确使用和设备保养。对于外出拍摄,通常需准备两块以上存储卡备用,以免因卡损坏而导致无法拍摄。对于新购回的移动存储装置要先进行存取试验,在电脑中检查,确保数据正确转入后再投入使用。

如果拍摄中错误删除了重要图片或误格式化了存储卡,请立即关机并更换存储卡,不要再对该卡进行任何操作,在电脑中连接读卡器后,通过专用软件恢复卡内图像。移动存储装置由于里面的硬盘有磁头等易损元件,所以在进行转存工作时应尽量避免震动。

工作中,如果移动存储装置内持续发出异响,请立即停止使用并联系维修人员。如果在情况开始时就停止使用,之后设备还可以被电脑辨认,那么数据一般都可使用数据恢复工具加以恢复,多数情况下用户可以自己动手来解决硬盘和存储卡的数据恢复问题。

拍摄设置

◎**拍摄模式、感光度及分辨率设置**　多数数字相机拍摄模式基本与传统相机相同,一般有 P(程序自动)、A(光圈先决)、M(手动控制)、T(快门先决)四种。一般最常用的顺序也是 P、A、M、T。

通常情况下,使用程序自动(P)控制可满足大部分场景的拍摄要求;如需要较大或较浅的景深时可选择光圈先决(A);需要完全手动以实现精确控制或特殊曝光时可选择手动控制(M);而在某些要求快门速度低或高的特殊情况下,可选择快门优先(T)。这些与传统相机的使用方式完全相同,初级用户可以参考相机说明书来掌握。

在自动对焦、曝光补偿等方面,数字相机均与传统相机相同,具体设置应按照实际要求和相机性能来进行操作。

数字相机可对感光度进行自由设定,一定程度上延展了相机的适用范围。感光度的提升换来的是画面中电子噪点的增加,正常光线情况下请按照最低的 ISO 进行设置以换取相应最纯净的影像质量。如果用户希望获得粗颗粒效果,最好是依然使用低 ISO 获取纯净画面,然后依靠数字图像软件来模拟颗粒。因为电子噪点不同于胶片颗粒,特性难以控制,而且多数情况下不能有助于画面效果的呈现。

各个厂家也对噪点控制做了很大的努力,有些相机的电子噪点响应非常接近胶片的颗粒感,可在拍摄前进行一些针对本机的感光度测试,仔细比对各种感光度下的噪点响应差异,在测试中寻找最合适的噪点感觉。

由于通常数字单反相机均具备每秒一张以上的拍摄能力而不消耗胶片,所以胶片时代应用并不广泛的包围曝光开始变得非常实用,特别是随着 HDR 高动态范围图像技术的出现,包围曝光理应成为风光摄影等大动态范围创作的重要拍摄手法。

在拍摄分辨率的问题上,本书第 1 章作了一些探讨,在此简要归纳为:除特定情况,一般应按照最高分辨率进行拍摄,以避免机内压缩所带来的损失。

而在存储格式上,如具备 RAW 格式的要尽量使用,RAW 在后期制作中具备最高的影像质量和最大的可控性。

一般相机内压缩过后的 TIFF 格式素质与最高质量压缩的 JPEG 格式画面素质相似,但 TIFF 文件过于臃肿,除特殊要求,一般可用最高质量的 JPEG 格式存储。

◎**RAW 格式**　RAW 即"原始文件格式",一个 RAW 文件存储的是相机 CCD 直接捕获的光学信息,并没有经过相机内部的加工,因而 RAW 保存了最为"原始",同时也是最好的影像内容。因此 RAW 也是我们在数字摄影及后期调整中应被优先使用的格式。

图 2-17 常见单层传感器的实际成像分布示意图

图 2-18 经计算后得出的 RGB 通道

我们知道,彩色胶片的工作原理是因为它包含分别感应光线中红、绿、蓝光线的三个染料层,但在数字相机采集过程中这种层叠的方式就较难实现了,大多数的数字相机成像元件都是一种类似黑白胶片的单层结构,在这种情况下,如果不加任何处理所得的影像只能是单纯的灰度画面。

为了解决这个问题,多数情况下必须在每个像素上安装一个可分解颜色信息的滤镜,将镜头所汇聚的色彩影像分解,再记录为属于各种颜色的亮度信息,实际上,这些分解的亮度信息就是多数 RAW 文件主要记录的信息(图2-17)。

如果我们需要 TIFF 或 JPEG 文件,那么相机将通过运算,算出相邻的像素信息,将其他信息填满空格,就形成了红、绿、蓝三个包含不同明度信息的灰色通道(图 2-18)。

如果选择使用 RAW 格式,那么实际记录的文件信息只包含拍摄后的信息,即没有经过色彩推算的亮度信息。对色彩信息的推算这个步骤将保留到在计算机内打开文件后来完成,这样的好处显而易见。首先,桌面计算机的性能远远强于相机,其次,由于信息为原始亮度信息,那么在分解时可以依据最终要求,有效地控制图像的色彩呈现,最重要的是这种解释的过程是完全可被摄影者控制的,能最高限度地按照摄影师的要求来生成画面。

一般情况下,RAW 格式可以带来更高的图像和色彩质量,同时由于数据没有被扩张,相对数据量要小于 TIFF 格式,而且也省却了 JPEG 格式的机内压缩过程,因而存储速度更快。关于 RAW 格式的更多内容,我们还会在之后的章节中涉及。

其他机内设置

◎拍摄色温(白平衡)　色彩的准确还原是非常难以克服的问题,影响色彩呈现的因素有很多。根据我们的经验,一般用户在日常应用的情况下无需苛求异常精确的色彩还原,我们推荐将相机的色彩平衡选项手动设置为 5000～6500K 日光区间,以获得类似人眼的色彩再现。另外,在白平衡设置上虽然也可以直接选择"自动白平衡",但一般数字相机的色彩平衡性能难以让人信任,除非经过实验,否则不推荐使用。

这种说法可能有悖于某些以色彩还原为第一要务的说法,但就摄影角度而言,更多的还是依赖于人的视觉感受。在实际拍摄中,数字相机的自动白平衡仅从机器的角度出发来追求机械的还原,在某些特殊光线下会违背人的视觉印象。最常见的就是拍摄日落或日出,自动白平衡带来的一般是缺乏现场气氛的视觉图像。

在实际应用中,专业摄影人员应该具备一定的色温知识和色彩修养,结合拍摄任务要求来进行白平衡选择,遇到对色彩还原要求较高的任务,如产品摄影等情况,就需要慎重地通过仪器和各种方法确认白平衡的数值,以达到正确还原的目的。

对待白平衡的问题,选用 RAW 格式是最好的解决方案,在后期工序中,可以直接对影像进行精确的色温控制。

需要强调的是,在数字环境中,解决色彩平衡和还原问题的关键在于后期调整,对摄影专业人士来说,数字摄影的重要变化就是不能再忽略后期步骤。那种只管拍,拍完就行的思路必须进行更新,要充分利用数字技术为我们带来的对影像的完全控制权,和谐地掌握前期拍摄和后期制作的关系。

从技术层面上说,拍摄和后期制作是同等重要的,不能过于迷信其一,对前后期工作应该合理地评估和分配,有些前期拍摄时比较难控制或耗费大量时间精力的工作可以放到后期来完成,而有些前期稍加注意就可以避免的问题也要注意,以减少后期无意义的工作量。

◎**设置机内锐度**　在使用 RAW 格式的情况下无需设置机内锐度。

图 2-19　拍摄锐度设置

在传统概念里,锐度通常用于说明镜头分辨景物细节的能力,但数字相机内的锐度设置并不相同,因为机身设置显然不可能控制镜头本身的物理分辨能力,它是通过强化拍摄画面的局部反差对比,特别是相邻部分的对比,在画面的整体印象上造成更为清晰的错觉的(图 2-19)。

数字相机的成像元件是由规则排列的细小像素所组成的,如果拍摄具有非常密集纹理的物品(如织物和布料),并恰好布纹的密度和像素密度临近时,就会因为物理原因而在最终画面中产生类似水波纹的摩尔纹现象,这种情况在数字相机发展初期非常常见。

为了避免发生这种现象,必须人为降低镜头分辨率,通过各种方法让画面模糊以减少镜头信息和像素点之间的临近关系,从而避免摩尔纹现象。所以我们一般拍摄所得的图像,都是在清晰度或细部反差上经过"缩水"的。在此种情况下,我们推荐对所有的数字图像进行适当的锐度调整。

锐度越高,画面的感觉会越清晰,但随之而来的是画面信息的缺失。一般推荐的做法是不在相机内进行过高的锐度设置,而在后期用更直观的电脑来进行锐度更改。

相机的锐度设置无法影响 RAW 格式,如果用 JPEG 等格式拍摄,以直接输出为目的的可以酌情设置为较强或中等的锐化强度,如果需要对 JPEG 进行后期调整,则设置较弱的锐化强度为宜。

◎**设置机内对比度(反差)**　在使用 RAW 格式的情况下无需设置机内对比度。

摄影中的反差是指画面不同部位的明暗对比。在传统摄影中,影响画面反差的因素很多,在拍摄前期,曝光准确性、景物本身的特性和镜头特性是影响画面反差的主要因素。在后期对胶片的整体对比控制可以通过增减显影时间、控制搅动节奏和改变显影药液特性及温度来控制。

一般来说,数字相机机内设定的对比度越高,画面越醒目和感觉清晰,整体色彩反应也比较鲜艳,对比度较低的画面会感觉整体色彩发灰(图 2-20)。

图 2-20　拍摄反差设置

图 2-21　拍摄饱和度设置

数字相机内的对比度设定一般仅作用于 TIFF 或 JPEG 格式,也有高端机型可在连接电脑后,通过工具软件来定义相机的默认响应曲线,但多数情况下无需做此项设置。

高对比度是通过拉大画面暗部区域和亮度区域的差距而实现的,在一定程度上会损失画面信息,出于后期制作的考虑,一般可设置为中等或弱。如果确认图像不再经过电脑处理直接冲印或输出,可直接设置为高对比度以获得较为明快的图像效果。

◎**设置饱和度**　在使用 RAW 格式的情况下无需设置机内色彩饱和度。

饱和度指色彩的纯度,是色彩三要素之一。饱和度受到对比度和亮度的影响,高饱和度的图像画面非常鲜艳,但同时可能存在较为明显的失真。通常现实世界的色彩饱和度并不都非常高,对相机饱和度的控制以适量为宜,在摄影中对整体的色彩应该更多地靠摄影构图和拍摄技巧来进行控制,而不是单纯地全面提升饱和度。

相机内的饱和度设定无法影响 RAW 格式,可以在后期根据实际要求确定画面的饱和度。对饱和度的设置因人而异,如果需要使用 TIFF 或 JPEG 格式在机内进行固定转换的情况,要根据个人喜好来确定饱和度设置。若以直接输出和成片为目的,可设定为稍高的饱和度,通常建议保持该选项为默认设置即可(图 2-21)。

取景与拍摄

◎**取景方式**　数字相机的取景方式因为机型差异可分为 LCD 取景、EVF 电子式取景、旁轴式取景、单镜头反光取景和电脑直接取景等。

LCD 取景多见于消费型和一体化相机,取景和观看使用同样的机背 LCD 显示器,拍摄时看到的基本等于实际图像,LCD取景没有取景误差,而且可以直观地调整曝光和色温值,是一种"所见即所得"的取景方式(图2-22)。

图2-22 使用机背LCD取景的相机

在普通用户群体中,LCD直接取景方式非常流行,毕竟这种方式非常直观,而且对画面曝光有很强的控制性。但这种方式也存在一些问题:首先是必须远离眼睛来取景,导致难以形成有效的稳定结构,按下快门的瞬间容易导致画面抖动;其次是LCD通常有一定的时滞,不利于抓拍运动速度较快的物体;最后就是耗电量非常可观,在外出拍摄等场合,用电量也是需要考虑的因素。

与LCD类似的是EVF取景器,多见于较高端的一体型数字相机,这种相机除了支持LCD取景外,还添加了类似光学取景器的EVF取景器(图2-23)。在使用EVF取景器时,眼睛可以近贴取景窗,由此在拍摄时可以保证较为稳定的支撑结构,能有效防止相机震动,从而提高拍摄成功率。其他方面类似于LCD取景方式。

图2-23 EVF取景和LCD取景并存的相机

另一种专业影室比较常用的拍摄方式是使用电脑直接取景,这种方式主要用在机背取景大画幅相机上,摄影师可以通过计算机屏幕进行量光、订光,直接确定相机的对焦、移轴等动作,并直接确认画面(图2-24)。这种方式比传统较为烦琐的操作方式进步了许多,在影室中最为常用。

旁轴取景和单反取景与传统相机的取景模式相同,在此不再赘述。

◎**时滞问题** 时滞是数字摄影中较为常见的问题,拍摄完的画面和实际想要的画面存在较大的差异。影响时滞的主要因素有快门时滞、对焦时滞和存储时滞。

图2-24 电脑取景或分离式取景

快门时滞指按下快门时看到的画面与实际拍摄下画面之间的时间差,除了少数采用镜间快门的相机外,大部分数字相机,特别是部分低端机型的快门时滞现象比较严重,这种问题属于先天的硬件问题,唯一的解决方法是通过测试熟悉相机的时滞差,然后在拍摄时计算一定的提前量。

对于自动对焦相机来说,自动对焦过程也是影响时滞的重要因素,自动对焦相机在拍摄时通常需要一定的时间来确认焦距,对于摄影来说,这短短的时间足以影响画面的最终布局。如果用户已习惯自动对焦,那么也需要掌握自己相机的反应时间。

数字相机现在的分辨率越来越高,存储间歇也成为影响拍摄的问题。相机内通常都具备一定的缓存用于中转拍摄后的数据。根据机型设置,专业定位的相机缓存一般较大,数据转存到存储卡上的效率也很好,拍摄中基本不影响拍摄频率。

消费级定位的相机缓存则较小,在高分辨率的小型相机上,往往拍摄完成后需要等待相机存储完才可拍下一张。数字相机的缓存大小也是购机或拍摄时需要考虑的因素之一,在拍摄动体或婚庆等比较强调时机的场合,在使用存储时滞比较严重的相机时,可以采用适当降低拍摄分辨率的方法,以换取更快的反应时间。

图像前期管理

反差系数(Gamma)与显示器调整

◎**反差系数(Gamma)** 反差系数(Gamma)这一定义在胶片时代用以标示胶片在不同光照情况下的密度响应差异,我们常见的 HD 胶片特性曲线就表示了某种特定胶片在曝光量和胶片密度之间的对应关系。数字相机的对比度设置用来标示相机 CCD 对镜头传来的光学影像的不同响应,无论是数字还是胶片,我们都用反差系数(Gamma)来表示这种对应关系。

反差系数(Gamma)是为了适应人眼的需要而特别设计的一种换算数值,是数字图像流程中常用的概念,扫描仪、数字相机、显示器设备等都具有相应的 Gamma 值,用以确定设备如何以正确的亮度来还原数字影像。

化学摄影中的反差系数特指在 HD 曲线直线部分的两点之间的曝光量增长和密度增长的关系。由于感光化学的特性,反差系数直接在拍摄时就起作用于胶片上,相当于使用数字方式直接生成了 JPEG 文件一样,虽然可以在后期作一定的补偿,但终究是有较大限制的。

由于成像原理的不同,数字相机的 CCD 反差系数均为 1.0,是较为理想的记录状态,但显示器等外围设施却无法支持 1.0 的反差系数——这意味着显示器必须具备非常广阔的亮度空间。在设想中,理想的显示器 Gamma 值是 1.0,即呈现原始图像上的所有亮度差异,但一般显示器出于技术限制只能实现较自然界低得多的光强度,根本无法覆盖可见光的范围,所以必须根据人眼的特性来设定与设备相对应的 Gamma 值,将原始数据按照 Gamma 值重新排列。

我们知道,人眼是非常精密的非线性响应生理结构,也具备在各种光线环境下高度可调节的适应性。人眼其实只能辨别较小的亮度范围(约 100 个亮度级),但是借助人眼的适应性扩展,无论在强烈日照下,还是在昏暗的烛光下,人都可以分辨非常多的亮度差异。

当人面对显示器的时候,显示器只能呈现出一定的亮度范围(人眼适应性不起作用),在这个范围内,光线情况是不会发生较大变化的,也就是说,在显示器前工作的人也一般只能分辨出较小范围的亮度差异。

根据这种情况,我们可以设定相应的压缩算法,变更原始图像中的亮度信息,使其可以被人眼在显示器上正确观看。

◎ **数字摄影的显示器调整**　通常显示器的 Gamma 值为 2.2。早期苹果电脑上使用 1.8 的 Gamma 值是为了适应早期的打印设备,现在已逐步废弃。一般的显示器 Gamma 调节,是指在 2.2 的反差系数基础上微调该显示器的显示差异和红绿蓝三基色的响应情况。

显示器的色彩再现直接影响操作者对于图像的判断,显示器的不同质量等易变特性也使得校准显示器变得异常困难。需要注意的是,显示器的校准在与输出设备对应时才显得有意义,在实际应用中,印刷公司等单位必须进行严格的色彩校正和管理才能保证显示器和最终印刷品之间的色彩匹配。而对于大多数普通用户,特别是在网络发布图片的用户来说,最重要的是要缩小自己的显示器和他人的显示器之间的图像变化。

业界也有相应的软件调整工具,较为常见的有集成在系统中的 Adobe Gamma,作为一种相对简单的调节,只调节屏幕的 Adobe Gamma 可以适应多数常见的应用。

通用的数字摄影设置方案如下(Windows 平台):

1. 确认安装了显示器的驱动程序。系统桌面下点鼠标右键选择 "属性"(显示属性对话框)→"设置"→"高级"(高级属性对话框)→"监视器"→"属性"(监视器属性)→"驱动程序"→"更新驱动程序",选择指定位置的显示器驱动,显示器驱动一般在购买时附带,也可从显示器制造商网址下载。

2. 确认将显示器色彩配置文件加入系统颜色管理。按上述步骤,在高级属性对话框中选择"颜色管理",并选择"添加",在色彩配置文件中选择自己的显示器配置文件。一般驱动程序安装后就可以在列表中找到。如果显示器有为特定色温设定的标准配置(如 6500K 或 5000K),请选择 6500K 定义(具体参考显示器说明文件)。如果没有显示器的色彩配置文件,一般情况下选 sRGB 空间即可,勿选 Adobe RGB1998。

3. 通过显示器的控制菜单设定显示器显示色温为"日光"(Daylight)或 6500K。一般情况下,应设定硬件对比度和亮度为 100%。

4. 将显示器设置为推荐分辨率和刷新率,并持续工作 30 分钟以上。

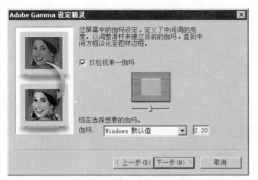

图 2-25 可借助 Adobe Gamma 实现基本屏幕校正

至此已完成显示器配置文件(操作系统)与显示器之间的色彩配置文件同步。也可以说已经使显示器尽最大可能地展示图像的原始色彩,这对一般用户来说已经足够了。

除了这种设置,更高级的用户还可以使用 Adobe Gamma 来进行更进一步的微调,在安装 Adobe 的系列软件后,会在 Windows 系统计算机的"控制面板"中出现一个 Adobe Gamma 的调节控制,点击此项控制,依软件的详细指引进行操作(图 2-25)。

在调整过程中, 一般

图 2-26 控制面板中的 Color 图标

只进行灰度的混合 Gamma 调整即可, 分色通道的专家模式调整需谨慎进行。相比而言,确保我们上述的调整步骤比 Adobe Gamma 调整更有意义。

需要注意的是,Gamma 校正并不简单等同于我们通常说的色彩管理,色彩管理是一种涉及更广泛的概念,通常涉及除了计算机和显示器之外更多的硬件设备,我们将在后续的相关章节中陆续进行讨论。

◎**Windows 色彩控制面板**　在 Windows XP 环境中一直缺乏有效的色彩管理工具,在通用色彩控制上有一定的局限性。微软公司近期推出了新的 XP 色彩控制工具来改变这种情况,该工具可以协助用户对系统颜色进行更有效的管理。微软在官方网站上提供了免费下载(目前仅提供了英文版本),用户可在微软下载网站或专门搜索网站上搜索以下关键字来获取"Microsoft Color Control Panel PowerToy"。

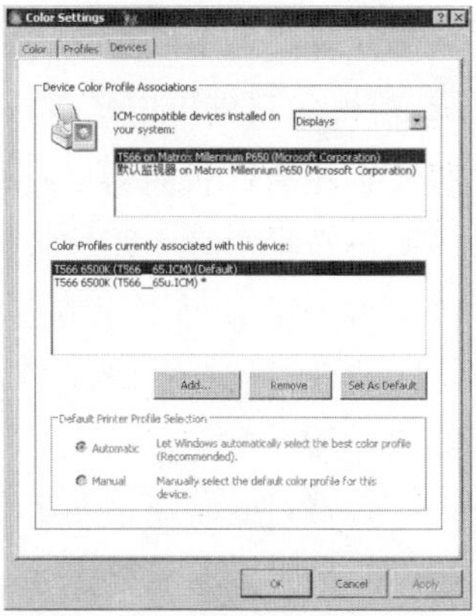

MCCP 安装后会在"控制面板"中新建一个"Color"图标(图 2-26),MCCP 的主要工作是管理系统当前的色彩设置,以确保用户正确地对连接本机的设备(如显示器、打印机、扫描仪)等进行色彩管理。

用户可以在 Devices(设备)窗口针对各个设备来进行色彩设置(图 2-27),并选择 Set As Default 将其和设备进行匹配。如果之前没有进行过此类设置,用户会感到非常明显的屏幕变化。

在 Profiles 菜单中还可以访问系统安装的各种 ICC (色彩配置)文件,并通过 Color Plot 观看当前设置的色彩空间图(图 2-28),并可选择

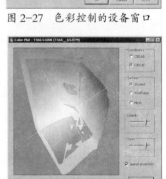

图 2-27 色彩控制的设备窗口

图 2-28 色域图对比

与 Adobe RGB 或 sRGB 等标准色彩空间进行比对以确认自己显示器的显示能力,确定最接近的色彩配置。如果你没有显示器的设置文件,一般情况下可选择 sRGB 替代(这个 sRGB 配置文件必须经过以显示器色温为基准的 Adobe Gamma 调整)。

需要注意的一种情况是,在 Photoshop 中打开的图片和 Windows 中自带浏览器显示的效果存在较大差异,我们认为这是不同色彩配置文件之间的差异所导致的。Windows XP 的默认系统色彩设置是 sRGB,并在"缩略图""预览"等应用时忽略原始文件的色彩配置。如果读者需要经常使用 Windows 自带浏览器来直接查看文件,建议在处理图时使用 sRGB 作为默认色彩空间。

图像计算机概述

◎**影响性能的三大核心部件**　计算机作为人类历史上最为重要的发明之一,直接促使了人类从机械工业时代转入以数字为核心的计算机网络时代。我们看到,计算机的发展速度远远高于相机的发展速度,近年照相机市场也因为和数字技术接轨后才逐渐步入高速发展期。从全局的角度来看,计算机的发展几乎重新定义了所有的社会领域,从经济、文化、政治到几乎所有的艺术门类。

计算机是数字摄影流程中重要的组成部分,实际上数字相机也可以理解为一台特殊功能的计算机,或者说是桌面计算机的延伸,它所存储的影像实际是可被另一台计算设备读取的数字集合。

对于以图像运算为主要任务的计算机来说,中央处理器、内存和硬盘是直接影响系统性能的三个核心部件。

处理数字图像的平台是计算机(电脑),无论任何平台的计算机都是基于基本数字运算的。相应的负责处理数据运算的中央处理器(CPU)就成为最核心的部件(图 2-29),中央处理器的性能也直接影响计算机的性能,长久以来,我们习惯以中央处理器芯片的等级来确定电脑的等级,虽然并不完全科学,但也说明了一定的问题。在处理器选择上,我们的观点是趋向于尽可能高的主频,以带来更好的数据执行效率。

但一味提升主频并不能带来理想中的系统性能增长,特别是对处理图像信息的计算机配置必须遵守协调共进的原则。因为数字图像和单纯数据运算有较大的差异。

数字图像文件通常比较庞大,这也就要求系统提供较大的数据吞吐能力,若片面地追求高频率 CPU,而内存数据的吞吐能力不足的话,就会出现中央处理器"等米下锅"的尴尬情

图 2-29　CPU 是电脑运算的核心

图 2-30　对于经常处理超大图像的用户，内存越大越好。

图 2-31　硬盘速度在处理大型文档时非常重要

况，无法有效地提升整体性能。由此看来，负责数据吞吐的内存实际上是制约图像系统的瓶颈，因此内存应该尽量地增大，内存的大小会直接影响高负荷图像系统的处理速度(图 2-30)。

　　一般的计算标准是，物理内存的大小应该相当于当前图像文件的 4 倍，才能避免因内存不足而使用更慢的虚拟内存的情况。

　　磁盘(硬盘)也是制约系统的瓶颈(图 2-31)，这种制约表现在两个方面：一是磁盘的速度，另一个是容量。如果系统内存不足以承载运算的图片时，就会向磁盘申请虚拟出内存运算空间，在处理较大的图像时，这种情况非常常见。

图 2-32　建议为你的电脑在控制面板→系统→高级中设置虚拟内存

　　虚拟内存实际使用的是较内存速度慢得多的硬盘(图 2-32)。硬盘由于受物理工作方式的限制，在速度上比内存有较大差距，因此会延缓运算速度。这种情况最直接的解决方法就是在系统中加入更多的内存，但更实际的方法是保持硬盘的较高性能，通过经常整理硬盘来提高虚拟内存的效率(NTFS 格式系统通常无需经常整理)。

　　另一方面，随着数字相机分辨率和位深的增长，单张数字图片的容量可能达到数 10 兆字节，对于硬盘的存储容量也是一个新的挑战，对于专业用户来说，一次拍摄的数据量可能就有几十个 G，新的计算机图像处理系统。应该尽可能选择大容量并采用新技术、新接口(NCQ、Sata 等)的硬盘，以获取更大的存储空间和读取效率。

　　◎**显卡与显示设备**　显卡的主要作用是驱动显示器，转换电脑内的数字数据为人眼可观看的信息，并通过显示设备呈现出来(图

2-33)。当前的显卡大都不再仅仅满足于数据转换应用,而是通过显卡上的图形处理芯片(GPU)有效地参与系统图形运算,增强系统在运算图形图像时的性能。

相比较电脑游戏、视频剪辑等需要显卡高负荷运算的应用来说,静态数字摄影对显卡性能的需求并不太强,现行市场的主流显卡一般都可以满足需要。对显卡应该理性选择,无需一味追求更高的显卡核心和运行频率,而应该寻求具备高质量做工和元件、具有优秀成像品质和稳定性的显卡。

显卡上除了GPU外的核心组件是显存,显存的作用类似于电脑中的内存,所有的基本图像信息都要交由显存保管,再交给GPU和CPU协同运算。目前的主流显卡显存都在128M以上,显存越大,GPU的效率越能得到保证。显存的做工和质量是影响显示性能的重要因素,在实际选择中应予以足够的重视。

显卡的目的是为了给显示器提供可显示的信息,显示器是计算机与操作者互动的重要(或唯一)前端设施。

常见的显示器依据成像方法一般可分为CRT显像管显示器和LCD液晶显示器两种,在现行显示效果上,CRT显示器可以实现更好的色彩层次和细节。

图2-33 显卡决定了显示质量并影响运算速度

图2-34 虽然仍有不足,但LCD显示器是发展趋势。

CRT的缺陷在于A/D转换(数字/模拟)中出现不可避免的图像失真和几何变形,并且CRT的耗电量非常大,不利于环境保护。目前不少国家已立法逐渐禁止销售CRT,全面转向LCD液晶显示器技术的推广。

基于纯数字方式的LCD显示器是大的行业发展趋势(图2-34)。LCD不存在数字和模拟转换的步骤,由此完全避免了图像的几何失真,在计算机工程制图等领域受到广泛欢迎。而且LCD的光度均匀,不存在CRT中常见的边缘暗角情况,在市场推动和技术不断改良的情况下,纯数字工作的LCD也逐步在色彩表现等方面取得了较大的进步,成为适合数字图像处理的显示装置。

不同定位的LCD在显示质量上有较大差异,应该优先选择可以使用DVI数字接口的液晶显示器,而相应的显卡也应该具备DVI输出功能,这样在计算机和显示器之间形成一条纯数字工作的链路,从而避免影像在传递和转换过程中遭受损失。

◎**传输协议与标准** 数据传输的含义是把数字信息从一个设备转移到另一个设备上,数字相机、计算机、打印机等都属于数字设备。设备的传输需要用一种通用的"语言"接口来进行,即传出设备和

图 2-35　USB 接口是应用最广泛的计算机接口标准

图 2-36　1394 可以提供更稳定的数据传输

接受设备都必须具备同样的传输协议，协商在传输中如何解释数据。常见的设备间传输协议和接口有 IEEE1394 和 USB 两种，较新型的中高级主板一般会直接提供这两种接口。如果你缺少某一种接口，也可以通过购买价值数十元的扩展卡来扩展。

数字相机最常用的接口是 USB(通用串行总线)，USB 的设计目的是简化计算机外设间互不兼容的接口，使其统一化、标准化(图 2-35)。发展至今，USB 的应用领域非常广泛，包括从鼠标键盘到数字相机、打印机等。在数字摄影领域，近年也新推出了设备和设备之间通讯不需要电脑的 USB-OTG 技术，即数字相机拍摄完成后可以直接通过相机数据线存入移动硬盘，不必再插卡和需要读卡装置，也可以直接连接至打印机完成输出而无需经过电脑。

现在主要有两种方法来标示 USB 的传输速度，分别是 USB 2.0 High-Speed(高速)和 USB 2.0 Full-Speed(全速)，它们对应传统分类中的 USB 2.0 和 USB 1.1。USB 2.0 全速就是传统的 USB1.1，在实际应用中，它们的售价和性能差异较大。理论上，USB 高速版的传输速度是全速版的数十倍，如购买相应的产品，请务必注意分清这两者的区别。

IEEE1394 俗称"火线"，这种接口非常适合大数据量的数据传输，特别是对传输稳定性要求较高的视频剪辑和存储应用来说(图 2-36)。几乎所有的数字摄影机都采用基于 1394 的协议接口，部分高级的静态数字相机也采用 IEEE1394，以提高传输效率。

IEEE1394 的传输速率最高为 400Mbps，约和 USB2.0 高速版的 480Mbps 持平，真实传输速率约 50M(除以 8)，它们的区别在于，一般的 USB 传输中容易出现速率波动，不太适合视频剪辑等对稳定性要求较高的专业用途。目前新的 IEEE1394B 标准速度范围可以达到 800Mbps (100M) 到 3200Mbps (400M)。在目前的 Windows XP 和 Mac OSX 平台中，USB 和 1394 均可得到良好的支持。

◎**操作系统**　操作系统简单地说是协调各种硬件工作的操作平台，在数字图像处理领域最常用的是美国苹果(Apple)公司的 Mac OS 系统和微软公司的 Windows 系统。

Mac OS 的前身是个人图形操作系统的鼻祖 Macintosh，新的 OSX(第十版)系列操作系统基于强大的 UNIX 内核全新开发，在稳定性和运算性能上为业界领先。OSX 具备深受用户好评的人机对话界面(GUI)，易于使用并非常人性化，以至于被狂热的用户誉为"地球上最好的操作系统" (图 2-37)。

Mac OSX 在图形图像处理和电影剪辑等专业领域拥有较多的市场份额，但 Mac 系统并非开放式

图 2-37　Apple OSX

图 2-38　苹果公司一直采用硬件和平台一起销售的方式,未开放操作系统许可

的操作系统,虽然使用的硬件设备相似,但却被限制不能在普通 IBM 结构电脑(PC)上运行,而只同苹果公司的电脑一同销售(这样也保证了系统的易用性),苹果电脑的价格相对较高,这也在客观上限制了 OSX 的市场占有率(图 2-38)。

另一个就是主宰桌面世界的 Windows 系统,从全球市场占有率(85%)的角度来看,Windows 几乎占据了全部的桌面用户市场,只留下非常少的份额给 Linux/Unix 和 Mac OSX 等操作系统。

Windows 现行的桌面板本是 Windows XP,XP 具有设计较为良好的 GUI 用户界面和稳定的性能,重要的是 Windows 平台的包容性非常强, 基于 Windows 的应用软件也非常多, 多数的新硬件也与 Windows 兼容(图 2-39)。

这两种操作系统是目前在数字影像处理领域应用最多的系统。出于实际考虑,本书的大部分内容基于 Windows 系统完成,一些大型的软件都跨越这两个平台,在操作上并无什么不同。

◎**图像处理软件**　图像处理软件, 是指可对图像进行输入、编辑、输出的计算机应用程序。图像处理软件市场异彩纷呈,我们可以大致将图像软件分为纯摄影应用和综合图像应用两种。

纯摄影应用的软件强调在摄影的范畴内对图像进行管理和基本的调节, 而不过多地涉及图像合成等应用。这类软件的代表是 Apple iPhoto, 还有为专业摄影师准备的 RAW 流程软件 Apple Aperture 和 Adobe Lightroom 也可以归为此类。

对于综合应用软件来说,在摄影控制的基础上,还添加了许多因为数字技术而发展起来的新功能,这些新的应用可以满足更为复杂、甚至苛刻的图像处理和设计要求,其中的代表就是 Adobe Pho-

图 2-39　全球用户最多的 Windows 视窗操作系统

图 2-40　Apple iPhoto

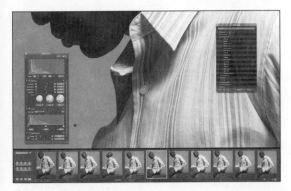

图 2-41　Apple Aperture

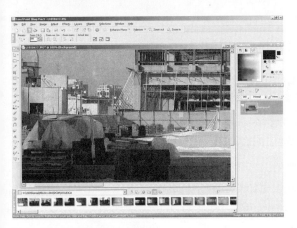

图 2-42　Corel Paint Shop Pro

toshop。除此之外,还有一类专业进行电脑绘画的软件,如 Corel Painter 等。这些软件可以模拟各种绘画的笔触和质感，在电脑手绘方面具备强大的功能，我们也可以将其归类为综合图像处理软件。

在图像处理软件市场上,Photoshop 无疑是最强大的。但并不是只有这一种软件,还有其他许多图像软件可以实现 Photoshop 不具备的功能。

学习数字摄影的根本不是学习 Photoshop 操作，而是掌握跨平台的控制能力，这样无论是在 Photoshop 或是其他软件中，可以使用同样的原理来控制画面。同样的,对于摄影师来说,如果不涉及图像的合成等非摄影应用,一般常用的许多软件都可以很好地完成所需要的应用。

如在苹果平台上,新购买的机型可以免费获得的 iPhoto 是一款简单易用的软件,用户可以轻易地实现对图像的反差、锐度等控制。作为苹果 iLife 平台中较为实用的一款软件,它可以满足日常用户对图像调整的几乎所有要求(图 2-40)。

苹果的 Aperture(光圈)软件是 2005 年刚刚推出的专业摄影处理工具,Aperture 的市场定位非常明确,将目标客户锁定在职业摄影师身上。对于职业摄影师来说，可以轻松地应对所有常见的后期处理工作，是一款纯摄影应用的 RAW 流程软件(图 2-41)。

在 Windows 平台上,除了 Photoshop 外也有许多优秀的软件可供选择，在功能上与 Photoshop 相近的有 Corel Paint Shop Pro(PSP)(图 2-42)。PSP 具有的丰富功能足以满足图像处理和平面设计的苛刻要求,PSP 和下文中的 PhotoImpact 都是 Photoshop 的有力挑战者。

受到准专业用户好评的软件 Ulead PhotoIm-pact(图 2-43)也是值得推荐的图像应用处理软件之一。PhotoImpact 与 Photoshop 相似,但由于定位的差异, 在界面和易用性上下了较多工夫,并针对常用应用作了很多优化,对于图像处理专业用户来说,也是足够使用的了。

但有没有一个最核心的软件供操作者理解数字图像的所有关键点呢?Photoshop 就是这样的软件,Photoshop 是业界毫无疑问的领先者, 在我

图 2-43   Ulead PhotoImpact

们看来,结构复杂微妙的 Photoshop 更适合作为一个学习型的软件(即便它还如此实用)。

我们认为, 跨越 MAC 和 Windows 平台的 Photoshop 也许拥有全世界最强大的数字图像开发团队,Photoshop 可以帮助我们理解并创造性地解决数字摄影中所面对的问题,通过对 Photoshop 的深入掌握,用户可以轻松上手其他工具软件,并且可以训练出数字摄影和数字创作的思维,这也是本书将 Photoshop 作为基础讲解的最重要因素。

对于国内学习者来说,Photoshop 的另一个优势是拥有最多的参考书籍, 初级用户可以在书店中找到从用户手册到技术大全等数百种相关书籍。本书对 Photoshop 的讲解并非是纯基础性的,而是从摄影和视觉艺术的角度出发,强调引导性和专业特性,涉及面较为广泛。用户还可以根据自己的实际情况购买相关层次的 Photoshop 书籍配合本书使用。

图像文件的管理

◎**图片的分级筛选**   在新版本的 Photoshop 中,一般默认安装 Adobe Bridge(桥梁、桥楼)。顾名思义,在英文中它的含义有两种:一是连接各个 Adobe 软件的桥梁,另一个是作为前期的主控桥楼(船的驾驶舱)。Bridge 是一个独立运行的图像管理软件, 作为 Adobe 数字创意图像套装的一部分, Bridge 的主要功能是进行图片的浏览、管理。

对于普通用户来说, 最常用的浏览图片方式可能是 Windows 或 Mac OS 系统中自带的缩略图查看功能。它们非常直观,并不需要额外的安装软件并易于掌握,但缺陷在于只能支持有限的几种通用格式且效率低下,不能显示 PSD、PDF 和相机 RAW 等专有格式文件。对于需要处理大量数字图片的

图 2-44 Bridge 的操作界面

摄影师来说，系统图片浏览器的功能较为单一和薄弱，无法满足更专业的要求。

拍摄过程完成后，图像文件被存储在存储设备上，用户可以通过读卡器或直接连接相机将文件传送至电脑硬盘内存储。在计算机硬盘中，通常应该设置专用的图片目录，并为每次传回的文件建立独立的文件夹。在命名上，建议以拍摄日期命名，后缀加上可供识别的关键词，如"2006.1.1 北京 元旦晚会"。标注化的命名有助于在日益增多的文件夹中快速寻找到需要的文件，相应提高工作效率。

我们将着重讲解在文件传入电脑后的 Bridge 操作。作为独立软件，我们可以通过系统"开始"菜单，打开"程序"文件夹来启动 Bridge(Mac OSX 用户可以在 Finder 中"应用程序"文件夹中找到，下文将以 Windows 为例)。

在 Bridge 的操作界面中(图 2-44)，占据最大面积的是图像缩略图和操作区，左侧是目录区和信息区。

左上方文件夹显示当前所在文件位置，用户在此处可以通过树状目录在"我的电脑"中选择需要管理的图片目录(图 2-45)。此处也可访问光盘或可移动磁盘，在目录上点击鼠标右键，即可对当前目录进行排序、删除和其他管理工作。

通过调整屏幕右下方的大小滑杆(图 2-46)，可以设定缩略图的显示大小，从而方便观看或操作。

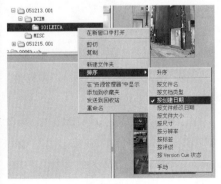

图 2-45 Bridge 的树状目录

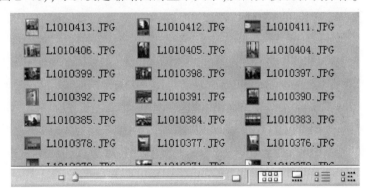

图 2-46 缩略图的显示大小控制

通过屏幕右下角的图标还可以在四种缩略图显示方式之间切换,依次为缩览图视图、胶片视图、详细信息视图与版本和备用文件视图,一般可先进行切换试验,然后再根据喜好和需要进行选择。

Bridge 可以方便地给图像加注标记,这对于拍摄完成后挑选照片非常有利。Bridge 有两种标注系统,分别是"星级系统"和"彩色标签系统"。星级系统包含从 1 星到 5 星五个等级,彩色标签系统则有红、黄、绿、蓝、紫五种。通过它们的组合,可以很方便地筛选出需要的组合。

一般的应用方法是,如果同一目录拍摄内容比较广,比如包含风光、人物、静物等,可用不同的颜色加以标注。实际使用中,可以根据自己的工作习惯建立起色彩对应关系,比如可将风光照片统一使用绿色标签,而人物照片统一使用黄色标签,设置完成后,可通过屏幕右上方的"筛选"按钮选择只显示某个类别,以避免无关图片的干扰。颜色标签的定义比较自由,比如也可以用红色标签来代表拍摄失败的图片,绿色标签代表选出的图片,一切由操作者的喜好来决定。

加注彩色标签的快捷方法是:红色标签(Ctrl+6)、黄色标签(Ctrl+7)、绿色标签(Ctrl+8)、蓝色标签(Ctrl+9),紫色标签需要在"标签"菜单中手动选择。

与色彩标签相比,星级评定显得更为实用,通过层层的星级设置,可以快速找到自己需要的图片。在一般应用中,只使用星级评定即可满足大部分需要,也可以适当地结合色标系统。

作者的初选片工作流程如下,供读者参考:

第一步:设定缩览图为中等大小,以可看到大致图像为宜,选出拍摄失败或确定不使用的图片,按 Ctrl+6 给这些图片加上红色标签。复查完毕后,按屏幕右上方的"筛选"按钮,选择"仅显示未标记的项目",此时标记为红色的图片不再显示在预览窗口中(图 2-47)。

第二步:切换为更大的缩略图,选出 1 星级的图片,并按 Ctrl+1 键加为 1 星。1 星级等于一次海选,原则是不放过好的图片即可。选择完后,按 Ctrl+Alt+1 键,或在"筛选"按钮下选择"显示 1 星级及以上项目",此时没有给予星级的照片将不再显示。在这个过程中,如果发现有好的图片也可以直接给予更高的星级。给星级的快捷方式是 Ctrl 键加数字键 1 到 5,对应 5 个星级。

第三步:依次评定星级,确保每次设置完更高的星级后使用"筛选"设置将低等级的照片屏蔽。如果剩余的图片不是很多,这时可以直接使用全屏检查的方式,以更高的分辨率查看图片的信息以检查可能的缺陷(图 2-48)。

* 可使用 Ctrl+L 键切换到全屏查看方式。此时按下空格

图 2-47　图像筛选显示

42

图2-48 全屏模式

键可以进行幻灯播放。

* 在全屏方式下，可以无需借助 Ctrl 键组合，而直接按数字键 1 到 5 方便地设置 5 个星级。

* 可使用回车键上方的"逆时针 90°"、"顺时针 90°"两个键来旋转画面。

* 按键盘左右方向键或鼠标左右键可以实现前后的翻页。

* 按键盘 H 键可显示键盘操作帮助。

* 按键盘 ESC 键则退出全屏模式。

通过上述两种分类系统的组合，可以很快地找到需要的图片，完成处理前期的筛选工作。Bridge 还可以实现非常多的功能，在后续章节中还有相关的阐述。

◎**自动化与展示图像**　Bridge 的主要目的就是提高工作效率，批量自动化的处理可以为用户节省许多时间和精力，比如批量的命名就是非常重要的工作。在这部分，我们将结合实际情况着重讲解一些可能被忽略但实际上又极为重要的操作。

●**批重命名**　一般我们以数字方式提交作业或作品拷贝时，应该设定一定的播放顺序，一般程序是以文件名来决定播放顺序的。但由于文件名可能非常混乱，导致不能按照预期的顺序来播放，这自然会影响对序列图片的观看。批重命名可以很好地解决这个问题。

第一步：依次选择菜单"视图"→"排序"→"手动"，依据需要的显示顺序在预览窗口中拖拉移动图片，直至排列为所需要的展示顺序(图 2-49)。

第二步：在缩览图中选定需要的图片，按 Ctrl+Alt+R 键或选择 Bridge 菜单"工具"→"批重命名"，调出"批重命名"对话框。

第三步：在弹出的"批重命名"对话框中进行设置(图 2-50)。

* 在对话框上半部分，为保证原始目录的结构性，一般可选择"复制到其他文件夹"，然后点击"浏览"设置目标文件夹。为求方便，可以在桌面上建立一个临时文件夹并设置指向。

* 设定新的文件名，文件名的设置可以有非常多的组合。一

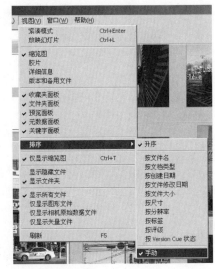

图2-49 手动排序图片并重新命名

43

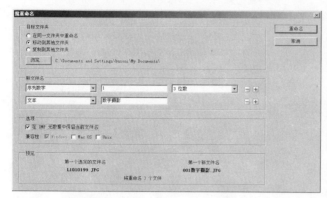

图 2-50　"批重命名"对话框

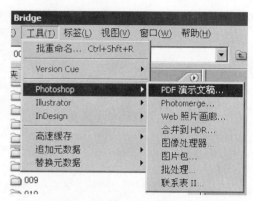

图 2-51　通过菜单调出"PDF 演示文稿"设置

般我们常用的是以 2~3 位数的序列数字开头,生成 001、002……这样的序列。这个序列的好处就是在播放时不会混乱。如果是交作业,前后缀也可以设置为拍摄者姓名,这样做易于观看者分类,特别是在课堂环境下,这样的文件命名也更为美观有效。

第四步:点击"重命名"按钮确认后即可完成命名工作。

新文件名的字段可以设置为多个种类,严谨的命名可以让观看者产生良好的印象,能有效地减轻文件混乱的现象。

●**生成 PDF 演示文件**　PDF 是当前非常重要的跨平台文件格式,在图像应用中,它可以将数十个图像打包生成一个文件,除了传送方便外,还可限制相应的文件使用权限,比如分别设定文件的打开密码和打印密码。

在图片的商业应用场合,PDF 格式具有较实用的意义,通过设置不同的文件权限以防止自己的作品被盗用。跨平台的 PDF 的浏览程序 Acrobat Reader 是免费软件,在电脑领域应用非常普遍,甚至在苹果 OSX 系统上无需额外安装软件,系统默认就可以打开 PDF 文件。

常用的流程如图所示:

第一步:在缩览图中选定需要的图片,选择 Bridge 菜单"工具"→"Photoshop"→"PDF 演示文稿"调出对话框(图 2-51)。

第二步:如图 2-52 所示,对话框中"源文件"部分显示出已选定的图片列表,如不需要某图,可点选后按"移去"按钮删除。

* 多页面文档:生成标准的 PDF 多页面文档。

* 演示文稿:生成的 PDF 文档被打开后可设定自动全屏播放,并可设置图片间的换片间隔和过

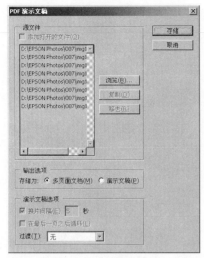

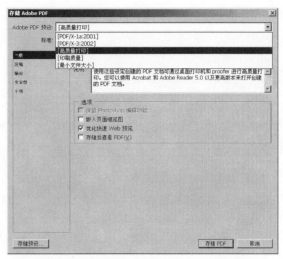

图 2-52　PDF 演示文稿详细设置　　　　　图 2-53　PDF 文件的一般设置

渡转场效果。

　　选择完成后按"存储"按钮进入下一步骤。

　　第三步：首先设定存储该文件的目录和文件名。随后程序将自动启动 Photoshop 并弹出"存储 Adobe PDF"对话框(图 2-53)，在对话框中可选择 Adobe PDF 的几种预设，一般情况下可选择默认的"高质量打印"，如果是需要网络电子邮件传递或只是观看用途，可以选择"最小文件大小"选项。关于 PDF 设置的更多内容可参考后续章节。

图 2-54　PDF 的高级设置

　　第四步：设定安全性选项来控制文件接受者被授予的权限(图 2-54)。

　　＊要求打开文档的口令：如果用户没有口令将不能打开和观看该图片集。

　　＊许可：设置除观看外的更高级操作限制，如重新编辑、打印等操作的许可口令，在下方还可进行更精细的设置。

　　＊如设置密码，在点按"存储 PDF"后，会弹出密码确认的窗口，以防止密码输入错误。确认完毕后，Photoshop 会开始自动生成 PDF 文件。

●生成数字图片索引　当我们使用135胶片拍摄时,通常会自己印出缩略图小样来供挑选,电子化之后这种应用正在减少,因为多数情况下可以通过Bridge或其他看图程序方便地挑选。

但这种方式的主要问题在于,图片必须是实际存储在电脑中的,对于大型图片来说,浏览起来会非常慢,从而影响工作效率。

这时我们通常会建立图片索引来解决这些问题。数字图片索引的概念类似于胶片印小样,这样的小样可以作为单独的文件放在文件夹中以方便检索。另外,数字图像文件通常会占据较多的硬盘空间,许多用户为节省硬盘空间,会把图片文件单独刻录成光盘保存,这时如果在本机硬盘上存储一份标注了光盘编号的缩略图,就可以大大加快要查找某张照片的效率。

依据经验,我们推荐的比较科学的管理方法是:

＊在硬盘上建立"我的图片索引"目录(最好在"我的文档"文件夹中新建)。

＊每刻录一张图片光盘前都预先生成一个该光盘所有图片文件的索引图,并将该索引图一并刻入光盘,刻录完成后将光盘编号装盒(硬盘目录则把索引图拷入目录中即可)。

＊将该索引图拷贝进"我的图片索引"目录,并使用光盘编号或硬盘目录编号作为文件名。

＊查询时可直接在"我的图片索引"目录中检索,直接找出原始图片实际所在的光盘或硬盘目录。

以下将演示借助Bridge来生成图片索引图的步骤:

第一步:在缩览图中选定需要的图片,选择Bridge菜单"工具"→"Photoshop"→"联系表II"调出对话框(图2-55)。

第二步:Photoshop将自动打开,并弹出"联系表II"对话框,进行相应设置(图2-56)。

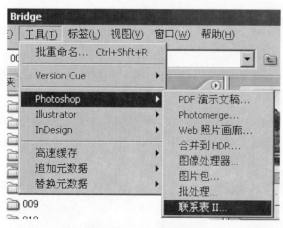

图2-55　通过菜单调用"联系表II"

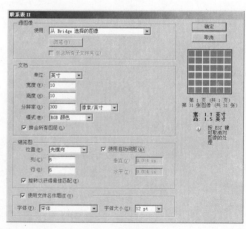

图2-56　"联系表II"的详细设置

图2-57 生成的图片索引文件

* 如果以存档为目的，推荐设置较大的图片尺寸，可以配合行、列的设置尽量把多个文件缩在一张图上。

* 对话框右侧会显示需要缩略的图片总数和当前总页数，要保证设置的行、列数的乘积大于总图像张数，该区域下方会显示缩略图中每张图片最大可占据的空间大小。

* 依据实际需要，一般请选中下方"使用文件名作题注"选项，以方便在检索中确认图片文件名。

第三步：确认后 Photoshop 开始自动打开文件并进行缩略图合成工作。因文件大小和张数多少，这个过程需要耗费一定时间，如需中途停止，可按 ESC 键。

第四步：将生成的文件另存至"我的图片索引"目录，或直接打印输出(图2-57)。

●**同时为网络、打印和存档准备文件** 一般来说，当前的图片应用主要在三个方面，即网络、打印和存档。这三种需求对文件有不同的需要。

* 网络的图片传输和张贴一般要求 JPEG 格式，并且缩小文件量，分辨率的要求也比较低，通常600像素的宽高限制就可以满足浏览器显示的需要，而原始文件一般要比这个像素要求大许多。

* 如果需要输出图片，那就需要使用比较通用的 TIFF 格式。

* 存档状态的图片通常是最高质量的图片，在 Photoshop 中，最好的存档图片就是它本身的格式 PSD。PSD 可以储存所有的层信息、文字信息等特殊信息，方便用户再次加工。

这意味着对同一张图片至少需要三次处理、设置和存储过程。如果你的图片很多，那么这通常会是"致命"的工作量。现在我们通过 Bridge 来调用"图像处理器"，只需一次设置，在一个步骤内即可完成这些烦琐的工作，将文件存储为三个不同的版本，每个版本具有不同的分辨率设定，并且保证文件命名和归类都非常规范。

以下将演示使用 Bridge 来完成该工作的步骤：

第一步：在缩览图中选定需要的图片，选择 Bridge 菜单"工具"→"Photoshop"→"图像处理器…"调出对话框(图2-58)。

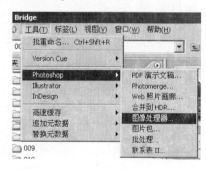

图2-58 调用"图像处理器"

第二步：Photoshop 将自动打开，并弹出"图像处理器"对话框，进行相应设置后确定(图 2-59)。

* 在区域①中会显示当前的图片总数及来源。

* 在区域②中选择文件夹，指定该批图片将要存储到的目录。

* 在区域③中选择要存储的格式，一共有 JPEG、PSD、TIFF 三种格式，可以单选也可以多选，如选择调整大小，则需要设定最大的边长像素限制。如果在某格式后不复选调整大小选项，则图像保持原始分辨率。

* 在区域④中可设置版权信息。设置版权信息的图片在打开后会标示该图片受到版权保护。

* 如需要做很多批次的同样处理，可以选择"存储"将该设置文件保存，再次使用时可选择"载入"来读取同样的设置。

第三步：确定后，Photoshop 开始执行该命令，因文件大小和张数多少，这个过程需要耗费一定的时间，如需中途停止，可按 ESC 键。完成后，在设定的文件夹，将会按照所选文件格式生成不同的大目录，可依据应用要求直接进行发布或输出(图 2-60)。

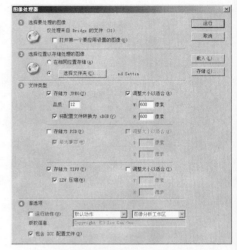

图 2-59　图像处理器的详细设置

图 2-60　最终文件按格式设置所生成的文件夹

图像基本处理

RAW 常识

本小节属于"集锦式"内容，有些类似于辞条。在写作过程中我们发现，一些琐碎的信息非常难以处理，许多也不在本书预定的范围之内。但是，另一方面它们又相当重要，对读者完善自己的知识体系，在和外界沟通交流中"不露怯"有很大的助益。因此为了避免遗珠之憾，本书专门设计了类似的小节，涉及定义、信息、观点和看法。篇幅短小、语句精练，期望能真正拓宽学生对所探讨领域的视野。

* RAW 是"相机原始文件格式"的英文缩写,其指称数字相机 CCD 所记录的所有未经转换的原始信息,其内核为一种特殊的 TIFF 文件。

* RAW 允许用户在拍摄后将原始信息无损地传回电脑中进行后期的修改和校正工作,而无需使用相机内预先设置的其他校正(色温、锐度、饱和度等)。

* RAW 可以保存和显示出相机的最高拍摄质量,非常适用于存档。我们一般将它等价于传统相机的底片。其文件大小一般比 TIFF 要小,因为不用经过机内运算合成,它的存储速度远快于 TIFF。

* RAW 并非固定文件后缀,各家厂商的 RAW 并不统一,常见的有 RAW、DNG(Adobe 定义的数字负片)、CRW(佳能)、NEF(尼康)等。

* DNG 是"数字负片"的英文缩写,由 Adobe 公司开发,并最早于 2005 年开始推广。DNG 的目的在于改变数字相机领域各家格式并存的局面,试图通过形成开放式的标准减低用户的操作难度,被视为较有前途的通用 RAW 格式。

* DNG 由于使用了非开放性的技术而受到某些组织的抵制,也由于这些非标准技术的使用,在某些 DNG 到其他格式的转换过程中容易导致 EXIF 信息的部分丢失。

* RAW 软件一般可完成包括图像的曝光、锐度、白平衡、对比度、饱和度的设置,并可将其输出为可被其他程序接受的 TIFF、JPEG 文件格式。一般的 RAW 格式必须转换为通用格式后才能在图像编辑软件中流通。

* 需要注意的是,大部分经 RAW 解释后的文件不能再存回 RAW 格式(即原始文件不可更改),只能在原始文件的基础上新生成一个文件。Adobe DNG 格式可以用 DNG 为后缀生成一个近似于原始文件的高质量副本,也可使用 DNG 转换工具将现有的其他格式 RAW 转换为 DNG 保存。

* 目前常见的第三方 RAW 软件有 Adobe–Camera RAW、Phase One–Capture One Pro 和 Bibble Labs–Bibble Pro 等。这些第三方软件均被设计为接受多家数字相机制造商及相机型号生成的 RAW 文件,而非单独为某一厂家某款产品服务,更具通用性。

* 理论上相机制造商所附带或推荐的 RAW 解释软件应该是可以达到最高水准的转换效果,但各款成熟的第三方 RAW 软件在实际应用中均可达到相似水准。一般来说,Adobe Camera RAW 由于和 Photoshop 搭配而被用户广泛接受,但目前版本的转换品质位于中游。

* 较为重要的 RAW 信息网站是 OpenRAW(http://www.openraw.org)。

◎**RAW 文件的开启**　RAW 文件的工作软件有许多,为了方便起见,我们选用了 Photoshop 自带的 Adobe Camera RAW(ACR)软件作讲解,但还有许多优秀的 RAW 软件如 Apple Aperture、Adobe Lightroom、RAWShooter 等,许多数字相机厂家也会随相机提供 RAW 软件,用户可根据需要进行选择。

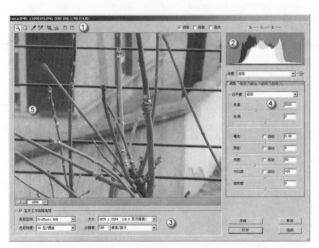

图 2-61 ACR 的界面

选择使用 Camera RAW 打开 RAW 格式文件后,Photoshop 将弹出 RAW 对话框。如图 2-61 所示:

* 对话框标题部分将显示拍摄相机型号、文件名以及拍摄感光度、快门速度及光圈等数据。

* 图①部分是对文件的操作工具框,依次为缩放工具、抓手(移动)工具、灰平衡工具、颜色取样器工具、裁切工具、角度(拉直)工具和左右 90°旋转工具。

* 图②部分默认显示图像的直方图,用于查看图像的曝光和像素分布情况。

* 图③部分为工作流程选项,用于设定转换目标文件的色彩空间定义、图像大小、色彩深度和分辨率设定。

* 图④部分包含 5 个选单,较为常用的是默认调整选单,在此处可设定白平衡(色温)、曝光及饱和度等常见选项。

* 图⑤部分为主要操作区,下方包含比例及缩放按钮。

以下是 RAW 的一般操作:

第一步:设定图③部分的选项。这些选项决定了图像的目标文件属性。

图 2-62 色彩空间设置

* 色彩空间 (图 2-62):ProPhoto RGB 可以存储比 Adobe RGB 更广阔的色彩空间, 其某些空间在添加特殊墨水的高级打印机/印刷机或高级显示器上可以有所体现。一般也可以选择 Adobe RGB,在数字后期调整上,不应选择空间偏小的 sRGB 和 ColorMatch RGB。

图 2-63 色彩深度设置

* 色彩深度(图 2-63):如电脑处理能力允许,色彩深度上应该尽量选择 16 位/通道,以确保从原始文件中获取更多信息,超过 8 位色彩深度以上的信息已被证实是具有实用意义的。

* 大小(图 2-64):大小以像素数为单位,后方附带换算后的总像素数。一般默认为原始大小(CCD的原始捕获像素)。

一般用途推荐按原始尺寸转换,如确认需要更改大小设定的,也可

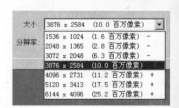

图 2-64 文件大小设置

以通过"大小"直接控制。理论上,用 RAW 工具对图像进行放大,相对于后期再放大效果更好一些。但经过实际测试,此处的缩放和 Photoshop 内的插值算法(两次立方平滑)相当接近(在 16bit 机背下完成测试,不代表普通用户环境)。一般来说,如果用户已确定需要更大的文件,在此处设置是一个比较好的选择。

"大小"的最大缩放约 1.5 倍,如果相机成像品质较高,这是一个相当安全的扩大数值。在这样的倍率下,1000 万像素通过插值约可以达到 2500 万像素,有利于输出更大幅面的画面。本书随后会有专门篇幅讲解插值运算。

* 分辨率(图 2-65):分辨率一般以默认 240 即可,也可设定为 180、300 或 360。dpi 设置得越小,则可打印面积就大,同时单位精度下降。如对于网络用途来说,无需特别设置 dpi 为 72,因为在显示屏上只以最终像素(即前文中的"大小")来决定。

图 2-65 分辨率设置

第二步:设定图 2-61 中标记④部分的选项(图 2-66)。控制图像的影调和色彩。

* 按 Ctrl+U 键,可以由 Camera RAW 根据图像分析进行自行设定。重复该按键可以切换回手动控制模式。我们强烈推荐关闭"自动设置"。

* 色温与色调:主要控制原图的整体色彩倾向。

* 曝光:可以在正负约 3 个 EV 值内进行设置,主要用于控制曝光过度和不足。

* 阴影:对阴影的调节用于提升画面暗部区域的信息。

* 亮度:对亮度调节可增减画面的整体亮度。

* 对比度:增强画面的整体对比,减暗暗部,增亮亮部。

* 饱和度:增加画面的色彩饱和度。

第三步:完成基本转换工作(图 2-67)。

* 按"打开"将在 Photoshop 中按照之前步骤的设置打开文件。

图 2-66 ACR 的调整项目

* 按"完成"将直接将本次调整和 RAW 一起保存,而不打开文件。

◎**RAW 工具的其他操作** 上面说明了 RAW 工具的一般流程,除此之外,我们还可以通过 RAW 工具来进行其他的设定。

下面列出最常用的 RAW 调节选项(图 2-68),一些可以在 Photoshop 中进行深入调节的选项将不再赘述。

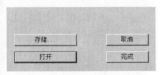

图 2-67 保存调整结果

* 在 RAW 工具窗口被激活的情况下,按 Ctrl+K 键,弹出"Camera RAW 首选项"对话框。对于需要后期大量处理的用户来说,请将锐化部分设定为"仅限预览图像",将锐化工作保持在图像输出前进行 (图 2-69)。

图 2-68　ACR 的首选项

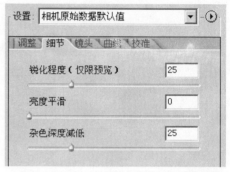

图 2-69　推荐在首先项中更改锐化为"仅限预览"

* 细节面板(图 2-70):用于控制画面的细节部分,锐化最好在 Photoshop 中设定。如果你的图片使用了较高的感光度,或者是长时间曝光,可尝试滑动"杂色深度减低"滑杆。最好将预览画面调节为100%显示。

* 镜头面板:色差现象是由于镜头质量引起的汇聚性错误,如果你的画面中物体边缘部分出现了彩色的错位,可尝试使用"色差"的两个滑杆来进行修复。最好将预览画面调节为 100%显示。

* 镜头面板:"晕影"是镜头像场不足所导致的画面边缘偏暗现象(暗角)。一般在使用广角镜头时出现较多。此选项可用来减弱或增强暗角现象。最好将预览画面调节为显示全部画面。

* 曲线面板和校准面板可忽略,一般情况下,这些调节最好在 Photoshop 中进行。

图 2-70　细节面板控制

评估图像

◎**文件窗口**　在 Photoshop 中,一幅标准的图片文件如图 2-71 所示,在这个窗口中包含了以下信息:

* 标题菜单区①:除了显示当前图像的文件名、缩放比率、色彩模式和色彩深度外,通过在该部分

图 2-71　Photoshop 标准的文件窗口

图 2-72　标题区的右键扩展菜单

点击鼠标右键还可以快速访问功能菜单(图 2-72)。

该功能菜单中较为实用的有：

* "复制"：复制一个当前文件。此功能在图像复杂合成中非常有用。

* "图像大小"：更改当前图像的分辨率或 Dpi 值。

* "画布大小"：画布的设置用于在不更改图像大小的前提下，扩大或缩小画布的面积。画布是 Photoshop 中最终可打印的面积，一个标准的摄影图像的画布大小和图像大小是相同的。

* "文件简介"：用于访问文件信息窗口，设定和查看图片内嵌的信息，一般有拍摄相机型号、光圈、快门速度等拍摄数据。

* 缩放倍率控制②：显示当前的缩放倍率。

* 该数值为 100% 时，显示分辨率将按照当前显示器的硬件分辨率为准。

* 可以通过鼠标点击该区域，直接输入需要的显示倍率。

* 自选显示信息区③(图 2-73)：显示自定义的显示信息。

* 默认状态下，显示为文档大小，表示当前文件的数据量。

* 推荐选择文档尺寸，显示当前的可打印面积和图

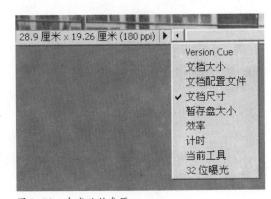

图 2-73　自定义信息区

像 dpi 设置。

　　* 在 HDR 模式下，可在此处选择"32 位曝光"来显示控制滑杆，用于调整高动态影像的曝光值。

　　◎**屏幕模式、缩放与导航**　屏幕模式可以调整当前屏幕上信息的显示方式，一般用于全屏查看文件。

　　以下介绍常见的工作命令：

　　* 连续按 F 键，可以在标准、全屏附带菜单、全屏模式等三种屏幕模式下切换。

　　* 在任意屏幕显示模式下，均可以通过按键盘左侧的 TAB 键来切换隐藏和显示其他桌面工具。

　　* 按 Ctrl+0 键，可以在任意显示模式下以尽可能大的空间显示全部画面信息。按 Ctrl+减号键可以按 1/2 的比率缩小画面。同理，按 Ctrl+加号键，可以按此比率放大画面。

　　缩放工具(放大镜)：

　　* 按 Z 键，可以切换到放大镜工具。如果鼠标装有滚轮，可以通过前后拨动滚轮来缩放画面。

　　* 在放大镜(Z)被激活的模式下，在画面上点击鼠标可以放大画面；点下鼠标并拉出一个区域，将特别放大该区域；按下键盘下方的 ALT 键不松，并点击画面，将缩小显示画面。

　　* 在"放大镜"(Z)被激活的状态下，在画面中点击鼠标右键可以显示出功能菜单(图 2-74)。

　　* "按屏幕大小缩放"：等同于 Ctrl+0 键。

　　* "实际像素"：以显示器分辨率为基准，显示到 100%。

图 2-74　放大镜的右键功能菜单

　　* "打印尺寸"：通过打印分辨率的设置，在屏幕上模拟打印后的图像物理尺寸。

　　导航器(图 2-75)：

　　* 选择"菜单"→"窗口"→"导航器"显示导航器窗口。

　　* 导航器包含一个当前画面的缩小图。通过一个有颜色的框来显示当前屏幕上显示的区域。通过下方滑杆可以调整显示比例。

　　* 可以在导航器中通过点按颜色框，并拖动鼠标来移动屏幕显示的画面。这种方法非常适用于较大画面的准确定位，另外对于使用多显示器工作的用户来说更为实用。

图 2-75　导航器面板

　　◎**直方图**　直方图用于显示画面的信息分布，是用于判断画面是否合理的重要依据。同时也是数字图像工作中最重要的图像信息显示工具。本节将着重解决直方图的定义、概念及其使用方法。

●**直方图的概念**　直方图使用图形化的方式显示每一灰度等级的像素数量。这一二维图形的横轴表示从黑到白的灰度等级。由于数字图像无论是以彩色和黑白显示，实际上都是灰度信息的组合，用直方图可以显示出任何数字画面的像素分布信息，这些信息对于高级的图像处理有较大帮助(图2-76)。

直方图的横轴从左到右表示从黑到白的信息等级，也相当于我们通常所说的动态范围。这个数值在8位图像下是256级。

直方图的纵轴表示像素数量，纵轴与横轴对应，如果纵轴较高，那么说明画面中包含较多的对应灰度级信息。

需要注意的是，直方图和画面的形态和像素排列无关，也就是说，无论拍摄什么内容，在直方图上是不能体现的。

●**直方图的阅读**　直方图显示的纵轴图像偏左(图2-77)，则说明图像在暗部区域聚集了主要信息，也就是说，整体画面是偏暗的。通常低调画面、夜景画面或者拍摄曝光不足会出现这样的情况。

图 2-76　标准直方图面板

图 2-77　低调画面直方图

55

当我们尝试在画面中添加一个高亮度的渐变物体后(图2-78),直方图中高亮度区域开始呈现变化(图2-79)。而无论将这个新增加的物体移动到哪里,这个直方图是不会出现明显变化的,因为直方图的图表与图像的位置无关。这个例子也说明,对于某个图像来说,无论画面元素在图层上如何移动,只要不增加或减少,那么直方图将是唯一的。

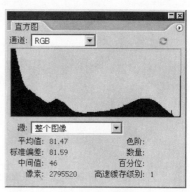

图2-78 在画面中加高亮度的渐变物体   图2-79 直方图中高亮度区域出现变化

直方图显示的纵轴图像偏右(图2-80),则说明图像在亮部区域聚集了主要信息,几乎没有暗部信息,通常高调画面或者拍摄时曝光过度会出现这样的情况。

图2-80 直方图信息偏右的高调图像

56

图 2-81　理想的直方图分布

图 2-82　对比度较大的图像与直方图

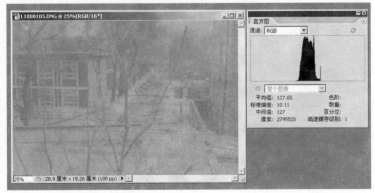

图 2-83　对比度较小的图像与直方图

●**应用直方图**　较理想的的直方图是峰值居中，动态范围涵盖中间较为重要的部分，这表示画面含有丰富的中等灰度信息，这些信息通常是高质量的。

如果我们增强了对比度，也就是黑的更黑，白的更白，这就相应延伸了动态范围。但由于像素总数不变，所以居中的峰值被平均到各个部分，形成新的直方图。

如果降低对比度，也就是将动态范围压缩，那么所有的信息会集中于中部，而画面中不存在过暗或过亮的信息(图 2-83)。

对于初学者来说，直方图因为概念比较抽象可能不好理解。我们抽出较大的篇幅来阐述直方图是希望读者加深对直方图的认识和了解，也只有这样，才可以迅速对图像的质量和状况进行评估。

希望读者能养成打开图片先看直方图的好习惯，在后续章节中也会不断涉及对直方图更深层次的认识。

图像的物理调整

◎**图像的旋转**　通常情况，相机会记录拍摄时的图像旋转信息，如果文件包含这样的信息，那么在打

图2-84 在菜单中访问旋转画布

开图片时,软件会自动旋转为正常的画面。

有时,我们也会遇到需要对图像进行旋转或更精确的水平校正等情况。对于一般的顺时针或逆时针旋转来说,都可以简单地借助旋转画布来完成工作。

在 Photoshop 中,所有的画面旋转命令均可通过菜单"图像"→"旋转画布"来访问(图2-84)。请按照软件提示进行基本的旋转设置。

◎**校正水平或垂直** 在拍摄时,我们通常无法确保画面的水平。画面水平线的倾斜会影响整体的美观。在拍摄建筑、风光等图片时,尤其需要对水平线或垂直线进行校正。对水平线的校正步骤如下:

图2-85 度量工具位置

图2-86 画出水平参考线

第一步:用鼠标点击工具框中吸管工具不放,随即出现附属工具菜单,从中选择"度量工具"(图2-85)。

第二步:在画面中寻找水平参考线,在线上点按并按照线的角度拖动度量工具(图2-86)。

第三步:访问菜单"图像"→"旋转画布"→"任意角度",弹出"旋转画布"对话框(图2-87)。刚才所测量后计算出的需补偿的角度将直接显示(图2-88)。

第四步:无需其他设定,直接点击确定,画面将自动旋转至所需角度,依据参考线使画面水平或垂直(图2-89)。

图2-87 访问任意角度旋转画布命令

图2-88 旋转画布对话框

图2-89 水平校正后的画面

◎**裁切画面** 如需裁切画面,一般有以下几种方法:

图 2-90
裁切工具

* 按键盘 C 键,或从工具箱中选择"裁切"工具(图 2-90)。

* 在画面中拉出需要重新保留的区域,将被裁切掉的区域会以较暗的颜色显示(图 2-91)。如果需要拉出正方形区域,可在点按并拖动鼠标的同时按下 Shift 键;如需要拉出符合原图比例的裁切区域,请先在屏幕上方附属设置框中点按"前面的图像"按钮,再进行裁剪区的选择工作(图 2-92)。

图 2-91 裁切选区

图 2-92 裁切工具扩展控制面板

* 选框工具也是较为常用的裁剪工具,适用于较为简单的裁剪任务。

* 按键盘 M 键,选择"矩形选框"工具(图 2-93)。

图 2-93 选框工具

* 在屏幕上拉出需要裁剪的区域。可以通过 Shift 键来拖出正方形,但无法按原比例裁剪(图 2-94)。

* 选择菜单"图像"→"裁剪"(图 2-95),完成裁剪工作(图 2-96)。

图 2-94 选择裁剪区域

图 2-95 在图像菜单中选择裁剪

图 2-96 裁剪完成

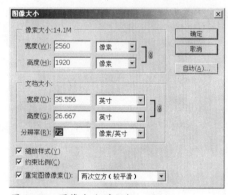

图 2-97　图像大小对话框

◎**分辨率和图像大小**　对于数字图像来说,图像唯一的大小就是像素的数目。对于显示和输出来说,还必须在这个基础上加入分辨率的换算。

在实际工作中,我们经常需要调整图像的大小来满足特定的需要。以下将介绍控制图像大小的方法。

在 Photoshop 中,我们使用"图像大小"对话框来修改图像的大小和比例。此命令可以通过菜单"图像"→"图像大小"来调出(图 2-97)。

* 图像大小对话框主要由"像素大小"和"文档大小"两部分构成。

* 像素大小:属于图像原始的信息值,并无物理对应的大小,是一个抽象的概念。

* 文档大小:主要用于打印输出目的,主要是通过分辨率(dpi)来换算出"像素大小"应该被打印的物理面积。分辨率设置越高,同样像素的图像就会输出更小的物理面积。

* 显示器也是一种输出设备,它的分辨率一般为每英寸 72 像素或 96 像素(依据显示器硬件设计而有少量浮动)。比较常见的显示器总的显示分辨率为 1024 像素×768 像素和 1280 像素×1024 像素。

* 对一般网络发布和观看来说,应该将待发布图像宽或高限定在 600 像素以内。

* 一般来说,在任何情况下都应该确保"约束比例"被选中。

* 对于照片缩放操作,建议在重定义像素方法中,缩小画面时选择"两次立方(较锐利)";放大画面时选择"两次立方(较平滑)"(图 2-98)。

图 2-98　重定义像素的选项

为避免混淆,下面将解释像素大小和文档大小的关系:

* 像素大小是图像真实的原始大小。如图所示,当分辨率设定为每英寸 72 像素时,像素大小为 2560×1920 的图像可以在纸面上打印出 90 厘米×67 厘米的画面(图 2-99)。

* 在输出到硬拷贝时,"文档大小"才更有意义。当更改分辨率,将之设定为每英寸 300 像素时,同样大小的像素在纸面上仅

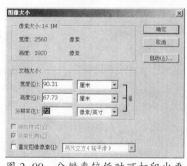

图 2-99　分辨率较低时可打印出更大的画面

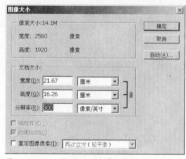

图 2-100　更改分辨率同时更改了可打印面积

可以打印出 21 厘米×16 厘米大小的画面(图 2-100)。需要注意的是,像素大小并未改变。

图像模式及其变换

图像模式是表示图像生成方法的重要概念,通常我们所说的 RGB 和 CMYK 就是图像模式的一种。本节将着重讲解常用的图像模式所适用的领域及其转换方法。即使在图像处理的基础阶段,这也是一个需要首先解决的问题。本节出于实用考虑,只对 RGB 和 CMYK 进行探讨。

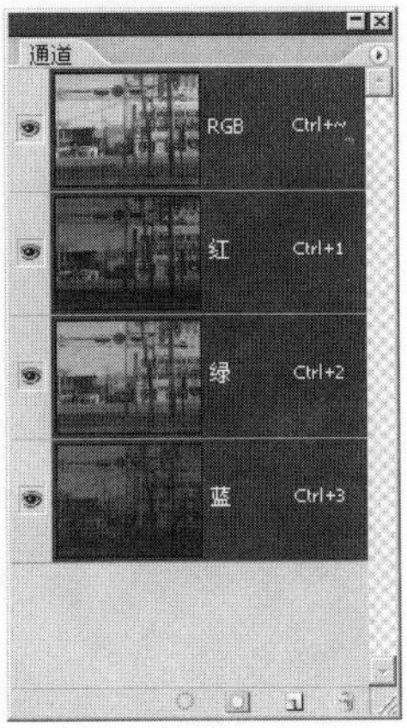

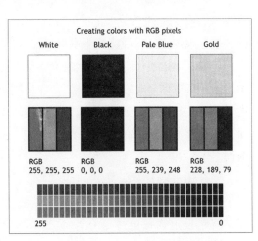

◎**RGB**　数字相机拍摄的图像均为 RGB 模式,是通过 CCD 中感应 RGB 的三色像素所构成的。RGB 是最重要也是最常用的图像模式之一,显示器多基于 RGB 原理工作,作为一种加色混合系统,RGB 可以展现非常广阔的色彩空间。

所谓加色混合系统,简单地说,就是用色光来混合各种颜色的系统。实验证实 RGB 是光学再现上的三原色,即通过这三种色光的强弱混合,我们可以模拟人类视觉可见任何一种颜色。

也就是说,在 RGB 模式下,图像中的任意一个像素均是由 RGB 三组数据所构成的(图 2-101)。在 8 位色彩位深下,每一种颜色均具有 0~255 种强度变化,通过它们之间 256 的 3 次方的变化,像素将最终呈现出 1670 万种色彩中的一种。

图 2-101　由 RGB 三种数据构成的图像

图 2-102 中显示出了三种原色形成色彩的情形,当三种原色为最大值 255 时,画面混合为白色,当数值均为 0 时,显示为黑色。对于 RGB 来说,是通过控制每种色光的亮度值来生成颜色的。

关于 RGB 还有一些常识和提示:

＊RGB 是一种成像方式(模式),和色彩空间的概念有所不同。

＊我们的电视、电脑显示器甚至眼睛都可以说是基于 RGB 原理工作的。

＊如果没有充足的理由,在数字摄影流程中应始终使用 RGB 模式。

图 2-102　RGB 通过三色数值的变化来形成色彩

图 2-103 由 CMYK 构成的图像

◎**CMY+K** CMY 是青色、品红、黄色三种颜色的缩写,分别为 RGB 的补色。在美术领域也用近似的红、黄、蓝作为三原色。无论是青、品、黄还是红、黄、蓝,都属于减色三原色。

减色法通过颜色参与成分的百分比来形成颜色,混合时每个原色会吸收或减去白光内的三分之一色光;这样,用不同比例的三原色混合,就把白光内相对的色光吸收或减去,从而依据同色异谱现象在人眼中产生不同的颜色(图2-103)。通常,彩色反转片和负片、彩色相纸、印刷和打印,包括绘画颜料都是基于这样的工作原理来实现的。我们可以想象,如果将红色和蓝色两种颜色使用画笔进行调和,就必然会产生更暗的色,而使用两个发射红色和蓝色的光筒叠合显示时,会生成更亮的品红色。原因是,人类还无法造出会自己发光的实用颜料。

CMY 作为减色三原色可以生成理论上与 RGB 相同的色彩空间,但由于纸张等客观条件的限制,CMY 模式可表现的色彩要少于 RGB 模式,但它更为实用,可作为一种 RGB 的转换模式而存在。只有通过 CMY 转换技术,我们才可以在照片、书刊等介质上看到颜色。

印刷中,CMY 采用半色调网点技术来生成画面。通过网点的疏密来控制颜色的浓淡,继而借由三种原色来生成各种颜色(图 2-105)。理论上 CMY 可以生成该空间内全部的颜色,但由于印刷油墨的制作问题,我们几乎不可能混合得出正确的黑。为此,在印刷中还加入了黑色(K)来处理暗调区域,黑色的介入还可以有效节省印刷成本,通过使用底色去除(UCR)等工艺,可以减少在暗灰色区域的其他油墨使用量,我们在后续的高级章节中还会对此进行更深入的探讨。

关于 CMY+K 的一些常识和提示:

＊CMYK 所能展现的总的色彩空间虽然比 RGB 小,但在某些色彩上却可能超越 RGB 的色彩表现能力。

＊打印机只能说使用了 CMYK 的生成原理,实际上现

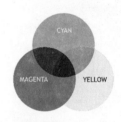

CMYK Colorspace

Cyan, Magenta, and Yellow transparent inks

图 2-104 CMY 基本的构成原理

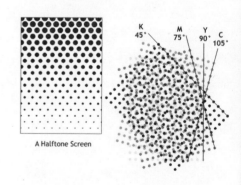

A Halftone Screen

CMYK screen angles

图 2-105 使用半色调来控制 CMYK

代的打印机往往使用更多的颜色来表现色彩,所以在某些机型上,CMYK可以展现非常广阔的色彩范围,甚至超越某些RGB空间。

*在进行数字直接打印时,打印机会根据自己的色彩特性对RGB图像自动进行CMYK解释,在桌面打印前无需进行RGB转换为CMYK过程。

*CMYK使用四个描述通道,在运算中会变慢,并且占据相对大的存储空间。

*为了避免黑色(Black)和蓝色(Blue)的混淆,所以使用K而不是B来标示黑色。另外,K也标注了黑版在印刷中定位版(Key)的作用。

◎**系统标准颜色设置**　虽然本书建议完全使用RGB流程来完成日常工作,但我们经常会遇到转换CMYK格式文件的情况,这通常是由印刷公司或杂志社所要求的,因为转换为CMYK虽然减少了颜色,但是却使得颜色在各种不确定的印刷设备上表现更为稳定。

最好的转换方法是依据印刷机提供的CMYK描述文件来进行转换,这样可以最大限度地利用印刷机的色彩表现能力。但这一要求并不现实,所以通常我们希望能转换一个比较"保险"的CMYK空间。

在转换前一般应先定义系统的颜色设置。

第一步:在Photoshop中,可使用菜单"编辑"→"颜色设置"调出颜色设置对话框。这一对话框的键盘快捷命令是:Ctrl+Shift+K键(图2-106)。

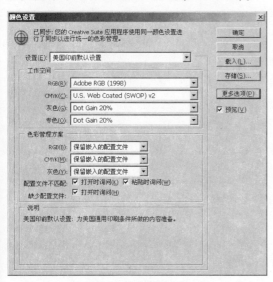

图2-106　Photoshop颜色设置面板

第二步:选择设置为"美国印前默认设置",这是为通用印刷条件所准备的,如果没有这一选项,也可手动设置:

*RGB空间为Adobe RGB(1998)(更为安全的是设置为sRGB)。

*CMYK请选择U.S. Web Coated (SWOP) v2。需要注意的是,这里的web不是指"网络",而是卷筒纸(Web offset),Coated为涂层(铜版)纸的意思。

*灰色可选默认网点扩大值为15%~20%和Gamma 2.2。

*专色可选默认网点扩大值为15%~20%。

第三步:点击存储保存当前设置。按确定键完成操作。

图 2-108 文件的标题栏会
显示当前文档的色彩模式

图 2-107 在菜单中进行色彩模式转换

◎**RGB 和 CMYK 的互换**　RGB 模式与 CMYK 模式的转换可以通过菜单"图像"→"模式"→"CMYK 颜色"来转换（图 2-107）。

　　* 只有在确认完成系统颜色设置后，才能进行 CMYK 转换。

　　* 转换后，文件窗口的标题栏将显示出 CMYK 字样（图 2-108）。

　　* 从 RGB 到 CMYK 的转换会丢失不少颜色。而且如果将已转换的 CMYK 文件重新转回 RGB 模式，不能恢复已在上次转换中丢失的颜色。

实用色彩调整

　　◎**本书的色彩调整思想**　色彩调整至少包含了两层意思，即严格的色彩校正和感觉的色彩调整，这两者实际上也划分了对色彩进行调整（或校正）的两种主要思想。

　　其一是对色彩的校正，即要求拍摄景物与原始景物色彩尽量一致，也就是严格还原。需要指出的是，对色彩的严格还原是一项需要投入大量物力、财力的工作，对这一思想的追求多出现在印刷和商业图片领域，我们可以称之为"严格还原派"。

　　"严格还原派"通常会举的一类例子是："在产品宣传册上，一个用户看到了一件红色的衣服，但实际购买时却发现衣服的颜色与宣传册上的颜色不符，导致纠纷的产生。这说明，必须对色彩进行严格的还原来减少这种情况。"

　　毫无疑问，这种逻辑是完全正确的，但我们认为还有可商榷的地方。

　　首先是人眼的不确定性，在光线、观看条件的制约下，人类几乎无法确定什么是事物"真实"的色彩。一件衣服的颜色在晴天和阴天、黄昏、傍晚的视觉感知实际上都是不同的（人眼会宽容地认为它们是相同的），而且在不同的油墨、印刷技术、呈现技术与显示器上，我们在理论上无法得到完全精确的色彩还原。所以，我们认为对色彩的"严格还原"是一种少数人的要求，对于大多数用户来说，严格还原的意义并非总如所强调的那么重要。

　　我们也认为，印刷工程师是最应该注重"严格还原"的，因为对于印刷来说，有比较标准的色彩检验环境和色彩要求，也有可供对应参考的色彩原本，印刷公司需要通过印刷手段将色彩尽可能地接近顾客签字认可的样稿。而以商业，特别是商品拍摄为主的摄影师也应该注意掌握该领域的知识。

但对于拍摄者来说,是否不进行所谓的专业"色彩管理和色彩还原"训练,就必然要将红色衣服拍成紫红色? 究竟有多大的差异呢?

事实上,如果我们能控制好拍摄前期的光线、色温、曝光等环节,配置好电脑的颜色设置,再加上人眼对色彩感知上一定的宽容性,存在较大色彩差异的情况就会很少出现。能如此认识色彩调整工作的,我们可以将其归类为更为温和的"色彩调整派"。

作为一个更大的概念,色彩调整可以很严格,也可以很直观,更可以很自由,一切依据摄影者的工作要求。对于大多数摄影工作来说,还原并非第一要务。试想:我们即使拍摄得再真实,经过镜头所生成的图像和原物对比来说也不可能是完全真实的。比如黑白摄影,就不可能是真实的,世界是彩色的,照片是黑白的,凭什么说这就是真实的呢? 所以说,"还原"并非真实性的唯一表述。关于这个话题的讨论还可以延伸下去,这必然超越本书的范畴。

本书的色彩调整思想是:

* 通过控制各个环节,尽可能用最经济的方式获取最贴近于原始视觉体验的图像。

* 以创作者的要求为主,强调人的作用而不是机器的作用。

* 无论对于严格还原还是感觉上的调整来说,本书希望能提供通用的调整方法。

进行色彩调整的准备工作:

* 确认显示器得到了有效的基本调整。

* 我们强调显示器的调整是因为这是最重要的图像"输出"工具。因为我们必须首先确认自己的显示器工作在一个大多数人认可的色彩环境中。

◎ **变化调整**　变化调整是 Photoshop 中可以同时调整色彩、明暗的工具,也是经常被认为很"傻瓜"的调节工具。傻瓜并非简单,它说明可以用简单的操作来实现高级的要求,"变化"中所包含的技术成分是非常复杂的,但应用却非常直观和友好。对于初学者来说,特别是循序渐进地阅读到本节的读者来说,这是个很值得尝试的工具。

"变化"的最大特点是直观的判断,强调人在进行色彩调整过程中的参与,通过对"变化"的认识,我们可以在后面的章节中理解更高级的色彩调整工具。

"变化"的操作过程如下:

图 2-109　通过菜单调用变化命令

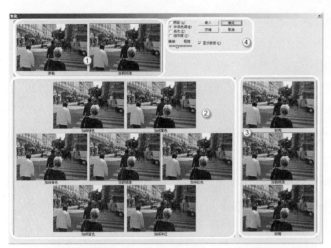

图2-110 "变化"的窗体

第一步:选中需要调整的图像,选择菜单"图像"→"调整"→"变化",Photoshop将打开"变化"调整对话框(图2-109)。

第二步:如图2-110,"变化"的窗体主要由四部分构成:

* ①是原稿和调整图稿的对比区。左侧为原始图样,右侧为当前图像,也就是调整后的图像。

* ②色彩的调整区,中间为当前画面(参考画面),可以控制该图片色彩在绿—洋红、青—红、黄—蓝三对补色间的倾向变换,每次变化后,所有图像都会变化,从中选择自己最想要的画面即可。

* ③通过"更暗"和"更亮"来改变画面的亮度。

* ④控制区(图2-111),主要选择起作用的范围,一般应选择对中间色调进行调整。下方的"精细—粗糙"控制滑杆用于控制单次调节的量,选择越"精细",每次调整画面的变化就会越小。

图2-111 控制区选择变化区域和精度

第三步:通过色彩和明暗控制调整画面,点击"原稿"可以返回最初的画面重新开始调整。点击确认可完成工作。

需要知道的是,与"变化"对应或近似的另一个色彩调整命令是"色彩平衡"(图2-112)。这个命令可以从菜单"图像"→"调整"→"色彩平衡"中调出。快捷方式是Ctrl键加B键。由于它的适用范围和功能有限,后续章节将不再讲解这个命令。

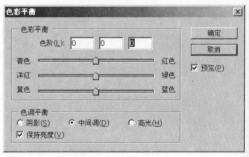

图2-112 色彩平衡对话框

◎**饱和度与明度调整** 饱和度与明度调整和色彩调整不同,通常在进行色彩调整后需要进行饱和度和明度的设置。饱和度也就是色彩的鲜艳程度,是美术范畴中的色彩三要素(色相、明度、纯度)之中的纯度,色彩的纯度调节在很大程度上能影响作品的整体和谐及美感,是必须重视的一个调节选项。

调整饱和度可以通过"色相/饱和度"命令来完成。此命令主要有两种方式调用,我们将在后面采用

图 2-113 按 F7 键后显示的图层面板

图 2-114 创建色相/饱和度调整图层

最优的调整图层方式为例(适用于 Photoshop CS 以上版本)。

对一幅图像使用"色相/饱和度"调整的步骤:

第一步:按 F7 键,调出图层控制面板(图 2-113)。

* 我们将在后续章节中详细讲解图层面板。

* 图层面板也可以通过菜单"窗口"→"图层"调出。

第二步:点击图层面板中"创建新的调整和填充图层"按钮,在展开的菜单中选择"色相/饱和度",即可弹出"色相/饱和度"对话框(图 2-114)。

第三步:"色相/饱和度"窗口由编辑目标,以及色相、饱和度、明度和下方的编辑目标定义区域几部分构成(图 2-115)。

* 确认"预览"选项被选中,可直接在画面上查看修改结果。

* 编辑:选择应用的目的范围,默认是全图调整,从该部分可以选择独立调整画面中某种颜色的色彩特征。

* 色相(HUE),就是色彩的角度,是此种方式下对色彩属性的标示方式。此处可调节正负 180°共 360°形成色环,红色为 0°(360°)。此处的调节相当于拨动色彩环,每次移动都会引起画面中所有颜色的位置移动,在这里是一种破坏性较强的调整方式。对于不熟悉的用户来说,这个调整要非常谨慎地使用,而且应该尽可能的用小的调整值。

* 饱和度:可以在正负各 100 的范围内增加或减少画面色彩的鲜艳程度。如果饱和度为负 100,画面将以灰度显示。

* 明度:调节色彩的明暗。负 100 为全黑,正 100 为全亮。

* 通过选择不同的编辑对象,可以对画面中的特定颜色进行色调变换和饱和度调节,比如单独调整红

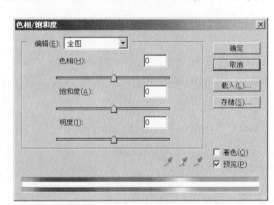

图 2-115 色相/饱和度窗口的构成

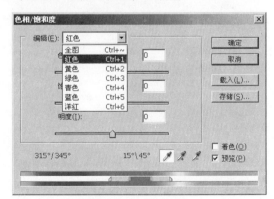

图 2-116 对特定色彩的界定和调整

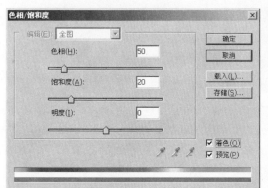

色衣服的饱和度和明度等(图2-116)。

* 选择"着色"选项,将以单色方式显示画面。即去掉画面中其他颜色,改为由色相当前指定颜色为单色调(图2-117)。色相改为0°~360°单一调节。饱和度则只在100区间设定。

* 饱和度为0时,画面以

图 2-117　使用单色着色方式

图 2-118　新增调整图层

黑白灰的灰度显示,但不推荐以此种方式转换黑白图片。"着色"方式在创建单色调影像上非常实用。

第四步:确认完成。在画面完成修改的同时,图层面板中将新增加一个"色相/饱和度"的调整图层(图2-118)。

* 可在任何时候再次双击这个调整图层,在原来调整的基础上进行色彩调整和控制。

* 调整图层可被复制到其他图像中,调整数据不变。

饱和度(纯度)调整的扩展提示:

饱和度对于数字摄影来说尤为重要。在目前比较流行的图片创作中,对于饱和度的控制和处理都比较多。随着画面色彩饱和度的弱化,彩色摄影可以进入介于黑白和彩色之间的亚彩色状态,在这种状态下,色彩的意义和价值都会被观看者重新评估,呈现出一定的和谐和艺术特征。

通过饱和度和整体对比、色调的重复调整,可以使得画面更具整体感,同时也让人感觉更为和谐和优美。

◎ **自动颜色**　对于拍摄时所存在的色温差异、整体偏色等情况,虽然使用"变化"命令可以直观地进行调整,但这种工作过于依赖人的眼睛,随着工作状态的差异,人们对色彩的判断也会出现问题。

于是,我们希望在进行色彩调整之前,能先有一个"标准"参照,或者说将色彩校正到一个比较有"理论"依据的状态下,当然,这最好的情况是能控制画面整体的灰平衡与标准灰板相似。

这与我们所拍摄的灰板实验是相似的,在早期的曝光和反转片试验中,我们总是以标准18%灰板的还原为最终依据,通过仪器来确定画面与所拍摄灰板间的偏色和曝光差异,最后再通过数据来修改自己的曝光习惯。当我们转到数字摄影以后,必须树立的意识是,灰度的平衡仍然是确保色彩准确还原的关键。

构成数字图像的基础是 RGB 三个灰度图,如果能将画面中的某块确认为中性灰色的区域正确还原,那么随即就能确认整体的色彩偏差,这在原理上和我们拍摄灰板是相同的。

"自动颜色"会设定一个中性中间调值。一般来说,这个 RGB 数值对应为 R128、G128、B128,也就是 18%灰。通过分析已打开的图像,"自动颜色"试图在画面中寻找尽可能接近这一属性的中性色点,并将其映射为中性灰(即假设为图片中的灰板),并以此为参考,校准全画面的偏色。

在我们的实际应用中,"自动颜色"的成功率非常高,这是一种强烈推荐用户使用的色彩预调方法。经过自动颜色的调整后,色彩会更接近于"本来"的面貌,这个图像也有利于作为一个调整的基准进行更为艺术化或精确化的调整。

图 2-119　调用自动颜色

* 如图 2-119,可以通过菜单"图像"→"调整"→"自动颜色"来调用该命令。

* "自动颜色"直接在图像上起作用,不显示中间对话框。

* 调出"自动颜色"的快捷命令是:Ctrl 键加 Shift 键加 B 键。

* "自动颜色"可以叠加,对于颜色偏差较大的图像,请重复使用以得到更好的效果。在后续章节中,我们会谈到如何更深入地设定自动颜色。

实用曝光优化

◎**本书的曝光优化思想**　将镜头生成的光学影像在 CCD 上捕捉下来,这就是数字影像曝光的本质。由于 CCD 对光线非常敏感,所以,即使是百分之一秒的差异,都会在画面上产生迥然不同的效果。

有些图片感觉很暗,有些却非常明亮,这都与曝光紧密相关。数字摄影的曝光要求与胶片摄影并没有什么差异。应该说,越高的曝光控制技术就能生成越好的图像质量。全面数字化后也有人说:"数字技术可以调整曝光,那在拍摄时就可以不注重曝光,一切在计算机里调节就好了。"这种想法对于摄影专业学生来说是有害的,必须加以避免。

在数字后期处理上,确实可以修正一些曝光问题,但我们更强调的是借助数字技术对曝光进行优化而不是修补失误。有了数字技术,我们已经不能再仅仅满足于修复"正确"的曝光,而应该借助数字技术的优势,展现出更多的图像信息,或者更有创造性地改变曝光。应该说,这才是曝光优化的最终目标。

举一个简单的例子,当我们拍摄高光比的场景,必然会面临画面中同时存在曝光过度和曝光不足的情况,这时即使不做任何处理,我们也不能认为这是一张"曝光错误"的图片,因为这是摄影本身的特点,无论怎样控制都不可能完美地解决,这是器材本身的限制。

在此基础上,如果我们能了解数字摄影的特性,就可以超越胶片摄影,记录下更广阔的动态范围,在"曝光过度"或"曝光不足"的区域展现出更多的细节和层次。

展现更多的层次和细节,是摄影曝光一贯的技术要求。但对曝光质量的评估不能武断地依照这种"技术要求"来进行,无论什么时候,满足摄影师要求的曝光才是唯一正确的。

◎**基础曝光调节** 一般所说的电脑曝光调节,实质是调整画面的亮度信息,这一操作可以通过许多途径来实现。较为常见的就是使用前文所说的"变化"命令。

"变化"命令的感觉比较简单,而且缺乏更精确的控制,一般来说,用户更喜欢使用"曲线"和"色阶"工具来完成更高级的曝光调整。这类较高级的工具不单纯是画面亮度的调节,更可以同时控制整体反差、色彩呈现等,和传统摄影里的曝光调整有较大的差别。

作为重要的调节工具,色阶和曲线所完成的工作是近似的,但在细节和处理对象上有较大差异。在本节,将介绍以色阶的方式完成基本曝光调节的方法和步骤。在后续章节中,我们将针对色阶和曲线进行专门的说明。

第一步:如图2-120,打开需要调节的文件,选择菜单"图像"→"模式"→"Lab 颜色",将 RGB 空间转为 Lab 色彩空间。

*Lab 包含一个独立的整体亮度信息,通过对亮度信息的独立调整,可以最大限度的保证在曝光更改的同时,整体颜色不发生变化。

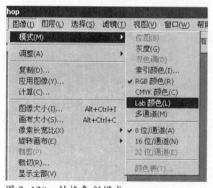

图 2-120 转换色彩模式

图 2-121
创建新的色阶
调整图层

*Lab 是个比 RGB 更为广阔的色彩空间,同时也是与任何设备无关的独立数字色彩模型,是色彩管理中色彩管理引擎的重要中转空间。

第二步:按 F7 键,调出图层控制面板。点击图层面板中"创建新的调整和填充图层"按钮,在展开的菜单中选择"色阶",即可弹出"色阶"对话框(图 2-121)。

*也可直接选择菜单"图像"→"调整"→"色阶",调出色阶命令对话框。快捷方式:Ctrl 键加 L 键。

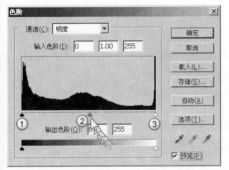

图 2-122 色阶面板构成

第三步：如图 2-122，色阶对话框中央将显示当前图像的"明度"直方图，明度反映了画面亮度分布的情况，对明度的修正不影响画面整体的色彩。

* "色阶"通过重新定义黑点、白点以及中间值来修改画面的明度信息。原始的输入色阶为 0~255，0 为黑点，255 为白点。

* 直方图左侧黑色三角①为暗调区域指示，默认为 0，向右移动可增大输入色阶中的数字，并使画面整体变暗。如移动至 20，则 20 被定义为画面最黑点，原 0~20 之间的信息将被删除。

* 中间灰色三角②为中间调区域(Gamma)指示，此修改重新定义中间明度值，当向暗部(左)移动时，画面更多的信息被重新调整为亮部，画面变亮，反之则变暗。

* 直方图右侧白色三角③为亮调区域指示，默认为 255，向左移动可使画面整体变亮。白色三角右侧的信息将被删除。

注意：

* 通常画面只需移动中央灰色三角即可得到较好的效果。对黑点和白点所做的任何调整均会减少画面信息。

* 如果要将图像用于印刷用途，推荐先将下方的输出色阶分别改为 10 和 240 后再调整曝光情况，最终的画面会在网版印刷时呈现较好效果(因印刷网版不能很好地处理过黑和过白的区域)，如果输出到高级的照片打印机则可酌情处理。

* "色阶"适合整个图像的大致调整，不能对某局部曝光进行调整，在应对较复杂的曝光情况，或需要单独调节某个区域曝光情况时，应选择"曲线"工具。

第四步：确认并完成修改，并生成"色阶"调整图层(图 2-123)。如果需要，可选择"存储"，将当前设置储存起来以方便下次调用。

* 双击"图层"面板中的色阶图层，可在上次调整基础上做调整。

* 如需直接调用上次的调整数据生成新的色阶图层，可按 Alt 键新建调整图层。

* 如需直接调用上次的修改数据，无需存储设置，只需在下次使用时在选择菜单"图像"→"调整"→"色阶"时同时按 Alt 键，或按 Ctrl 键加 Alt 键加 L 键即可。

◎**更有效的曝光控制工具** 对于大多数曝光失误，尤其是画面曝

图 2-123 生成的色阶调整图层

图 2-124　打开需校正的图像

光不足(发暗)的图片来说,更为实用和易于操作的方法是从暗部区域找出更多的曝光信息。

计算机相当机械地以 128 为中间数值来平分 256 级灰度。但人的视觉更挑剔画面的中间值和亮部,对暗部会比较"宽容",借助这个原理, 我们可以从暗部中取出更多的信息转为中间值(灰区)。

* 注意:相机内都已有补偿,所以可挖掘的信息不多,应依据实际相机试验来确定。

* Gamma 曲线调整工具是更精确实现这一工作的工具。

在 Photoshop 中, 我们可以通过 "阴影/高光"来快速调节曝光情况,我们认为这个调整对于高光比、高反差的高质量画面尤为有用。

第一步:如图 2-124,打开所需图像并转换为 Lab 模式(可选)。

第二步:如图 2-125,通过直方图我们可以发现,此张图片的光比非常大,亮部和暗部均有溢出。但同时也发现,暗部的信息非常丰富(平均值 83,暗灰),我们期望能将暗部的信息右移一些到中间灰部,以展现肉眼可辨的更多细节。

第三步:如图 2-126,选择菜单"图像"→"调整"→"阴影/高光",在弹出的对话框中,滑动"阴影"和"高光"区域的三角寻找合适的数值并确认。

图 2-125　直方图分析

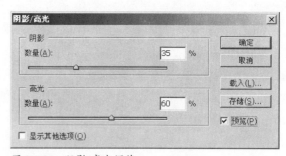

图 2-126　阴影/高光调节

* 调整后画面暗部显现出了更多的信息,整体也变得较为明亮(图 2-127)。

* 如图 2-128 中直方图所示,更多的图像信息被移动到了中间部,平均值为 100(接近中灰),整体

图 2-127 调整后画面

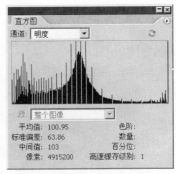

图 2-128 调整后直方图

画面也更适合人眼观看的习惯。

＊调整后直方图上出现的排线是因为像素拉伸的关系，标示有一定的细节损失，但这种损失通常较小。使用16位色彩深度可以有效减少这种现象。

"阴影/高光"工具是 Photoshop 中新增加的调整工具，我们可以看出，它的实现方式与色阶和曲线相似。实际上曲线工具完全可以实现这种控制，但相对于初级用户来说，这种处理方式更为稳妥并易于掌握。

＊"阴影/高光"属于"严重破坏性"的再生调节工具，除非特殊需要，否则不应进行大量调整。

＊最好使用较高质量的图片，比如16位色彩深度的图像。

锐化基础

◎**锐化概要**　摄影作为一种超越绘画的技术记录方式，其最大特点也就是细腻清晰的影像，所以对大多数用途来说，我们会希望图像尽可能"清晰"，影响清晰感的两个主要因素就是分辨率和锐度。

分辨率和锐度是个适用广泛的概念，镜头和图像都有各自不尽相同的分辨率和锐度定义，这些需要在实际运用中加以区分，也可参考本系列教材的其他书籍内容。

在传统摄影中主要影响图像质量的是各个环节中的"镜头"。以标准的黑白流程为例，摄影师通过相机镜头拍摄，然后经过放大镜头放大，在流程中始终起关键作用的就是镜头的质量。毫无疑问的是，影像每经过一次镜头，就会多产生一次损失。

数字摄影只经过一次镜头，所以在 CCD 和机内算法解决后，数字相机会比传统方式在同样镜头配备下达到更高的影像质量。但数字相机在对原始景物的采样、编码过程中，对镜头光学影像的再生和记录会存在一定的损失，这种损失是由于相机的工作原理所决定的。

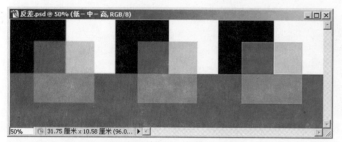

图 2-129　低、中、高依次排列的锐化效果

在可视见的领域内,这种损失集中体现在图像锐度降低,也就是细部反差的减弱。细部反差在很大程度上影响人的观看体验。反差减弱会导致相邻的信息对比减小,在视觉上容易将其"一体化"和模糊化,因此带来模糊的感觉(图 2-129)。

简单地说,应该对数字锐化有以下几点认识:

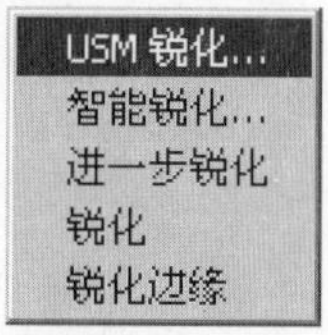

USM 锐化...
智能锐化...
进一步锐化
锐化
锐化边缘

图 2-130　Photoshop 中的几种锐化方法

* 应该对所有的数字(采样)图像进行锐度上的适当校正。

* 锐化以牺牲物理细节为代价,换取视觉感性上的愉悦。

* 分辨率和锐度互相制约,分辨率越高的图像,锐化调整后质量越好。

* 高感光度拍摄的图像应该谨慎锐化。

◎**锐化原理**　说到锐化,我们不得不讨论的就是 USM 锐化,本节将以 USM 锐化为例,揭开锐化的技术"秘密"。所有的锐化原理都是相同的,Photoshop 中有的几种锐化,如"锐化"、"锐化边缘"、"进一步锐化"等,都是 USM 锐化的变种,它们通过设置不同的 USM 来寻找差异而完成工作(图 2-130)。值得一提的是,随着在新版本中"智能锐化"的引入,USM 锐化也即将失去它一直以来的重要性,但 USM 仍不失为一个理解锐化概念和原理的好教材。

虚光蒙板(USM)锐化的英文是 Unsharp Mask,从字面上比较难以理解。其英文直译是"反锐化蒙板"。这个概念需要一些解释才能明白,直译中文又容易引起误解,所以在中文版本的 Photoshop 中,干脆直译为"USM 锐化"。

Unsharp mask 是传统摄影和印刷中用于改进图像对比的工艺方法,为了更好地解释 USM 的工作原理,我们接下来将模拟这一过程。我们相信,通过这样的阐述可以有助于用户澄清误解,从而在对影像调节方面有更深入和理性的认识。

USM 锐化的实质是先将原始图像生成一个负像并柔化的蒙板,再以柔化的影像与原始图像做比较而生成蒙板。当然,在数字方式下,用户是看不到这个过程的。此 USM 蒙板的主要作用是界定锐化的作用范围,从而可以对锐化范围做到精确控制。

1. 图 2-131 是一幅经底片直接印放后生成的正像,也就是我们通常所说的照片。

2. 图 2-132 是这张图片的负片(底片),在传统流程中,这是照片的原始介质。

3. 如图 2-133,我们将负片在透明胶片上生成一个正的影像,并控制曝光使其变淡,在生成过程

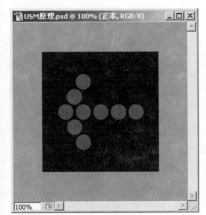

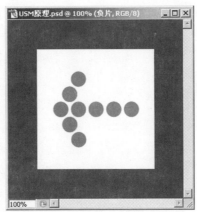

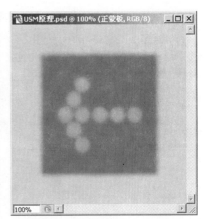

图 2-131　未锐化正像　　　　　　图 2-132　未锐化正像的负像　　　　图 2-133　虚光蒙板

中,我们有意改变了聚焦,使影像出现了模糊(Unsharp)。

　　4.如图 2-134,将原始的负片和新生成的正蒙板叠加在一起,我们就得到了一个边缘出现变化的负片。由于蒙板被控制得非常淡,所以起主要作用的仍是原始负片。

　　* 如图 2-135,此时我们叠放生成了一个低反差(由于叠加原因)的正像。我们注意到,在图像有对比的边缘部位相互渗透,蒙板开始生效,并且在交界处产生了对比色的"光晕"。

　　* 如图 2-136,经过反差控制和调节后,我们得到了一个经过 Unsharp Mask 强化后感觉更为"锐利"的正图像。

　　计算机中的锐化工具也使用了这种原理,较为常见的是 Photoshop 中的 USM 锐化工具。需要注

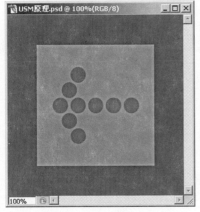

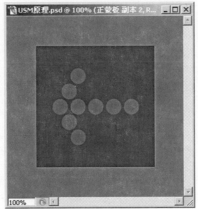

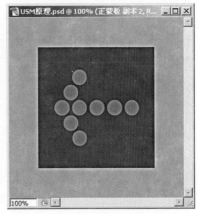

图 2-134　负片与正蒙板的叠加　　图 2-135　虚光蒙板已经生效的正像　图 2-136　经虚光蒙板锐化后的正像

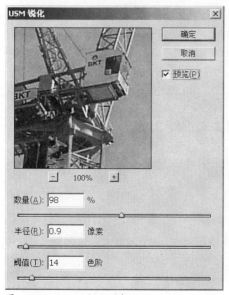

图 2-137　USM 锐化面板

意的是，几乎所有的主流图像编辑软件都包含此类锐化工具。

　　如图 2-137, USM 锐化主要有三个控制："数量"确定了边缘对比光晕的强度；"半径"决定了作用范围(也就是蒙板虚化扩散的程度)；"阈值"界定了容许的差异，即相差多少个灰度等级以内的像素起作用。阈值为 0, 则 USM 对全画面起作用，阈值数越高，只有原始图像中对比大于该数值的部分才会被强化，相比来说，阈值越小，锐化效果就越强烈。

　　USM 锐化不作为本书重点的讲解对象，但作为传统中应用广泛的锐化方式，多数操作者都能认识到 USM 对图像的"优化"作用，但对于其工作原理终究不能很好地理解。这里之所以在一个定位为"基础"的章节中介绍这样的概念，目的是想强化用户对于数字图像工作方式的认识。

　　我们知道，数字摄影绝对不是一幢凭空建起的大厦，它和传统影像有非常深入的联系，我们会在后面逐渐深入的过程中认识到摄影基础知识的重要性。摄影是涉及面十分广泛的学科，我们也会陆续在"高级"章节部分插入更多对思想、概念、原理的阐释，以帮助用户理解和创新性地发展出自己的"解题"思路。

　　附加提示：Photoshop 的锐化方式有多种，对某些排斥锐化的用户来说，如果不想对图像进行更深入的锐化，可默认使用"锐化"或"锐化边缘"来对图像进行预处理，这种处理应该说是"恢复"性的，只是用于恢复被丢失的原始镜头锐度。

　　◎**智能锐化**　锐化作为一种行之有效的方法，通过增强原始画面中的边缘对比，展现出更多易于分辨的影像细节，这使得观看者在视觉上认为画面更加"清晰"了。

　　但传统的锐化方式仍有缺陷，由于对区域控制的无选择性，锐化的作用范围是整个画面，虽然可以使用阈值来进行范围控制，但在某些要求较高的应用场合仍比较难以达到良好的效果，当给予这些画面较强控制时，非常容易产生不自然的"光晕"而影响视觉效果。

　　当 Photoshop 最新版本面世，我们高兴地发现，一个全新的足以替代"USM 锐化"的"智能锐化"被加入了进来，相比较而言，我们认为智能锐化相对于 USM 来说具有以下一些优点：

　　1. 智能锐化包含"基本"和"高级"两种设置，对于普通用户来说，能在基本模式下用更少的选项，轻松地达到比 USM 更好的效果；而对于高级用户来说，高级模式可以带来更多的精细控制。

2. 从核心来说,智能锐化可以在高斯模糊、动态模糊和镜头模糊中选择其界定蒙板的算法。高斯模糊等于早期的 USM 锐化算法,动态模糊有利于通过角度调整减弱拍摄手震,而最常用的则是锐化更为自然的镜头模糊。

3. 智能锐化能生成效果更强烈,副作用更小的锐化影像。

4. 高级智能锐化可以更精确地控制生成的光晕,并可以从暗部和亮部来分别控制光晕的对比两侧,减少或增强其的效果,从而实现更柔和的光晕,大大减轻了不自然的光晕现象。

5. 智能锐化包含一个比 USM 锐化大得多的预览窗口,有利于用户的观察;而且可以通过"更为精确"选项,使智能锐化以累积的运算来改进效果。

6. 具备一个设置存储器,可以存储常用的设置为下拉菜单;对于同一款相机、环境可以设定经过高级控制后的设定值,以后使用就不用每次都进行大量调整,大大提高了工作效率。

鉴于以上特性和本书求精而不求全的原则,我们在书中不再讲解 USM 锐化,而集中讲解智能锐化。如果你的 Photoshop 还没有升级到拥有智能锐化的版本,可参考之前章节中对 USM 的简要叙述。

要对图像进行智能锐化,请进行以下操作:

第一步:如图 2-138,选择菜单"滤镜"→"锐化"→"智能锐化…"打开智能锐化对话框。

第二步:如图 2-139,智能锐化窗口左侧为大型的预览窗口,右侧为控制区:

* 在预览窗口中按下鼠标不松,将显示出原始的未经锐化的图像,松开鼠标将显示锐化后的图

图 2-138　通过菜单访问智能锐化

图 2-139　智能锐化面板构成

77

像,方便用户判断。

*窗口右侧上方可选择"基本/高级",当选择高级模式后,将开放出暗部和高光的深度调整窗口。

*图①"数量"表示锐化的强度:数值越大,锐度越大。

*图②"半径"表示锐化起作用的半径,一般来说,这个数值应该介于0.5到2个像素之间。

*图③"移去"表示蒙板的生成方式,我们推荐使用"镜头模糊",如果相机手震后生成了有规则的倾斜角度模糊,可以使用"动感模糊"来进行补偿,补偿角度可由下方"角度"来进行控制。

*图④请选中"更加准确"为默认设置。

第三步:点击确定完成操作。

应该说,普通用户通过智能锐化可以得到优于 USM 的锐化效果,但智能锐化的高级功能也非常有用。为了不把作为一个整体的"智能锐化"强行分开,下一节将讲解通过智能锐化工具更深入控制暗部和亮部的方法。严格说,下一节不符合本章"基础调整"的定位。普通用户可以暂时跳过,等待遇到相关问题时再来寻求答案。

◎**高级智能锐化**　锐化的最主要问题就是难以控制的边缘差异,我们知道,锐化是图像中对比的信息边缘相互强化的过程。在这个过程中,非常容易在亮部生成无信息的白,在暗部生成无信息的黑。这种情况会严重影响画面效果和观看体验。

智能锐化的高级部分主要针对这两者来进行调整,减少这种信息丢失的现象,在锐化效果产生的同时,生成更为和谐的锐化图像。

图 2-140 为未经锐化处理的原始图像。图 2-141 是为了演示而特地增加强度和半径的锐化图像,在该图中,对比的边缘出现了极为强烈的白色光晕,影响了画面的整体和谐。

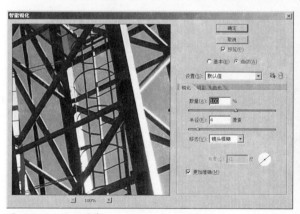

图 2-140　原始图像

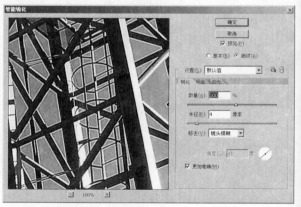

图 2-141　过度锐化后的图像

我们可以通过以下步骤来减弱这种现象：

第一步:通过点击"高级"来打开高级模式(图 2-142)。下方控制框将多了"阴影"和"高光"两个选项。

图 2-142　智能锐化的高级模式

第二步:我们在本例中主要处理比较明显的白色光晕(图 2-143)。对"阴影"和"高光"选项的调节都一样,只是面对的对象不同,阴影面对的是边缘对比两者中的暗的一方,高光是亮的一方。

* 使用"渐隐量"来控制区域需要减少的量,渐隐量越大,效果越明显,由于这种减少并不是简单地减少白色光晕,而是在一个范围内逐渐变化相关的区域,因而画面在柔和的同时,对比并没有较大的缩减。

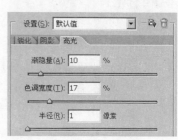

图 2-143　对高光的独立调节

* 色调宽度:主要用于限制校正的范围,色调宽度越大,可校正的幅度就越大,对于比较极端的例子(如本例),应该选用较大的色调宽度。

* 半径:半径设置对于细节比较丰富的锐化图像来说比较明显,用于设置所影响的像素范围,半径越大,被保留的锐化就相对明显,不过这种影响非常微妙,如果不以全画幅显示,可能难以察觉。

* 如图 2-144,经过调整后,图像的亮部光晕被有效地消减,同时也保留了一定的锐度和细节。

第三步:点击"确定"完成操作,也可选择选单上方的"存储"按钮,将当前的详细设置储存为自定义设置,以方便下次直接选用(图 2-145)。

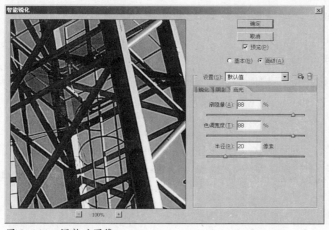

图 2-144　调整后图像

图 2-145　存储调整设置

图像后期管理

机内存档

◎**快速存档推荐方案**　本节设想了通用的应用环境，期望能给用户提供相对保险的文件存储方案,我们将在后续的小节中探讨存档的更详细的信息,用户若无需深入研究可跳至后续章节。

一般来说,存档应遵循以下几点:

* 独立保存原始 RAW 文件,在实际应用中,可结合自己的实际情况进行取舍。

* 如在 Photoshop 中调整,请将新调整的文件保存为 PSD 格式。在存储时,选择可保留的所有信息(图 2-146)。

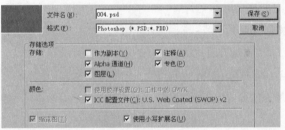

图 2-146　存档时应该存储尽量多的信息

* 将文件命名清晰标注为"原始版"或"档案版",并最好在文件名中标注文件生成日期。

* 将所有文件放置在非系统分区内（一般来说,不能为 C 盘或"我的文档"中）,标注为"档案"文件夹的项目目录中。可以和 RAW 文件放在一起,但要确认自己能分清楚。

* 生成一个通常为 JPEG 格式的索引文件或预览文件,放置在文件夹中,并定期刻录备份该文件夹。

◎**存档的目的和要求**　存档的主要目的是在本机或由本人保留一份图片的数字备份,这个数字备份应以最高质量、最具操作性的状态保存。

RAW 可以被称为最原始文件,它直接存储了相机捕获的光学信息,相当于我们拍摄后还没有被冲洗的胶片。保存 RAW 是相当重要的工作,因为 RAW 没有被"冲洗",所以我们可以在以后等待更好的 RAW 转换工具以获得更好的图像质量。

相机的 RAW 格式只能被读取后转存为其他格式, 通过 Camera RAW 转换的过程应该被理解为"冲洗胶片"的过程。在这个过程中,图片被解释出来生成一个副本,Photoshop 实际控制的就是这个 RAW 的副本。

在调整中,我们使用大量的时间和精力来让图片变得更为完美,经过大量调节后的完成文件实际上相当于经过暗房加工后的最终作品,也是必须进行严格保护的。我们在后期对图片的使用、分发、打印与网络传送必须基于被调整的这个文件。

概括地说,在数字存档问题上应该遵循以下几项原则:

* 避免在拍摄后的原始文件(RAW、JPEG、TIFF)上直接调整,原始文件必须被保护起来。

* 调整后的文件必须被另外保存,而且保存成最优的格式,不进行任何压缩和分辨率调整。如果进行了分辨率(图像大小)的调整,则应该另存一个副本。

* 不要将文件保存在安装操作系统的分区上(Windows 一般为 C 盘),如果系统有多个硬盘,尽量保存在另一个物理硬盘(而不是分区)上,以避免系统崩溃导致损失。

* 某些计算机病毒会感染图像文件,特别是 JPEG 等常见的流通文件格式,严重的情况会导致文件不能打开或传播病毒。对相机拍摄的 JPEG 文件要注意预防。对于特别重要的文件,可以转换为 TIFF 或 PSD 等格式。

* 用自己的方法命名文件,确认自己能找到文件所在的目录。

◎**存储 PSD& TIFF 要点**　PSD 作为 Photoshop 自有的文件格式,可以最大化地储存所有的操作数据,例如色彩通道、路径信息和调整图层等。所以在一般情况下,在本机内操作应该以存储为 PSD 为主。但 PSD 的适用范围没有 TIFF 广泛,在一些排版软件中并不是很兼容。

事实上,TIFF 格式的版权所有人也是 Adobe 公司,因此我们也看到 TIFF 和 PSD 越来越像了。经过不断改良,TIFF 在存储上几乎兼容了所有的 PSD 功能(当然,从某种意义上说,这并非好事)。

小资料:TIFF 标准在 1986 年秋由 Aldus 公司发布。Aldus 是著名的桌面出版 3A(Adobe、Aldus、Agfa)之一,其产品主要有 Pagemaker 和 Freehand,1994 年 9 月被 Adobe 公司收购,Aldus Pagemaker 被 Adobe 持续开发,直至被 Adobe Indesign 取代。而 Freehand 则被 Macromedia 接收,并在一段时间内成为 Adobe Illustrator 的主要竞争对手之一。2005 年,Macromedia 公司被 Adobe 收购。

我们对用户的一些建议是:

* 一般情况下,请选择 PSD 格式作为存档格式,以方便最优化地用 Photoshop 对其进行操作。PSD 可以无损转换为 TIFF 格式。

* 对超过 4G 以上的文件,或像素一边长度超过 3 万像素的文件,只能使用 PSD 和 PSD 扩展文件 PSB(最大支持 30 万像素)来存储。

* 如需要和排版软件一起工作或为印刷部门工作,请直接存储为 TIFF 格式。直接本地打印,则无需转换为 TIFF 格式。

* 较多的多媒体软件、视频特效软件和 DVD 制作软件均支持 PSD 格式的透明图层等功能,所以对于多媒体应用来说,我们建议使用 PSD 格式。

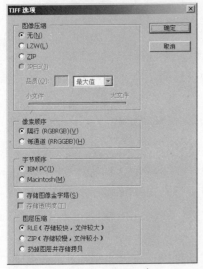

图 2-147　TIFF 存储设置细节

因为 PSD 格式并没有过于复杂的存储设置,我们主要讲解对于 TIFF 格式存储中应该注意的问题。

如图 2-147,在 TIFF 格式存储过程中,会遇到存储格式的详细选项。请按照以下情况选择,但一般来说,依据默认选项直接确定即可。

＊为排版软件 Adobe Indesign 准备:图像具备多个图层,并且在高于 8 位的色彩深度下工作,应该选择 ZIP 压缩,像素顺序为"每通道",字节顺序两者均可,存储"图像金字塔",选择扔掉图层并存储拷贝。这可以带来最大的压缩和无损的质量。

＊一般交换文件:像素顺序隔行方式(RGBRGB)是传统方式,在 ZIP 模式下只支持 8 位色彩,如果为 Indesign 外的其他排版软件准备文件, 请选择像素顺序为 "隔行";选择压缩为 "无"或"LZW"。如果是高色彩位深的图像,不要选择"LZW"。

＊在本机内以存档为目的(即还使用该 Photoshop 配置环境打开文件),请选择 ZIP 压缩(可有效减少文件存储尺寸)或不压缩,像素顺序为"每通道";存储图像金字塔;图层压缩可选更为高效的 ZIP,尽量不选择扔掉图层。

◎**数据安全性**　对于存档数据的安全性一定要给予足够的关注, 我们难以想象数据丢失对于专业摄影师的灾难性后果。即使对于普通用户来说,如果丢失了上次旅游的照片,或是一次难忘的合影都会让人感觉很不舒服。

我们知道,数字计算机系统的存储并不安全,因为硬件总有寿命和突发情况,比如突发性的断电可能会使正在读写的硬盘出现问题,导致数据丢失。

我们给出了以下几点经验和建议,用户可以参考。

＊最保险的方式是生成一个硬拷贝,即打印或输出一份照片。

＊我自己会将特别重要的图片或文件存为 JPEG 文件保存到大容量的电子邮箱和自己的网站空间内,通常具有高级磁盘陈列技术的网络服务器具备更大的安全性,出现数据丢失的情况比较少。

＊不将文件保存在系统分区,在操作系统出现问题时便于重装和恢复。

＊具有多块硬盘的系统,最好将文件保存在系统外的另一块物理硬盘上,或者建立多硬盘镜像的 RAID 磁盘陈列系统。

＊经常选择高质量的刻录光盘进行备份。

* 安装杀毒软件以防范计算机病毒。

◎**灾难应对**　某些情况下我们会丢失图片文件,一般来说有以下几种主要情况:

1. 错误地删除和格式化操作。

误删除或误格式化是指在操作相机或计算机时,将文件错误删除后无法恢复的情况,这在使用数字相机拍摄时比较容易碰到。数字相机都有删除功能,可以将自己不喜欢的图片删除,但有时也会错误地删除需要保存的文件,更多的情况是错误的使用了相机的"格式化"或"全部删除"命令(同样适用于电脑),这时相机(电脑)将删除全部图片和文件,并且无法使用正常途径恢复数据。

在相机内进行错误操作后,请立即关闭相机取出存储卡,不得再对该卡进行任何写入的操作(不能再用这张卡拍摄)。使用读卡器连接电脑后再使用恢复软件恢复。

在电脑中进行错误操作后,请确保不再对文件所在的分区写入文件。

使用网络搜索工具(Google.com 或 Baidu.com)搜索关键字"Easy Recovery",下载 Ontrack 公司的数据恢复软件 Easy Recovery(图 2-148),并在误删或误格的分区外安装(如误操作磁盘为 D 盘,则应该把程序安装在 C 盘)。

最好的方式是拆出硬盘,安装到另一台装有 Easy Recovery 或其他恢复软件的电脑上恢复。

2. 计算机病毒侵扰。

计算机病毒实际上是对系统有危害性或攻击性的计算机软件。目前随着互联网的普及,计算机病毒的传播非常迅速,在日常使用计算机时应该注意保护数据安全。

计算机病毒可能伤害图片文件并导致系统无法使用,应安装杀毒软件进行防护,并经常进行病毒库升级操作。

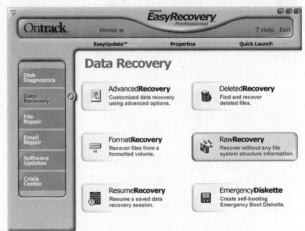

图 2-148　方便使用的数据恢复软件

网上浏览要小心谨慎,安装恶意软件或者间谍软件将大大提高系统风险和数据受损的可能性。最好在安装诸如卡巴斯基 (Kaspersky)、诺顿 (Norton)等传统杀毒工具之外,再安装 Ewido 或 defender 等专门的网络防间谍软件。

3. 存储卡或物理卡的物理损坏。

如果系统还可以辨认并能列出文件夹,请尝试使用硬盘工具读取。如果数据非常重要,则需要咨询服务公司。

如果物理损伤严重到系统无法识别的程度,最好咨询厂家或专业服务机构处理。

操作系统崩溃,导致无法启动系统。

如果数据不在系统盘上,可直接重新安装操作系统。应注意保持原有的磁盘分区结构,特别注意不能在安装过程中格式化图片或文件所在硬盘。

较好的解决方法是寻找另一台电脑,将本机硬盘数据读出后另存,然后再重新安装操作系统。

打 印

◎**打印方案与色彩管理**　打印是指用户使用电脑和打印线缆直接连接桌面打印机,在打印介质上生成硬拷贝的过程。打印为数字图像生成了实体拷贝,这是摄影较常见的应用之一,因为对于大多数人来说,实体拷贝是更容易接受和观看的方式。

摄影打印的主要问题是打印件与"原件"的色彩差异。一般来说,打印色彩和屏幕图像是必然存在偏差的,但必须尽量减小这种差异。许多人士推荐使用严格的色彩管理流程来完成这种控制。但本书的观点有所不同,我们注意到,对于普通用户甚至大多数摄影师来说,"专业色彩管理"并不是很现实的选择。

Adobe 公司官方对于用户是否需要进行色彩管理问题的回答是:

＊如果您完全依赖印前服务提供商以及印刷厂来处理有关颜色方面的工作,则在您的工作环境中不需要精确的颜色。

＊建议使用色彩管理来保证监视器显示颜色的精确性、软校样颜色的能力,以及较大规模的工作组中的颜色的一致性。

＊如果您将彩色图形重新用于印刷和联机媒体,在同一介质内使用不同种类的设备(比如不同的印刷机),或者印刷不同的国内和国际出版物,则建议使用色彩管理。

此种回答的用词模糊性可能带来一定的错误理解,请注意"精确"、"一致性"、"建议"等词语的含糊运用,这种模糊同时也说明了色彩管理的困难(对大多数用户来说,几乎不可能有效管理)。

专业的色彩管理设备价格昂贵,并且需要经常维护,同时介质也必须确定,每种纸样、墨水、精度都会带来颜色的差异,需要针对每种变化进行设置。

应该说,色彩管理是较为"奢侈"的行为。就我们的了解,"色彩管理"最大的用户就是印刷公司,因为确保颜色还原对于大批量复制的印刷公司来说尤为重要;另一方面,印刷所用的油墨、纸张相对稳定,也增加了色彩管理的适用性。应该说,色彩管理及其所需要的设备成本、精力、人手是印刷公司必须考虑的成本。

但是,并非所有的印刷和输出机构都会进行成功的色彩管理,多数公司只能保证印刷或输出前端的几台电脑显示色彩与印刷色彩近似,用户传来的文件还是会有差异的。所以,对于大多数普通用户来说,我们不幸处在 Adobe 所说的"完全依赖"行列中。有鉴于此,在市场未标准化之前,专业意义上的色彩管理对桌面用户的适用性并不大。

从另一个角度来看,"色彩管理"也并非通常所说的那么神秘并需要昂贵设备的,广义的"色彩管理"甚至在用户调整显示器的时刻就已经开始。在对显示器调整的过程中,我们实际上已经完成了"色彩管理"的大部分工作,即自己显示器显示出的图像色彩与互联网上(也就是生活中)大多数机器相似了。

一个摄影师的作品,更多的是通过印刷、网络来呈现的,所以重要的是准备符合基本要求的文件(确保不在错误色彩设置下工作),以确保图像不会在传播过程中有较大的失真。本书的建议始终是通过良好的本机设置和图像调节对色彩进行管理(无需专门设备),请注意这两个定义间的差别:

* 专业色彩管理:极度依赖硬件设备,强调还原,针对专业印刷或特殊应用,必须经常借助专门仪器对每个环节进行检测和调整,以确保色彩同步。

* 对色彩进行管理:依赖人的感觉,强调适用性,针对通常应用,在正确色彩设置的基础上针对应用来调节并影响色彩,继而达到对色彩进行管理的目的。

作为一种单幅作品的重要输出工具,打印机在用作展示时具备较高的质量,同时由于单幅的输出方式,打印也是最类似传统暗房放大的一种方式。有暗房经验的人应该知道,精准的自动曝光放大设备不如人工判断控制的曝光。

以此类推,通过技巧和流程控制"对色彩进行管理"对普通用户来说更有意义。摄影和打印并不是印刷,这也是我们推荐以调整方法来应对色彩差异的初衷,调整不但可以修正差异,而且还可以创造性的"曝光"出新的作品。

我们期望的非商业打印过程,是借助人的力量逐步调整并优化的过程(事实正是如此)。对于所有的商业应用来说,我们即将列出的方法虽然也可以适当使用,但为了效率和质量并重,应该引入先进的色彩管理和设备介入操作流程。

色彩管理的更多专业内容请参阅陈建所著《商业摄影的高品质控制》(浙江摄影出版社出版的本系列教材之一)及《色彩管理》(电子工业出版社出版)。

本书为普通用户的桌面打印设置推荐了几种方案,在后续章节中,我们会对印刷文件有专门的叙述。

方案一:停用 ICM,调整图片来改变打印色彩。

图 2-149　页面设置对话框

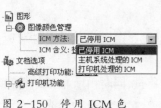

图 2-150　停用 ICM 色彩管理

图 2-151　Photoshop 打印对话框中的设置

准备:确认使用我们推荐的色彩空间并进行屏幕调整,打开需打印的文件,并按 Ctrl+Alt+P 键调出"打印"对话框。

1. 依次点击按钮"页面设置"→"打印机"→"属性"调出打印机设置对话框(图 2-149)。

2. 停用打印机设置中的"ICM 色彩管理"选项(如果有的话),在打印机设置中选择需要的文件大小、打印精度和纸张,然后保存设置(图 2-150)。

3. 如图 2-151,在 Photoshop 的打印对话框中选择"文档"方式,选项为"让 Photoshop 确定颜色",目标空间设置为 sRGB(保守模式)或 AdobeRGB(扩张模式),渲染方法为"相对比色"(如输出一般照片,也可选择第一项"可感知",下同),并选中"黑场补偿"。

4. 一般情况下,视具体打印机、型号、墨水、纸张的差异,选择 sRGB 时最终画面颜色应该会比较接近,比较适合于不做深度调整的直接输出,而选择 Adobe RGB 则可能带来偏色,比较适合二次调整的用途(由于成像原理的差异,以 CMYK 为基础的高级打印设备有可能在某些色彩方面超过 Adobe RGB 色域,所以这种设置也是有意义的)。

打印完成后,一般应该对比打印件和屏幕图像来确定调整量。有关详细方法,我们会在下面章节中说明。

* 可感知与相对比色的区别在于:"可感知"强调色彩的视觉还原而忽视色彩间的关系,色彩的输出效果可能会最接近屏幕所见;相对比色则是一种严谨的打印空间转换方法,强调色彩转换后相应的位置关系,也是默认的转换方式,用户应根据实际需要来选择。

方案二:使用 ICM,调整打印机输出。

此种方案的特点是 Photoshop 不管理色彩,直接把文件的色彩空间传送给打印机,由打印机端完

图 2-152　变更打印设置

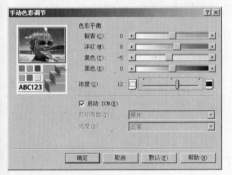

图 2-153　启用 ICM

图 2-154　选择固定的介质

成调整。优点是无需更动原始图像,而是借助打印机的调整功能进行解释,通常打印机会根据自己的能力来解释颜色。从而达到较好的效果。缺陷是,各种打印机都不同,而且打印驱动设计水平有许多差异,实际效果难以估量。

＊按上节方法调出"打印"对话框,调整颜色处理方法为"让打印机确定颜色",渲染方法为"相对比色"(图 2-152)。

＊按照上节方法调出打印机设置面板,开启打印机中的 ICM 色彩管理选项,保存设置后打印。

＊按照打印出的图例,对比屏幕图像,在打印机设置面板中调整图像的明暗和色彩倾向,并重新打印测试页,直至颜色达到要求为止。

◎**高级打印打样调整技术**　所谓高级的打印技术,就是希望尽可能少地依赖"色彩管理"等技术设备因素,尽可能多地依靠人工的调整来完成对打印品质的控制,这种技术其实非常简单,通过不断的调整,最终实现非常精确的打印控制。

需要说明的是,最高级的打印标准"艺术品打印"基本上都不过于依靠"色彩管理",因为艺术品打印是为单张图片工作的,必须针对每张图片的特点进行独立的标准设置,那最好的方式就是通过不断的打样和调整来获取一个满意的设置,我们此处所进行的,正是类似艺术品打印的方式,这种打印理念对有较高要求的普通用户同样适用。

以下是我们在实际工作中总结出的一些方法,因为工作环境和要求与艺术打印不同,我们采用在同一张图片上建立多个"曝光"区域的方式来进行调整,为的是尽量压缩成本,并且通过这种设置建立起一个标准的校正文件,以方便用户快速地输出。

当然,最完美的方式还是以艺术打印的要求来完成,将打印看成一次再创作的过程,经过不断的修正和改良获得完美的影像质量。在某种意义上,这有些像亚当斯那样用底片进行精细放大。

建立标准化的环境是本节讲述的基础,标准化环境是指使用的纸样标准化、打印标准化和流程标准化。看起来很复杂,其实简单说起来就像是记录"曝光"时的"光圈快门组合",有了一个依据,才能进行"曝光补偿"的调整。

建立标准的前提有以下几点注意要素：

1. 确定每次选择的打印纸样并固定下来。打印机会根据介质的特点进行转换，每种预设的介质类型都会带来不同的色彩表现，特别是在使用打印机端控制时尤其如此。如果使用的是非原厂介质，可根据自己用的介质的质量找与之基本对应的型号并固定下来。

2. 确定打印的分辨率、质量及其他特殊设置，并固定下来。

3. 无论你设置"Photoshop 控制(关闭 ICM)"还是"打印机控制(开启)"，都必须固定下来。即所有的在"打印"对话框中的内容都必须记录下来，以作为自己的标准设置。

所谓打印调整文件，就是利用新的调整图层特性制作出可重复使用的蒙板，我们将一个画面分为几个部分，分别用不同的颜色、对比、饱和度、亮度来进行细微的校正，通过一次输出后的判断，就可大致确定所需的调整量。调整蒙板的主要优势在于它的可复制性和精细调节性，我们将在过程中体会这种优势。

在本节，我们将指导用户制作一个标准的调整文件，本例蒙板结构如表 2-1 所示。需要注意的是，本例中所用的调整格较多，用户可根据需要来增减不同的调节选项。

表 2-1

项目/位置	20%	50%	80%	100%
饱和/对比	饱和度增加 20	不变	对比增加 10	不变
照片滤镜	青色 25%	雷登 85B 25% 暖调	雷登 80 25% 冷调	洋红(品) 25%
色阶	不变	不变	10~240	10~240
亮度/对比	亮度增加 10	饱和度减少 20	亮度减少 10	对比减少 10

图 2-155　准备文件和设定标尺

图 2-156　绘出参考线

图 2-157　添加照片滤镜

图 2-158　照片滤镜面板

具体操作步骤是：

第一步：如图 2-155，打开文件，按快捷键 Ctrl+R 键，切换出图像标尺，并且在标尺上点击鼠标右键，选择以百分比显示。

第二步：如图 2-156，在纵横标尺上点击鼠标左键并拖拉出参考线，分别为 20%、50%、80%。形成中间大、四周小共 16 个小格，参考线完成后，可按 Ctrl+";"键隐藏参考线，以免调整时影响判断。

第三步：如图 2-157，选择图层面板中的新建调整图层，并在下拉菜单中选择"照片滤镜"。在照片滤镜对话框中，按默认值确认，在图层面板中生成一个新的调整图层(图 2-158)。

第四步：选中新建成的调整图层(图 2-159)。

1. 按 Ctrl+J 键复制图层，生成一共 4 个调整图层。

2. 分别将图层改名为"青色"、"洋红"、"暖调 85"、"冷调 80"(常用的色彩调整)

3. 按 Ctrl 或 Shift 键不松手，用鼠标选中 4 个图层。

4. 按 Ctrl+G 键生成一个图层分组，并将图层组命名为"照片滤镜调整"。

第五步：分别为每个图层设立对应色彩变化。

1. 将各个图层前的"眼睛"标记点掉，留下"青色"图层。

2. 双击"青色"图层左侧方框的图形符号，弹出"照片滤镜"对话框，并在使用"滤镜"中选择青色，注意观察画面变化。一般来说使用默认设置就可以了(图 2-160)。

3. 依次修改剩余图层。

第六步：选中调整图层蒙板(右侧的空白方框)。

1. 按 Shift+F5 键，弹出填充窗口，选择使用"黑色"填充(图 2-161)。

2. 依次点选几个蒙板，并全部填充为黑色。此时原来所做调整已

图 2-159　复制滤镜

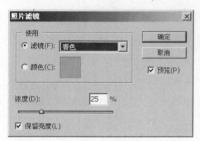

图 2-160 设置照片滤镜的变化

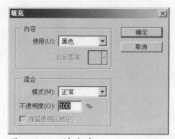

图 2-161 填充窗口

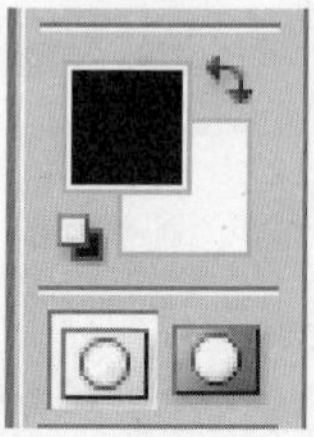

图 2-163 工具箱中的前景色和背景色

被遮挡,画面呈现未调整的样子(图 2-162)。

3.按 D 键,找回默认前景黑色和背景白色 (在工具箱中),如果不是,请再按 X 键将两者切换,切换后应该为前景黑色、背景白色(如图 2-163)。

图 2-162 填充图层蒙板

4.按 Ctrl+";"键,唤出参考线网格,并选中图层面板中的"青色"蒙板。

5.按 M 键切换为"矩形选框工具",依据参考线拉出一个区域,并按键盘上的 Delete 删除键,从黑色蒙板中切出白色区域,相应的调整将只出现在选定的区域内(图 2-164)。

6.对每个蒙板图层进行操作后显示出的图层面板将出现白色区域。在蒙板指示图中,黑色部分为不起作用的遮挡区域,白色部分为允许透过的区域(图 2-165)。

7.按 Ctrl+";"键关闭参考线显示,并以自己的标准打印方式输出一张成品。

* 一般来说,无需和屏幕对应,直接从打印图中选出一个合适的区域即可。

* 也可以更精确的方式套用该技巧。比如可以先生成一个以 5 级渐变的"对比"调整蒙板,输出确认最佳后,再用微量步进的饱和度蒙板确认颜色。这样可以找到一个最精确的效果。

8. 从打印件中选中一个区域后, 关闭其他蒙板显示(点掉眼睛),然后点中该区域蒙板,按 Shift+F5 键,并填充为白色,则此区域效果将扩展

图 2-164 使用"矩形选框工具"和图层蒙板确定区域

图 2-165 复杂调整图的图层面板

图 2-166　经过调整的打印打样蒙板

到整个画面。

　　* 推荐不在原图上做步骤 8 的调整。请将该图存储并命名为"调整蒙板",并保留所有分层信息。然后打开要输出的文件,并将该蒙板拖拉到新文件内,则调整效果即刻生效。

　　◎ **打印打样的扩展使用**　凭借打印打样蒙板,用户无需通过昂贵的设备和复杂的校正就可以达到较好的效果。同时作为一种特殊的输出方式,打印生成拷贝的方式是少量和独特的,摄影师依靠这种方式既可以获得一致的打印效果,又可以在打印流程中进行再次创作,挖掘打印机潜在的能力。

　　打印打样蒙板技术可以有许多种扩展,通过这些扩展可以使操作者更快地尝试调整,通过打印模板的调整,也可以获得某一型号的打印机或纸张的校准量,生成一个固定的调整量后,今后所有的打印文件均可以直接进行这种校准。这是一种一次投入、长期受益的方式(因所使用的命令较为复杂,初级用户应尽量在老师指导下进行)。

　　主要来说,打印蒙板的扩展性体现在两个应用上:

　　● **打印"打样"蒙板的移植**　打印蒙板移植的概念是通过不断的深入调整,形成一个"母"蒙板(如上节所生成的文件),在面对另外一个新文件的同时,可以直接将原来的"母"蒙板移植过去,从而快速高效地完成调节任务。母蒙板可以在调整中不断扩容,经过一段时间的积累后,就会形成适应性非常强的"自创"调整工具。

　　当我们按上节所述,生成一个具备调整图层和蒙板的多区域调整文件(打印打样蒙板)后,可以按照下列步骤移植到其他文件中。

　　第一步:打开包含多区域调整设置的文件,并再打开一个新的需要调整的文件。

　　第二步:如图 2-167 所示,选中所有操作图层,按 V

图 2-167　打印蒙板的移植

91

键切换到图层移动工具,从图层面板中将调整层拖动到新文件中。

第三步:图层被移植后,由于和新文件的大小不能匹配(图 2-168),所以必须改变调整图层和蒙板的大小,以适应新文件的大小需要。

* 保持所有调整图层被选中的状态,按 F 键,切换到全屏模式(灰底)。

* 如图 2-169,按 Ctrl+T 键,切换到自由变换模式,则调整图层会显示出它们的边界框。如果还无法显示,则可能是边界框过大的原因,此时应该使用 Ctrl+"减号"键,缩小整个视图。

* 拖动边界框的 4 个角,使其与图像大小吻合,并双击画面确认,则新的调整模板移植成功。

图 2-168　蒙板在新文件中可能大小并不匹配

图 2-169　自由变换模式中调整边界框

●打印"补偿"蒙板的移植　所谓打印"补偿"蒙板,是针对用户拥有的打印机和纸张,通过"打样(格子)蒙板"确认后生成的针对打印机的调整蒙板。使用这种技术可以有效地校正打印机偏色,每次只需将蒙板拖动到新文件中直接打印即可。

我们将演示这一步骤,用户可根据实际情况进行参考。

第一步:打开一个已调整过的文件(即包含有调整蒙板的文件),蒙板如图2-170 所示。如果调整图层尚未成组,全选需要成组的图层后,按 Ctrl+G 键进行成组操作,同时打开一个需要调整打印的新图片。

第二步:在母文件中,按键盘 V 键,切换到图层移动模式(图 2-171)。

* 在图层面板中,选中需要的调整组或调整图层。

* 拖动到需调整的目的文件内,调整即刻生效。

* 直接打印文件,即以改标准调整量为准校正打印画面。

图 2-170　成组的调整蒙板

*注意：需要将调整图层蒙板变为全白色方可有效。

*注意：应该和初次打印时有同样的打印设置（标准不变的打印机和纸张）。

◎**打印技术概要** 打印是从电脑中获得图像和文件实体拷贝的重要方式。目前打印技术发展迅速，随着打印质量的不断提高和价格的下降，越来越多的个人用户也开始拥有打印机。打印机有许多分工和类别，也有许多不常被人注意的信息。在这里，我们将深入打印技术和市场，概要性地了解打印技术的发展状况，同时也希望通过阅读，帮助用户理清许多疑惑的问题，增加对打印技术的认识。

图2-171 将调整组移动到新文件中

●**打印技术** 作为目前摄影和艺术领域最常见的单幅输出方式，数字打印中"数字"和"打印"是两个密不可分的名词，应该说，如果没有数字技术带来的对影像调整的深入，也就没有数字打印技术的快速发展。

现代打印技术除了打印成本还需要进一步改进外，在打印质量、幅面大小等方面均已全面超越了传统的彩色扩印技术和暗房放大工艺。尤其是喷墨数字打印输出技术经过多年的发展，在当前的照片图像输出领域已经占据了最重要的地位。

打印机有针式、激光、喷墨等技术，每种技术都有各自的特点和适用领域，在喷墨技术占据主流的同时，我们也需要留意其他技术的发展。

不容忽视的就是数字彩色激光打印技术的迅猛发展，当前的数字彩色激光技术在成像质量上已经接近早期四色喷墨技术打印机，数字彩色激光技术在速度上具备优势，打印质量和成本上仍将有进一步的发展，所以，我们相信未来的打印市场将主要由激光(黑白、彩色)打印和彩色喷墨打印两种技术占据。

●**打印的市场** 根据我们的理解，可以把当前的打印市场细分为三类：一、高级输出市场；二、商业办公市场；三、家庭消费市场。

高级输出市场主要包括大幅面工程图样、艺术级输出、印前打样等领域，他们要求的设备和技术都非常昂贵，多用于商业服务，个人拥有的可能性不大。一般来说，这些机型都具备较大幅面的输出能力和非常高的输出质量。这一市场的主流打印机型是高级的大幅面喷墨打印机。

商业办公市场主要是以文件图形为主的文档输出，这一市场长期以来由低成本的黑白激光打印技术占据。近年来彩色激光打印技术发展迅猛，同时适合商用的低成本喷墨技术也进入这一市场，彩色激光打印已经成为发展趋势。当然，在票据打印等特殊应用领域，针式打印机由于其工作特点仍会在相当长的时间内存在下去。

家庭消费市场主要是面对个人用户，以低制造成本、高使用成本的喷墨打印为主。

除以上主要分类外，还有主要面对户外广告、展示等应用的大幅面喷绘市场(介于高级输出市场和商业办公市场之间)。

目前，市场上较为重要的打印机制造商有美国惠普、富士施乐，日本 OKI、爱普生、佳能等公司。中国本土的打印机制造工业尚在发展阶段，联想、方正、四通等大公司都是较为重要的本土打印机制造商。

● **数字摄影和艺术打印**　数字技术的介入为摄影的数字化发展带来了活力，也为传统的绘画、设计等领域带来了新的创作空间。

但如果没有数字打印技术，完成的图像就只能停留在虚拟的数字空间中。单凭印刷是不可能使数字图像成为一种易被接受的"新艺术"形式，艺术家们必须将图像高质量地复制为可脱离电脑的实体拷贝后，才可能被艺术市场所接受。

针对数字摄影高端市场的应用，主要有艺术级打印和照片喷墨打印两种。

艺术级打印主要用于艺术品复制和收藏级别的图片输出，也被业界称为 Gicleé (法语："喷")。Gicleé 是一种以喷墨技术为主的艺术打印标准，并不是指某特定的打印机型号，并且与我们一般定义的喷墨打印或喷绘有较大的差别。由于它主要服务于艺术市场，因而要求极高的打印品质和长久的保存能力。

1987 年，赛天使公司(Scitex)为印前工业推出了主要用于核对印刷样稿的 IRIS 3024 型全彩喷墨打样机，3024 具备了极高的打印品质和色彩再现能力，可以模拟印刷的色彩和网点，由于技术先进，IRIS 几乎成了当时印刷工业的标准配置。

美国艺术品商人格雷厄姆·纳什(Graham Nash)敏锐地捕捉到了 IRIS 潜在的市场，于 1989 年购买了升级型号 IRIS 3047(图2-172)，并和公司雇员一起输出了世界上第一幅 IRIS 艺术作品。为了表现出独特的品质定位，并彰显与普通 IRIS 设备的区别，纳什公司通过更换墨水等方式改装了 IRIS。

1991 年，纳什公司为某个艺术家复制了一些作品，这些作品

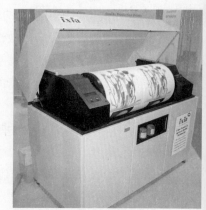

图 2-172　IRIS 3047

准备进入艺术收藏品市场展示,为了避免直接使用"电脑"和"数字"这样传统艺术市场可能抗拒的敏感字眼,为纳什工作的世界首位 Gicleé 打印师杰克·杜格尼(Jack Duganne)翻开法语词典,为这种方式起名为 Gicleé(法语:"喷"、"溅")并在之后获得业界公认。

Gicleé 在业界的原定义为"使用 IRIS 喷墨打印机制作的艺术作品",主要是指为艺术家制作限量的复制品供艺术市场流通。现在的 Gicleé 定义已经比较宽泛了,但其主旨仍然是:高品质、数字流程的艺术输出。

◎对 Gicleé 比较完整的界定

1. 使用收藏级别的颜料(而不是染料)墨水。

2. 使用收藏级别的艺术纸张,类似画布或水彩纸。

3. 使用专业级的喷嘴。

4. 为每件作品独立工作并单独进行色彩调校,而不是工业复制式的色彩管理流程。

5. 这是一个非常专业的领域,需要非常专业的技师和完备的经验技能来实现高品质的作品,并非购买了相应设备就可以实现的。

(来源:http://www.greatgiclee.com/)

Gicleé 显然不适用于普通的应用。对于那些家庭用户和非艺术收藏摄影师来说,普通喷墨技术占据了更广大的输出市场,现在所能购得的桌面喷墨打印机已经能够达到非常高的输出质量,是家庭用户和专业摄影用户的必然选择。

数字摄影和图像一般适用桌面喷墨打印输出,因为这样的品质已经能够满足最常见的要求。相对而言,艺术打印是个非常复杂并且较小的市场,在成本、纸张、制作水准上受到很大的限制。艺术打印在美国、欧洲等艺术品市场发达地区非常普遍,国内由于受艺术家的认识、资金、人才和艺术品市场萎缩的影响,一直没有较大的发展。

目前,北京已开始有几个公司或工作室进入艺术打印市场,但在技术上仍有进一步上升的空间。随着国内艺术打印和收藏市场的逐步成熟,也一定能带动国内数字图像领域的一些技术变化和创作风格变化,从而促进国内数字图像创作的健康发展。

●打印机的选择　对于普通用户来说,目前桌面打印机和彩色扩印是"仅有"的输出方式。桌面打印机分类很多,我们主要讨论对于喷墨打印机和彩色激光打印机的选择。

●高级喷墨打印机　喷墨打印机是摄影的主要输出方式,喷墨技术能生成非常精细的墨点,从而再现图像。喷墨打印机的输出成本相对较高,在选择购买时应该依据自己的输出量来进行选择(图 2-173)。目前常见喷墨打印机的输出质量均可满足日常要求,各机型在质量上的差异远远没有

图2-173　高质量的喷墨打印机

图2-174　具备分体式大容量墨盒的喷墨打印机

打印成本上的差异大。理性地说,输出分辨率(精度)应只作为辅助因素考虑。

以质量和色域再现为主要诉求的用户直接以图像质量为最高要求,需要注意的是,分辨率只能作为选择的一种依据,还是要看产品的最终输出质量,购买前最好带上高精度的作品在商家的演示空间内进行试输出后再决定。一般来说,高图像质量定位的机型价格肯定较高,但高质量和高运行成本是难以分离的,这通常要求原厂的打印纸与墨水配套。能达到最高质量的专用墨水和打印纸都非常昂贵,并且高质量定位的打印机通常具备6个以上的墨水配置,购买时应适当考虑日后的应用成本。

●商用和家用喷墨打印机　高输出量的用户应该优先选择具备大容量分体墨盒的打印机,特别是被厂商标注为"商用"的机型(图2-174)。这种机型的制作质量较高,较为耐用,并且多数采用大容量的墨盒和大型喷头以改进速度和成本。多数也使用打印头和墨盒分离的设计,某色用完后可以单独更换,从而有效地控制打印成本。从打印质量上来说,此种定位的机型肯定不如以"最高效果"定位的产品那么好,但差距没有想象的那么大。

一般家庭用户和个人用户可选择消费级喷墨打印机,这些机型输出质量稳定,可以达到较理想的输出效果,并且机器本身价格便宜,但相对的打印成本较高,适合打印量相对较小的用户。对于个人用户,我们仍然建议在预算许可的情况下选择商用喷墨型号。

●彩色激光打印机　彩色激光打印机是近年发展起来的技术,主要分为多次成像和一次LED成像两种技术(图2-175)。彩色激光现阶段购买成本和使用成本相对较高,但在输出速度上(特别是一次LED成像型号)优势非常明显,在输出质量上可满足图像的基本输出要求,所以比较适合商业用户输出图表和适量图片的彩色办公要求。现在相关技术在高端的短版印刷或商用图文服务领域占据主要市场。

我们现阶段不推荐这一技术用于一般的摄影应用,但这一技术仍有很大的发展空间,应该予以足够的关注。我们预测在技术问题逐步优化后,彩色激光技术有可能被用于商业的廉价照片(相当于现在普

图2-175　桌面彩色激光打印机

通彩扩效果)的输出服务,在学校进行摄影和设计教育等日常输出应用中(对质量不过分敏感),采用彩色激光打印技术可以有效地降低成本,减轻学生的负担(或选用商用喷墨机型)。

◎**黑白打印技术**　黑白摄影由于其独有的艺术魅力一直在摄影中占据重要的地位,传统工艺的黑白摄影可以实现非常高的影像质量和完美的影调(如著名的美国风光摄影家安塞尔·亚当斯的系列作品),而且许多人也只认可黑白摄影的"艺术性"。这虽然有些片面,但黑白摄影在艺术效果表现上确实占据一定的优势。

在数字化的冲击下,延续了一百多年的传统影像工业轰然崩塌,随着柯达(Kodak)黑白感光材料的停产以及爱克发(Agfa)、依尔福(ILFORD)等传统影像企业的离去和转型,黑白相纸和胶片市场正在迅速萎缩。黑白感光材料市场越萎缩,价格便越昂贵,用户想买到高级的黑白感光材料,使用传统工艺来制作影像简直快成为"奢侈"的选择了。

黑白影像效果的良好呈现对于数字技术来说是一个挑战。喷墨打印机都是基于CMYK的工作方式,先天的给黑白再现设置了障碍,单独的K色虽然能输出纯正的黑色,但由于单色半色调网点所能达到的影调非常粗糙,导致黑白影像作品的细节损失严重,不能达到创作的基本要求。各打印机厂家也注意到这种情况,通过添加附加的灰色墨盒来弥补输出作品中间层次的损失,这种效果只能说好一些,还远远不能达到传统技术的质量。

在黑白数字输出比较活跃的欧美市场,许多企业都意识到黑白输出的巨大潜力,利用自己的生产能力推出了一系列高质量的解决方案,目前多数在数字黑白打印品质上已经超过了传统的印放工艺。

数字的黑白打印在打印前调整上虽然非常重要,但决定性因素仍在于打印机的油墨和纸张配置。

目前提供系列解决方案的公司有Lyson(Lyson.com)、Inkjet Mall(Inkjetmall.com)、Lumijet(lumijet.com)等公司,具体详情请访问所附网站查询。

这些解决方案一般是根据市场销售的大幅面喷墨机型(如Epson或HP的六色打印机)来设计的,使用纯黑白墨水(6~8种浓淡的灰色墨水)替代"CMYK+"的方案,通过油墨改良和对驱动程序的调整来完成高动态范围的输出。借助数字技术的调整能力,这种方式生成的影像色调真实,在特殊的介质上质感细腻,细节和层次表现非常丰富,应该说,完全可以替代传统的暗房技术。

需要注意的是,这种套装的价格相对比较昂贵,而且针对市面上的高级打印机型号,一经替换,就不能再使用原来的彩色墨水配置了,成了真正的"单用途"黑白输出设备。对于多数输出企业来说,在黑白输出市场需求并未成熟的时候引入是需要很大魄力的。

另一方面,至今仍没有一个领导性的品牌或打印机原厂推出全套的黑白解决方案,这在一定程度上限制了用户的接受能力。但市场决定一切,即使是狂热的黑白用户可能也很难接受买一台只能打黑

图 2-176 Lyson Quad Black 系列黑白解决方案

白而不能打彩色的"数字"打印机。所以,到用户"桌面"的纯黑白打印机和纯黑白打印套装都是不现实的,但这个市场需求仍然存在,我们更希望市场上能提供专业的高级黑白输出服务。

目前,国内尚没有听说有引进黑白套装打印油墨进行销售或用于服务的公司。作者在 2004 年曾尝试与美国 Lyson 公司联系购买 Quad Black 系列套装进行测试(图 2-176),但最终因手续烦琐而作罢。作为一个终端小用户,我们还是寄希望于国内的商家们,非常希望国内的图像输出商能尽快提供纯粹黑白的服务环境,以满足广大用户对高级黑白输出的需求。

黑白摄影作为一种独特的摄影形式存在,熟悉的人都应该能体会到那种很微妙的自己动手的乐趣。数字化在抹杀"传统手工"和"人类感情"方面实力超群,在连摄影师喜欢的相纸胶片都买不到的今天,即使通过打印得到了成像品质更好的图像,也难以消减摄影人对显影感觉的强烈怀念。

如今在摄影学院全面转型数字化的时刻,我们很欣慰地看到黑白暗房课程仍作为重要的基础课存在,看到低年级的学生们放出一团黑糊糊的曝光与显影都过度的相纸时,我们都知道,那是培养摄影兴趣、训练影像美感的重要一步。这一点,数字是无法替代的。

数字时代同时也对摄影美学教育提出了新的挑战。随着数字摄影的继续发展,下一代的摄影人可能多数是在纯数字的环境中进入摄影领域的,这势必影响今后的摄影和审美走向。

◎ 彩扩和喷绘

● 彩色扩印　数字彩扩是指对传统的彩扩进行数字化的改造,使其可以接受数字文件,以应对日常生活中的彩色照片印放需求。彩扩一般来说扩印片幅较小(多为 12 英寸以内),由于数字相机在质量上的进步,直接数字文件印放的图片质量和细节表现上一般都优于传统胶片,而且通过前端的计算机调整操作,可以有效地对彩扩文件进行对比度或饱和度的优化,使其更适合普通用户的审美需要(图 2-177)。

数字彩扩的优点在于相对成本低廉,用

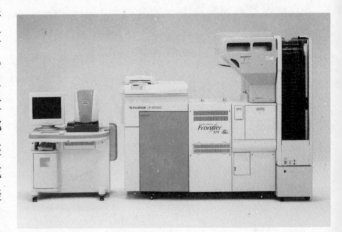

图 2-177　彩色扩印系统

98

户不用购买打印机,并且由于后期使用的仍然是感光相纸,所以在照片的涂层质感等方面优于打印纸张。

数字彩扩随着网络化发展也在不断改良,目前的网上照片输出市场正在飞速发展,用户拍摄回照片后,在家中完成修改步骤,通过互联网传送到彩扩公司的网络服务器上,即可足不出户输出照片。

对彩扩文件的输出要求并不严谨,一般来说,200dpi以上的图像精度已可满足普通要求,一般彩扩公司会提供一份图片分辨率和可输出物理尺寸的对应表格,用户可向商家索取参考。

* 一般彩扩输出只接受JPEG文件,特别是网络彩扩。
* 输出分辨率设置以200~300dpi为宜,更高的分辨率意义不大。
* 注意准备文件时以sRGB模式进行模拟输出预览。

●喷绘输出 喷绘是指以较低精度输出大幅面图像的方法(图2-178)。许多喷绘机(写真机)实际使用的是相当好的大幅面机型,甚至不少型号可被用于制作艺术级的收藏品。喷绘和艺术输出的主要差别在于操作者的经验和耗材(墨水、纸张)配备,当然还有市场定位的问题。多数喷绘是为了输出大幅面的广告或展示牌,由于尺寸非常大,相应对分辨率的要求大大缩小。一般来说,以实际精度72dpi或120dpi输出的画面在观看距离较远的情况下是可以接受的。

图2-178 大幅面喷绘机

对喷绘应该理性认识,特别是在国内收藏级大幅面输出服务并不完善的情况下,使用喷绘展示作品是一种值得考虑的方式。喷绘成本非常低,在输出质量上虽然有相当差距,但作为作品展示来说也是足够了。当前摄影有大幅展示的倾向,许多著名的艺术家以3~4米的边长来制作影像,在视觉上具有非常强烈的震撼力。

喷绘应该特别注意的一点就是对原始文件的保护。当要到喷绘公司进行输出前,需要从本机复制一份文件的光盘并在喷绘公司电脑上操作输出,喷绘后一定要注意彻底删除喷绘公司机器上的拷贝,以免重要的原始文件被误用。

* 喷绘前应尽量和喷绘商协商打出文件小样,然后相应地调整文件。
* 喷绘一般有装裱或衬硬底的服务,应该根据实际要求选择。
* 对于大于1米的摄影图片来说,一般文件精度控制在180dpi就足够了。
* 应该对输出文件进行较强的锐化调整以改进细节。

* 慎选喷绘纸张,应该优先选择有较多种纸张可供选择的服务商。
* 尽量不让喷绘商使用"高速打印"模式,以提高图片输出质量。

印　刷

◎**输出印刷推荐方案**　印刷是大规模输出的方法,也是图像最重要的应用领域之一。需要注意的是,印刷也是一门非常独立的技术学科,我们不可能要求摄影用户进行非常深入的研究。这里介绍了一些应该了解的印刷知识,以协助用户快速地应对工作任务。在后面章节中,我们将针对许多业界忽略的细节问题进行探讨。

简单地说,在印刷流程中,需要先将图像由 RGB(加色空间)转为 CMYK(减色空间)四色解释的文件,再通过电子分色设备将图像生成 CMYK 四个半色调印版。这个过程完成后,再通过 CMYK 四次叠印,从而在纸张上获得图像的拷贝。

如果要出版画册或为杂志社供图,需注意以下内容:

* Photoshop 和印刷流程紧密相连,具有许多专门为印刷准备的特性调整,但对于普通图像用户的标准应用来说,只需要准备适合要求的文件就可以了。

* 将图片转换为 CMYK 色彩空间,一般可按本书之前推荐的 U.S Web Coated (SWOP)2 设置。如果条件允许,可咨询承印公司获得他们设置的 CMYK 标准,有不少公司使用的 Japan Color2001 Coated,与 U.S. Web Coated(SWOP)2 相似。

* 以 TIFF 或 EPS 格式作为图像印刷存储格式。

* 多数印刷或排版软件以图像物理大小而不是像素大小来确定文件,最好自己先缩放文件到要求的大小,并适当进行锐化和调色优化。

* 对于印刷整页的图像,应该注意留出每边 2.5~3 毫米的出血值。

* 一般文件分辨率以 300~350dpi 为宜, 也可根据挂网线数自动计算。

●**分辨率计算**　文件分辨率的设置应该依据分色制版时的挂网精度(线数)为参考,更高的分辨率没有实用价值。一般来说, 图书的挂网精度为每英寸 150 线到 175

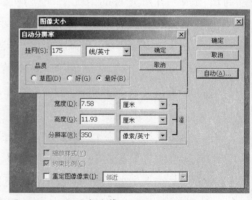

图 2-179　分辨率计算

线,报纸则更低。用户如果知道最终的挂网线数,可以在 Photoshop 中根据挂网线数来自动确定分辨率设置(图 2-179)。

* 选择菜单 "图像"→"图像大小"(Ctrl 键+Alt 键+I 键),在图像大小对话框中点击 "重定图像像素"。

* 按"自动"按钮,在"自动分辨率"对话框中输入挂网线数,选择品质为"好"或"最好"。

* 确定后即可得到需要的图像分辨率。选择"最好"时,分辨率为挂网线数的 1 倍。

● **黑白场调整**　和 RGB 的多级光学加色累计不同,印刷只能限制油墨通过的百分比来成像。RGB 模式中的纯白色会被转换为纸白(即留空不上墨),实际印刷出来白色区域没有任何油墨,画面会显得比较难看。另外,对于 RGB 空间中比较黑的区域,也会因为四色油墨累积过多而影响干燥时间和画面效果。

这两种问题积累起来,就会出现印刷画面偏灰、效果变差的情况。一般来说,我们推荐对图像进行一定的影调压缩以适应印刷的独特需要,影调压缩可以在最终印刷品中展现出更好的质量。

用色阶进行影调压缩的方法如下:

* 在打开的图像中选择使用 Ctrl+L 键唤出"色阶"对话框(图 2-180)。

* 一般画面可调整"输出色阶"为"10"、"240"或"13"、"243"。

* 对于暗部层次较多的画面,可酌情减少暗输出色阶到 5 或更小。亮部较多的画面可酌情转换为 250。对于要求较高的印刷品或比较先进的印刷设备,可咨询厂家获得数据。

* 转换完成后,可通过拖动输入色阶中间数值来调整画面效果。

◎ **EPS&PDF**　在印前领域,经常能遇到的图像文件要求是 TIFF,但相对应用更广泛的印刷文件却是 EPS 或 PDF。TIFF 的特点是广泛的适用性,而 EPS 和 PDF 则都是专门为印刷优化的格式。

作为了解,本节简要讲述了一些 TIFF 无法实现的特殊使用案例。如果读者遇到这样的要求,可以尝试更换文件格式来达到目的。

● **EPS 封装文件**　在杂志等高级排版任务中,可能需要将 Photoshop 中的图片进行去底以适应版式设计的要求,此时最专业的做法就是在 Photoshop 中进行路径选择,然后将路径一起封装到 EPS 文件中,排版软件在读取 EPS 文件的过程中,会读取这些裁切路径信息,继而直接将路径外的信息标注为透明(图 2-181)。

图 2-180　用色阶进行影调压缩

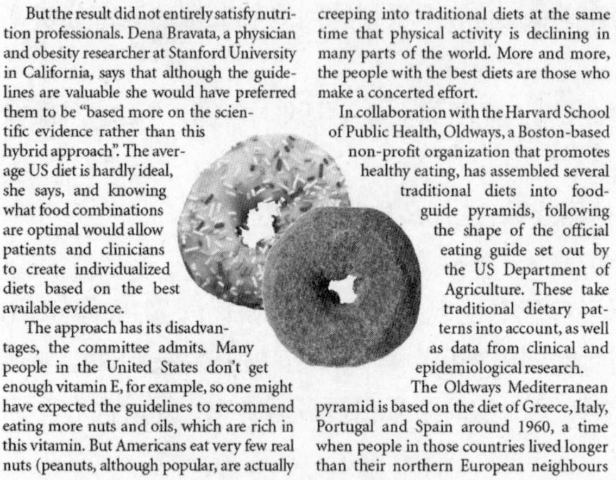

But the result did not entirely satisfy nutrition professionals. Dena Bravata, a physician and obesity researcher at Stanford University in California, says that although the guidelines are valuable she would have preferred them to be "based more on the scientific evidence rather than this hybrid approach". The average US diet is hardly ideal, she says, and knowing what food combinations are optimal would allow patients and clinicians to create individualized diets based on the best available evidence.

The approach has its disadvantages, the committee admits. Many people in the United States don't get enough vitamin E, for example, so one might have expected the guidelines to recommend eating more nuts and oils, which are rich in this vitamin. But Americans eat very few real nuts (peanuts, although popular, are actually

creeping into traditional diets at the same time that physical activity is declining in many parts of the world. More and more, the people with the best diets are those who make a concerted effort.

In collaboration with the Harvard School of Public Health, Oldways, a Boston-based non-profit organization that promotes healthy eating, has assembled several traditional diets into food-guide pyramids, following the shape of the official eating guide set out by the US Department of Agriculture. These take traditional dietary patterns into account, as well as data from clinical and epidemiological research.

The Oldways Mediterranean pyramid is based on the diet of Greece, Italy, Portugal and Spain around 1960, a time when people in those countries lived longer than their northern European neighbours

图 2-181　EPS 图像去底(剪切路径)

EPS 的重要特征是可以保留一些特殊的色彩模式。比如,我们在图像中定义为专色双色印刷(只有两个专色印版)或者是图像在 CMYK 外加入了专色通道(定义新的特殊色印版),就必须使用 EPS 或 PSD、PDF 格式来存储这些印版信息,TIFF 格式无法记录这些额外的信息。

PDF 文件更为现代一些,但是当前的印刷输出工作有时还必须使用 EPS 文件,EPS 的原文件非常大,但可以通过 Winrar 等数据压缩软件对其压缩,在得到极好的压缩质量的同时不会影响版式的质量。

EPS 还有一些非常重要的印刷特性,比如加网、分色、分版等,这些信息已经超过本书范畴。一般来说,这些工作由排版设计师和印前工作人员来完成,如果用户有此方面的实际要求,请参考相关书籍。

●PDF 通用便携文件　PDF 是在 Adobe 公司针对网络时代(无纸办公)来临而新发展起来的重要文件格式,PDF 的最重要特征就是它的跨媒体适应性和强大的包容性。一个 PDF 文件既可以保存多页信息,也可以保存单页图像。同一个设计文件,既可以设置为适合屏幕阅读,也可以设置满足印刷要求,是一种伸缩性极强的软件"包"格式(图 2-182)。

PDF 是印刷常用存储格式, 经过排版软件如 Indesign 等生成的排版文件, 经过使用 PDF 进行方便的封装,可以通过网络传送到印刷厂进行更快速的网络印刷流程。

我们在之前已对 PDF 作过阐述,PDF 一般不作为独立的图像文件存储格式。但在某些特定情况下,我们建议将文件存储为 PDF 格式。

* PDF 非常普及, 很多电脑都可以打开,Adobe 的 PDF 观看软件是免费的。

* PDF 可以保存单页图像,并可以存储 Lab、专色、CMYK、RGB 等各种色彩模式。

图 2-182　主要用于 PDF 流程的 Adobe Acrobat

*需要设立文件使用权限。如为某机构选择图片,应该以 PDF 封装自己的文件,并相应地限制打印或分发等权限。

*需要跨平台演示的文件包。如学期作业或项目作业包,在一个文件内包含所有的图像文件,而且可以加入版式和文字说明,方便老师管理文件和评分。

◎**常见印刷知识**　印刷是数字图像处理中较为主要的应用之一,确切地说,Photoshop 是为印刷前端服务的软件,其中也包含大量的印刷概念和应用。

虽然在数字摄影过程中并不过多地涉及印刷,但这些知识都是相互联系的,数字图像技术涉及广泛,也需要读者拓宽视野,本节辑录了一些知识性的概念供读者参考和了解。有些也附带了网址,以便有兴趣的读者深入研究。

●**UCR 底色去除**　UCR 是底色去除工艺(Under Color Removal)的首字缩写,表示在 CMYK 印刷工艺中,使用黑版代替 CMY 三色相加(复色)叠印的中性暗调区域的方法,也就是强化了黑版的作用(图 2-183)。

CMYK 印刷中需要四次叠印,理论上说,CMYK 的总油墨量最高为 400%(每色 100%),当处理暗调区域时,各色版都需要较多的油墨量来处理。在高速印刷机中,随着油墨量的增加,会出现油墨淤积、难以干燥、污染纸张等问题。

CMY 在暗调区域会有较多的油墨量来生成, 但 CMY 等量混合会生成许多中性灰色信息。UCR 技术使用黑色来替代这些中性色, 从而减少了整体油墨量,UCR 主要作用于暗调区域。

相比来说,UCR 的色彩效果要比 GCR 好。

●**GCR 灰色替代**　GCR 是灰色成分替换 (Grey Component Replacement)的首字缩写。GCR 是一种成本更低的方法。它的特点是将 K 作为主要色版,实现全影调范围的灰色成分替代。在分色过程中,CMY 只要有中性重叠的地方, 就消除这种多余的重叠,代替以黑色和另外两种原色混合(图 2-184)。

此种技术可以有效地减少彩色油墨的使用量,比 UCR 更多地降低总油墨量,在基本保证质量的同时有效节省了印刷成本。GCR 在表现某些图像(如人的脸部)时质量相对较差,如果处理不好分色,也有可能引起整体图像发灰。

●**半色调 & 加网**　现代印刷的工作原理是对连续影调画面

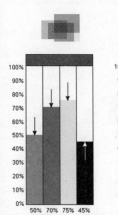
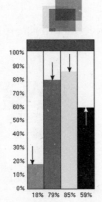

图 2-183 UCR 通过使用黑色替代 CMY 混合的中性色

图 2-184 70% 的 GCR,100% 的 GCR 将完全去除图中青色

图 2-185　左侧为 RGB 图像，右侧为模拟加网的 CMYK 图像

的半色调化(图 2-185)。和显示器的色光累积方式不同，印刷和打印过程通过 RIP (光栅图像处理器)将原始图像切分为不同的半色调网点，每个半色调网点由多个元素网点来构成，每个最小单位(元素网点)内只能确定油墨通过还是不通过两种方式(非黑即白)，通过对半色调网点内元素网点的分布和控制，可以模拟出不同的灰度，从而还原出连续色调的影像。

●PostScript　PostScript 是一种数字页面描述语言，它可以精确描述二维画面中的任何文字和图形。作为一种"语言"，PostScript 在输出设备和控制设备之间扮演了一个非常重要的角色(图 2-186)。Adobe 公司于 1984 年发布了 PostScript，它奠定了 Adobe 公司成功的基础，也是桌面计算机图形和传统印刷技术间的桥梁及桌面电子出版的核心。

现在的 PostScript 版本是 3.0，新的 PS 语言更多偏向于未来的网络应用，目前常见的 EPS 或 PDF 文件都是 PostScript 的延伸和发展。

用户可以从 Adobe 网站上获得更多信息(http://www.adobe.com/products/postscript/)。

●SWOP　SWOP 是轮转胶印出版规范 (Specifications Web Offset Publications)的缩写。SWOP 是现代印刷中较为重要的规范之一，用户可以访问 SWOP 官方网站 (http://www.swop.org)，查看 SWOP 的一些具体规范和要求。SWOP 提供其规范的各个版本供下载，其中有网屏角度、裁切标记等印前文件的专门规范，对于普通用户来说是设置印刷文件的较好依据(图 2-187)。

20th Anniversary of Adobe® PostScript®

The SWOP Certification seal, carried on promotional materials and packaging, assures clients of quality and consistency.

printing industry
for proofing syste
development and
proofs they produ
developing a con

Under this certifi
Sheet (ADS) and
certification agai
each system's vis
that successfully
Certified seal on

What is TR001?

TR001 refers to a
terization Data fo
CGATS is the acr
TR001 are necess
allows users to c

图 2-186　PostScript 徽标　　图 2-187　SWOP 手册

网络用途

◎**图像与网络**　随着互联网的发展,在网上发布图片成为摄影者展示自我较为重要的途径。相比来说,早期的互联网媒体仅强调信息的推送而不强调与用户互动,因此,大型的互联网站聚集了最大的受众群体,成了类似于传统媒体的媒介。

这在一定程度上抹杀了互联网"万有互联"的自由特征,将用户集中在几个掌握了"权势"的大型网站框架内,削弱了普通用户的对等权力。同时,有限的几个"巨无霸"网站成为试图容纳所有信息的"集贸市场",信息来源还多数依赖传统媒体,这使得网络信息同质化开始严重,网络信息质量不断下降。

近年来,随着网络媒体个人化的不断升温,以"博客"和"播客"为代表的新概念网络媒体被业界广泛接受。博客的个人性使得用户在接受信息的同时,再度成了信息的传播者和诠释者。借助新的引用和链接技术,用户可以在不同的网站间穿梭阅读,不断发现新的相关知识信息,随后把新的发现汇总而形成自己的理解进行再分发。就这样,在信息和知识不断被解读的过程中,信息得到了有效的传播和消化。

图像作为比文字更直接和容易接受的快速传播方式,在网络传播中占据了极为重要的地位。在互联网传播中,图像所要求的精度和技术质量被再次降低,这也使得更多的人可以借助廉价的相机或摄像头等视频捕获装置进行影像传播,由此形成了新的影像文化。近年来,网络图片及现象所引发的讨论日益成为社会的焦点问题,许多人以影像方式借助互联网的有效传播而一夜成名,这也是当前的文化现象之一。

互联网为当今的摄影界提供了更宽阔的视野和虚拟的试金石。在后现代主义"标准"逐步被颠覆的同时,所有艺术形式在"地球村"语境和平民文化浪潮的双重挤压中,都不得不面对"没有大师"的尴尬。艺术如何应对新的冲击并非本节的谈论要点,但社会和技术变化确实深刻影响并改变了摄影。

在此节,我们仅简述互联网对于摄影的主要影响方面。

* 互联网是未来图像的主要传播途径,摄影是信息的重要传播途径。

* 作为一种新的媒体,互联网与印刷等传统媒体对图像的技术要求是不同的,摄影者需要有这方面的准备。

* 互联网信息高速、高效的特征,使学习者可以接近国际最前沿的摄影技术和思想,有助于自身水平的提高,同时博大的互联网是学生进行自学的最佳场所。

* 由于互联网的虚拟特性,在互联网上发布照片可能得到更直接的严厉批评和指导,某种意义上

来说,是作品质量的试金石(但要看发布受众群体的欣赏水平)。

　　* 在互联网上销售数字图片将成为未来全球数字出版的重要环节。

　　◎**存储为 Web 所用格式**　　与印刷所要求的高精度不同，网络应用只需要较小的图片即可显示出很高的质量，一般来说,网络上直接观看的图片应该限制在 800×600 个像素大小内,以 JPEG 格式或 Png 格式存储。

　　图像网络传输是显示器到显示器的传送过程。目前较为标准的显示分辨率为 1024×768 像素和 1280×1024 像素。而通常用户拍摄的数字照片分辨率都超过了这种要求,所以在上网发布前,应该对自己的图片进行适当的缩小以满足具体的要求。

　　同时,这种像素的缩小必然会影响图像的清晰质量,对于较为重要的摄影作品来说,应该对即将发布的网络图片进行再修饰和加工,使其有更好的表现效果。

　　几乎所有的图像处理软件都包含改变图像大小的选项,对于普通用户来说,如果没有 Photoshop,但安装了微软公司的 Office 2003,就可能安装了附加的工具 Microsoft Office Picture Manager(Office 图片管理器)。图片管理器是个较轻巧而优秀的图像管理程序,附带一定的编辑特性(图 2–188、图 2–189)。

　　下面列出为保证网络最优画面效果而在 Photoshop 里所需进行的一般步骤:

　　1. 调整大小到最终展示大小。

　　2. 设置屏幕校样为标准显示器校样。

　　3. 进行色彩调整和优化。

图 2–188　Microsoft Office Picture Manager 的运行窗口

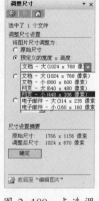

图 2–189　点选调整尺寸窗口,可以选择一些预置参数

图 2–190　Photoshop 图像大小面板

4. 进行锐化。

5. 输出为 JPEG 或 Png。

第一步:图像缩放(图 2-190)。

* Photoshop 图像大小窗口默认快捷键是:Ctrl+Alt+I。

* 应该注意,在图像缩小时,如果选择重定图像像素的方法为"两次立方(较锐利)"可以适当地改进画面效果。

图 2-191　通过菜单进行校样设置

第二步:屏幕校样。

一般的网络环境和浏览器对图像的色彩解释与 Photoshop 是不同的。也就是说,Photoshop 在一般情况下显示出的色彩和网上的不同,并且会有相当大的差异,所以也必须针对网络要求进行设置。

在 Photoshop 中,选择菜单"视图"→"校样设置"→"显示器 RGB"来改变校样设置。在屏幕上模拟最终的效果(图 2-191)。

按 Ctrl 键+Y 键可以在模拟和原始两种色彩描述下切换。"显示器 RGB"的色彩表现较为平淡,应该对其进行色彩调整。

第三步:色彩调整和优化。

为使得图像色彩尽可能接近,我们可以复制一个文件为标准的 Photoshop 原始色彩描述,第二个文件在显示器 RGB 的模式下调整,通过同屏显示,使两者尽可能匹配(图 2-192)。

* 菜单"图像"→"复制",获得一个当前文件的副本(原始拷贝),并且取消副本的校样设置(Ctrl+Y),此时副本将作为参考文件。

* 对当前文件(原始)操作,将屏幕校样设置为"显示器 RGB",并进行色彩或反差的调整。

* 推荐使用调整图层来进行。

第四步:进行锐化。

图像大小调整到最终尺寸后,应该对图像进行锐化处理,以弥补重新定义像素后的清晰

图 2-192　色彩调整与优化

图 2-193　智能锐化处理

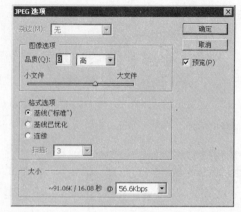

图 2-194　JPEG 压缩选项

度损失(图 2-193)。

锐化的更多信息,请参考本书之前章节。注意:请确保选中了图片所在层进行锐化,而不是调整图层。

第五步:输出。

调整完成后,可以按 Ctrl+Alt+S 键直接另存为 JPEG 文件。根据要求设定文件压缩质量。一般应该将压缩值设为 8 以上。在下方"大小"部分,可以看到文件输出后的数据大小(图 2-194)。一般来说,网上的文件以不超过 500K 为宜。

Photoshop 也提供了更为专业的网络存储选项,用户可以使用 Ctrl+Shift+Alt+S 快捷键组合唤出存储为 Web 所用格式对话框。

在"存为 Web"窗口中,应选择"双联"查看方式,以详细比对不同缩放之间的差异。图像下方会显示图像当前的大小和文件数据大小, 应该结合右侧的预设来进行压缩质量和图像大小之间的权衡。

在存为 Web 方式中,会提供一些预设方案,一般来说,可选择使用"JPEG 高"作为常用设置,但"JPEG高"的默认压缩品质为 60,对某些要求较高的用户来说,可调节"品质"到 80 或 100。

用户还可以在本窗口中选择下方的"使用浏览器

图 2-195

108

浏览",实际观看图像在浏览器中的解释结果。如果没有经过上述步骤的校样调整,在浏览器中显示的图像一般会比 Photoshop 中的图像平淡(图 2-196)。

图 2-197 是在 IE 浏览器窗口中模拟显示出的图像。此一设置的目的是为了制作者能更好地判断图像在标准环境下的显示特性,它实际上也是文件在操作系统中交换时的默认显示色彩,如果你的图片在自己机器和别人机器间显示差异特别大,请参考本节的内容进行校样设置。

◎ **清除 EXIF 信息**　EXIF 是 Exchangeable Image File(可交换图像文件)的英文缩写,其目的是在图像文件中保留拍摄的主要信息,EXIF 具备非常强的记录能力,依据拍摄设备的不同,可以记录拍摄时的相机型号、镜头型号、光圈、曝光时间、拍摄时间等数据(图 2-198)。在某些专业相机上,还可以借助 GPS 卫星定位系统记录拍摄图片位置的经纬坐标数值。

一般的缩放和调整不能删除这种内嵌的 EXIF 信息,但用户在发布图片时,有时不愿意公开过于详细的拍摄数据或希望屏蔽 EXIF 信息,可参考下列方法清除 EXIF。

* 打开原始文件,按 Ctrl+A 键全选画面,然后按 Ctrl+C 键复制画面。

* 按 Ctrl+N 键创建新文件,原始文件的大小将被作为默认的图像大小,直接确认并建立新文件。

* 在新文件窗口,按 Ctrl+V 键粘贴复制的原始文件。

* 在新文件窗口,按 Ctrl+E 键合并图层。

图 2-197　IE 浏览器模拟显示的图像

图 2-196　在浏览器中预览

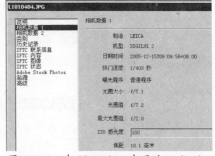

图 2-198　在 Photoshop 中通过 Ctrl+Alt+Shift+I 键所获取的图像 Exif 信息

109

图 2-199 被清除 EXIF 的文件

* 保存新文件,则新文件中 EXIF 信息已被清除(图 2-199)。

在某些情况下需要更改 EXIF 信息(而不是清除),可使用如 Opan-da PowerExif 等 EXIF 工具进行修改。

演 示

◎**刻录图片光盘** 本节所述"演示"是指将作品进行电脑屏幕展示的行为,对于摄影者来说,将图片展示出来是将摄影作品的概念、自己的拍摄理念进一步阐释的方法。一般来说,适用于课堂批改作业,或用于向某公司或机构推销照片。

在"图像文件的管理"一节中,我们曾介绍了几种管理文件和存档的方法,本节我们将着重讲解图像文件的刻录和与演示软件的配合。

刻录光盘是现在传递大型图像文件的主要方式, 完成刻录需要用户的计算机上配置可刻录的光驱(CD-R 或 DVD-R 驱动器)。在新的 Windows XP 系统中,支持直接刻录各种文件。

* 将需要刻录的包含图片的文件夹拖放到刻录光驱所在盘符(图 2-200)。

* 进入光驱所在盘符,会显示半透明的即将写入 CD 上的临时文件,选择菜单"文件"→"将这些文件写入 CD",依据屏幕提示,完成光驱刻录工作(图 2-201)。

* 某些专业的刻录软件如 Nero 等,可以实现更好的刻录速度和质量,用户可以按照要求进行箭头选择。

* 刻录前应对文件名进行规范,以避免图片显示顺序混乱。

◎**U 盘演示** U 盘(USB Flash Disk)是目前应用较为广泛的存储设备。USB 存储设备在常见的 Windows 和 Mac 平台上均可顺利识别,极大地方便了文件的转存。U 盘的体积小巧并具有较高的存储空间,数据可靠的存储时间较光盘来说要长许多(图 2-202)。

U 盘的操作与本机内复制粘贴并无什么区别,但需要注意的是对文件名进行规范。

需要注意的是, 尽量不对闪盘进行格式化操作, 这样可能会导致闪盘在某些平台上不兼容的情

图 2-200 Win-dows XP 的直接刻录   图 2-201 将文件写入 CD   图 2-202 U 盘

况。如果出现了类似问题,请使用厂商提供的专用格式化工具将优盘重新格式化为通用格式。

在使用闪盘进行文件传递时，还应该注意对系统进行病毒查杀，以免成为计算机病毒传播的载体,如果交作业时误伤到老师的电脑,那可不是太妙。

◎**演示文件**　老师课堂上可能会让学生对自己的图片讲解,对于比较重要的期末作业,可使用专用的演讲软件,如微软 PowerPoint(PPT)或苹果 Keynote 来制作效果更好的演示文件,附加上文字注释、图表,甚至声音、视频等素材的图片演示文件,有助于更好地展示自己的创作思路和理念。

同时,PPT、Keynote 等方式在图片的商业化演示中可以达到更专业的效果,它们把文件合并为一个文件,在最终呈现方式上比较友好,文件规整而不凌乱。

关于 PowerPoint 或 Keynote 的更多信息,请参考相关软件使用说明。

Keynote:http://www.apple.com.cn/iwork/keynote/

PowerPoint:http://www.microsoft.com/china/office/powerpoint/

图 2-203　Vista Photo Gallery

除了专用的演讲软件外，新版的 Windows Vista 所包含的 Windows Photo Gallery 在图像演示效果上较 XP 系统有了较大的进步，可以生成标准的光盘演示和视频演示，也是一种可以选择的文件封装方法(图 2-203)。

◎**视频演示**　图片的脱机演示一般需要使用电脑来进行观看,这在一定程度上限制了图片的演示范围。在有些情况下可以转换为视频文件,并转刻为 DVD 在电视或投影上播放。使用视频进行图片演示可以更有效地展示作品,通过插入音乐、动画或设定图片在视频中的位置移动等来获得有视觉动感的画面。

图片摄影在视频表现方式中,强调对拍摄内容(独幅画面)进行重新组合,在数字摄影的尝试中,可使用单个或多个静止图片进行时间线的重新组合来生成新的意义。Photoshop 对此种应用显得力不从心,它只能用于单个图片的修正和更改而无法支持动态序列的创建。

这里介绍几个可以使图片序列化的软件供学习者参考。有些软件如 Imageready 包含在 Photoshop

套件中,可制作简单的网络用途低分辨率动态影像,但由于它的动态功能较为简单，我们在这里不再做特别介绍。

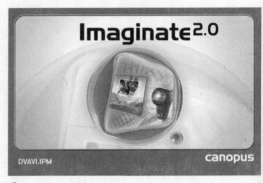

图 2-204 Imaginate

专业的图片动态影像多使用视频类的剪辑软件如 Adobe Premiere Pro 和 Apple Final Cut Pro 等,这类软件的动态元素组合功能非常强大,但对操作者的技术水平要求较高。各厂商也有专为图片视频化所设计的软件，如 Canopus 公司的 Imaginate 软件，可以完成从图片次序排列到对静止图片实行推拉摇移、旋转等全动态化的专业效果控制,非常适合需要对大量静止图片进行排列和展示的应用(图 2-204)。

3

Shuzi
yingxiang

数字影像

□ 贸然进入面对高级用户的第 3 章是要接受一定挑战的，因为学习本章的目的是为了进行更深入的研究和更高层次的应用。本章和第 4 章都是摄影专业高年级学生应该学习的数字摄影技术与应用课程。

□ 本章和第 2 章内容紧密相连，学习对象是对数字摄影和技术调节有一定基础的用户。我们希望初级用户准备一本 Photoshop 的技术参考书，或者在 Photoshop 中随时按 F1 键呼出帮助菜单。从本章开始，我们会对操作步骤进行简化描述。

核心概念及应用

曲 线

◎**曲线综述** 几乎在所有专业的图像编辑软件中,曲线(Curves)都是最重要的影调和色彩调整工具,甚至可以说,掌握了曲线基本上就算掌握图片处理了。那究竟是什么使曲线让人痴迷?在本节,我将结合实际应用来介绍曲线这一神奇的工具,我保证这与同类书籍的介绍是完全不同(并且是非常有效)的。经过本节的学习,相信你一定能够掌握这个强大的工具。需要注意一点,曲线是基于直方图(数字图像的基本呈现方式)的,在学习前,希望你已经对直方图有相当程度的认识了。

毫无疑问,Ctrl+M 几乎是我按的最频繁的快捷键。对我来说,一张图片如果修正要经过 10 个步骤的话,那么我想其中五个都在唤出曲线,上提一点,下拉一点,这似乎是一种具有艺术感的调整方式。色阶和曲线可以完成非常相似的工作, 如果让我形象地打个比方的话, 它们的区别就好像男人和女人,色阶(Levels)是粗犷豪放的"男性化"调节,理性化、数据化的因素比较多(因为可以直接显示直方图),但只有三个点(黑、白、中间调)来控制影调分布,相对显得笨拙和机械。

而曲线是一种优雅、感性的方式,对图像的判断依靠的是观察而不是数据显示,曲线命令打开时永远是 45°的斜线。无论原始图像的直方图参差不齐到什么程度,曲线总是给你一个根据当前画面的再调整方式。这意味着,你不必受到直方图的影响,可以根据感觉不断调整,直至调节出你所希望的"目标"。

除了以优雅的方式完成色阶(Levels)所能做的那些外,曲线还有一个更大的优势是多达 16 点定位的局部调节能力。这意味着在一定程度内可以单独调节画面中某部分的影调和色彩变化,曲线超强的定位能力还可以同时在 RGB 曲线上分别标定目标点的位置,这也说明可以单独调整某一点的 RG 值或 GB 值等, 这使曲线具备了最大限度的色彩调节能力。

◎**曲线与色阶** 在进入曲线之前,我们先在一幅打开的图中,按 Ctrl+L 唤出色阶面板(图 3-1),我们会比对这两者的差异。我们注意到,色阶主要由直方图表(输入数值)和下方输出色阶表两部分构成。在 RGB 图中,下方的输出色阶是

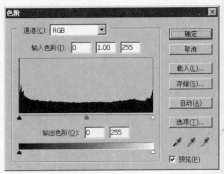

图 3-1 色阶面板

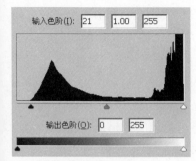

图 3-2 色阶的三个控制点

0~255 共 256 级,它们表示画面中最深和最浅的极限。这一部分常见的应用是控制印刷或者打印时的半色调网点分布。

比如,如果画面有一大部分为 255 的白(比如脸部的高光部分),那打印或印刷出来这一部分将完全不上墨(半色调限制),就变成了周围墨和白纸之间的"裸"对比,非常难看。套用到此例中,也就是通常说的"大白脸",白脸可以,但不能是纸白,应该是必须有层次的。所以通过计算,一般对于输出来说,可将其限制在 245 左右,这一命令的目的是告诉计算机,无论你多白,请将 245(刚好上墨,非白纸)作为最白的部分打印。我们曾经在第 2 章输出印刷部分谈到过这些问题。

对上方直方图表(输入色阶)来说,有三个重要的控制点,分别是黑点、中间调 Gamma 和白点,对输入色阶的控制目的是对输入的图像信息进行修整,最后使其适应输出色阶(图 3-2)。

假设:打开一幅图片后,直方图如图所示,我们注意到在暗调部分有较多的损失,即原始图像中黑色的地方不够黑,而且没有多余的黑色信息了。

当我们拖动直方图的黑色滑杆到直方图中左侧的边缘,将输入色阶中的 0 移动到 21 时,操作的含义等于:将原始图像中为数值 21 的深灰部分,转换为数值为 0 的黑。

此时画面的效果将会是对比增加,画面变暗,出现了更重的黑色。如果我们把输出色阶黑点也调整到 21 时,画面效果将不会有实际变化。

但变化还是发生了,即中央 Gamma 点的位置有了移动,Gamma 点和黑点、白点的工作方法是不同的,它体现了从黑到白的的反差系数,这个 Gamma 和显示器 Gamma 没有关系。在曲线中,无论原始图像如何,打开后即为 Gamma 1.00,也就是没有变化的。

这一点和曲线的工作原理是相似的,图 3-3 的曲线截图描述了 Gamma 1.00 的情况,图像的信息是一一对应的关系,形成一个 45° 的夹角,输入与输出是不变的。

移动色阶中的 Gamma 滑竿,画面将以黑白两点的中间值为依据来进行 Gamma 调节。Gamma 越高,就会有越来越多的信息被标定为亮部。

经过图 3-4 和图 3-5

图 3-3 Gamma 1.00

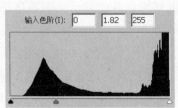

图 3-4 移动色阶中的 Gamma 点

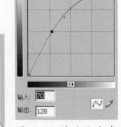

图 3-5 移动曲线来调整 Gamma

的对比,我们可以发现,色阶和曲线的调整能带来近似的画面效果。设色阶中中点所在位置为70,如将曲线中的中点与其对应,输入点的值为70,将其乘以色阶所示 Gamma 值 1.82 后得出的数值约等于128,约等于曲线中相应点的移动数值。

真正理解这种关系是比较困难的,我们也不能将数字创作和技术数据完全对应,对色阶 Gamma 的认识,大部分可以通过直观的方式来进行,在确保显示器正确的前提下,进行视觉上的判断即可。

我们注意到色阶和曲线的近似性,但两者的侧重点是不同的。色阶强调的还是比较理性化的控制。比如,一幅在不同 Gamma 系统下完成的作品,可以通过计算得出 Gamma 修正数值,然后直接输入Gamma,即可改正所有的图片。更重要的是通过色阶的数值可以较为直观地改变黑白场(直接输入数字),在印前领域有比较多的应用。相对来说,曲线在处理这些工作时显得很笨拙。

◎**曲线面板**　曲线的优势在于拥有近乎全能的控制"曲线",色阶能控制的只有一个中间调,画面一黑全黑,无法对 Gamma 进行分区域的控制。而前面也讲到了曲线的 16 点和分通道控制能力,我们将在下面的分析中进行阐述。

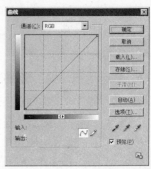

图 3-6　曲线面板

在一幅图片中,按 Ctrl+M 键可以唤出"曲线"面板,面板的 X 轴为输入数值,Y 轴为输出数值(图 3-6)。也就是说,当图像打开时当前 Gamma 为1.00,一个输入亮度为 128 的点,输出同为 128。接下来我们藉由操作来逐步深入曲线的控制能力。

* 通道界定了曲线的作用范围, 在 RGB 方式下, 调整的是整体影调(对比反差),只有在进入各色通道后,才开始进行色彩调节。

* 图 3-7 ①:按 Alt 键点击曲线网格,画面中央网格会在 10 等份和 4 等份之间切换。

* 图 3-7 ②:按下右下角的"扩展"图标,曲线窗口会增大,以利于更精确地控制。

* 图 3-7 ③: 按下黑白过渡中央的切换钮时,窗口会将黑白翻转, 并转以百分比显示, 而不再是 0~255 的色阶显示。在百分比显示下,可以理解为近似亚当斯的分区系统,从而更有效地对画面进行定位。

* 图 3-8 按钮区①:在调整完成后,如需要重新调整,可以按下 Alt 键,则面板中的"取消"按钮就会变成"复位"(注意,此复位是完全复位,即复位所有通

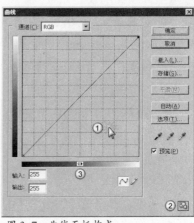

图 3-7　曲线面板构成

图 3-8　曲线面板的按钮区

图 3-9 按"选项"后出现的"自动颜色校正选项"

道到初始状态)。

* 图 3-8 按钮区②:对曲线进行调整后,可以将曲线的调整存储为独立的文件,下次在进行同样处理时可以"载入"使用。

* 按钮区③:该区域为自动色彩控制区域,通过"选项"中的设置(自动颜色校正选项)来设定"自动"的工作方式。一般的校正工作中,可以选择"对齐中性色调"、"查找深色和浅色"。实际应用中,可根据图像的具体情况来决定(图 3-9)。

* 按钮区其他:下方为定义黑点、白点、灰点的工具,一般来说用得不多。切换下方的"预览"按钮,可以在图像中切换调整前后效果。

◎**曲线模糊调整** 经过之前章节的叙述,我们可以看出曲线的强项是多点的控制和调整,从而进行影调调节(RGB 模式)和色彩校正(分通道模式)。曲线的操作一般来说有精确定位和模糊定位两种方式,我们将陆续展示这些操作。

模糊定位,即不从实际画面中取样点,而直接在曲线上进行控制。依据曲线的划分网格,我们可以将画面分为四个部分(图 3-10),从左到右依次为:①暗部、②较暗中间部、③较亮中间部、④亮部。用 HD 曲线标注来说,可以理解为:①趾部、②③直线部、④肩部。

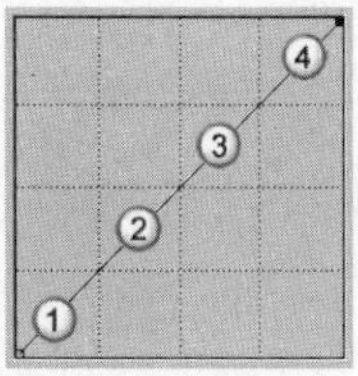

●**一点法整体影调调整** 如果我们在曲线中取①部分的一个点,则表示我们将对当前画面的暗区域进行调整。如果在 RGB 模式下,从①取点,并将其向上拉动,则表示将暗部区域加亮。由于曲线特性,画面整体也将变亮(图 3-11)。

图 3-10 曲线的四个部分

图 3-12 切换调整通道,以进行分色调整

同理,如果我们从亮度取点,将其下拉,则会将亮部变暗,同时整体画面也会相应变暗。对于中间调的调整也可以达到同样的目的,但由于取样点定位的不同,会产生不同的效果,需要在实际操作中进行判断。

●**一点法整体色偏调整** 在 RGB 通道下,调节针对的是混合通道后的整体反差和影调,可以按 Ctrl+1/2/3 键分别进入红、绿、蓝三色通道,来调整红-青、绿-品红、蓝-黄等几对主要色彩变化(图 3-12)。

如果图片暗部偏蓝,则可以按 Ctrl+3 键进入蓝色通道,在暗部区域选择一个点并向下拉,将减少蓝色的输出,画面

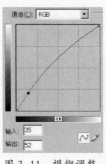

图 3-11 模糊调整:增加图像暗部亮度

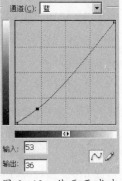

图 3-13 使画面减少蓝色的操作范例

117

出现黄色倾向(图3-13)。与一点法的影调调节相似,根据取样点的不同,整体色彩响应也会产生丰富的变化,需要操作者自己判断。

应该说,虽然有些不同,但一点法的模糊调整使用"色阶"也可以完成,曲线的突出优势在于随着取样点的增加而增强的全能控制能力。

●**两点法整体影调和对比调整** 一点法可以调整整体影调趋势,但这种增加多数是全画面进行的,也就是说,如果我们让暗部变得更暗,则整体画面也会跟着变暗。而多点法则可以调整对比,在将暗部变暗的同时,让原亮部更亮或保持不变,从而增加了画面的明暗对比,达到强化画面的效果。

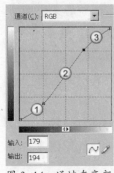

图3-14 通过在亮部取点,增强明暗反差

在暗部取样,通过下拉使其变暗,则整体画面变暗,此时曲线呈倒弧形。在曲线亮部区域再取一点,并将其上升,两个取样点将画面切分为三个部分,形成了与经典胶片类似的HD曲线。

图3-14中①的部分形成趾部(暗部),趾部的信息缓慢增加,直至进入中间直线部②开始规则递增,随后进入肩部(亮部)。通过控制点的位置和弧度,可以细微地进行调整,此种调整可用于大多数图片。特别是经过调整,可以使数码相机所拍摄图片在影调再现上接近胶片效果。

类比来说,此种方法的调整类似在放大过程中更换不同号数的相纸,可以实现不同的影调对比。

●**两点法整体色彩校正** 将两点法扩展在分通道的校色中,可以进行更精细的色彩调节。比如原画面中亮部偏红,而暗部正常。我们可以使用这种方法来单独校正影像中亮部的偏色,而尽可能减少对暗部的影响。

选中红色通道,在亮部取点,将其下拉,减少红色倾向,随即整个画面偏向红色的对比色青色,同时原来中间暗部的正常色调开始偏青(图3-15)。则在此部分取点,将其上拉以修正弧线,最终画面中间和暗部的色彩不发生变化,亮部红色则减少,达到更精确的控制目的。

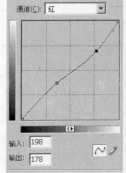

图3-15 两点校正颜色

此种操作也是方便地实现难以控制的经典利兹照片(暗部冷调、亮部暖调)效果的主要创作思路。

一般来说,上述曲线练习已可以满足大多数应用要求。按照两点法的思路扩展开来,用户完全可以藉由加入更多的点来对影像进行更丰富的控制。但应该认识到,即使加入更多的点,直接加点(模糊定位)的方式对图像控制来说也是大致感觉上的调整,仅适用于没有精确控制要求的图像。

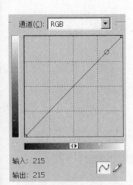

通道(C): RGB

输入：215
输出：215

图 3-16　在画面里按下鼠标拖动，会出现当前位置点的标记

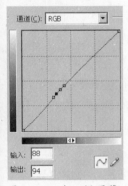

通道(C): RGB

输入：88
输出：94

图 3-17　为一幅图像做了多个锚点后进行多点移动

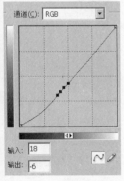

通道(C): RGB

输入：18
输出：-6

图 3-18　多点区块移动

但需要精确控制的情况也会经常出现。比如在广告图片应用中，重点为广告产品的影调或色彩呈现，如果采用模糊定位的方法，在整体变化的同时就可能削弱产品在画面中的视觉效果。在此种情况下，我们可以借助精确定位的方法来得知产品所在的位置，从而进行精确控制。

◎**精确曲线定位调整**　精确的定位调整使曲线成为非常强大的工具，所谓精确定位调整，就是从实际图片中取样获得定位点，通过对所获定位点的调整，而实现对该取样区域的精确控制。

比较突出的实例是，如果人像的脸部显得较暗，那我们可以通过对脸部获取定位点，这样在调节时就会重点调节该区域，而尽量少地影响其他区域。

在当前图像中，按 Ctrl+M 键唤出曲线对话框，在画面上点击并拖动鼠标时，就会显示当前所指示区域在曲线上的对应位置。这种位置标记无法被保存，但可以作为模糊定位时的判断依据(图 3-16)。

如果按下 Ctrl 键再移动鼠标，那么松开后会在该位置对应曲线上做一个黑色的标记点。在实际操作中，我们会遇到单独调整一个区域的要求，比如我们假设遇到人的衣服的暗部过暗，那么按下 Ctrl 键，在衣服的暗部区域移动，同时注意锚点在曲线上的位置变化，确认后松开鼠标按键生成一个固定锚点，该锚点对应图中暗部区域的位置。重复此步骤，直至在曲线上标记出该锚点所在区域的所有重要定位点(图 3-17)。

我们推荐在此种精确工作模式下，尽量少使用鼠标来控制锚点，在锚点比较密集的情况，微量调整都有可能让画面效果混乱，应该使用键盘控制的方式。

按 Ctrl+Tab(正向)键和 Ctrl+Shift+Tab(反向)键，可以在各个锚点间切换当前锚点(以纯黑实心为标记)，切换后，按键盘上的方向键来控制当前锚点。在默认情况下，每次按键将移动两个坐标点，比鼠标移动要精确许多。

我们注意到鼠标直接选点时的问题，由于没有此种设置，如果用鼠标点一个已存在的点，经常会改变锚点的位置，后来我使用的解决方法是在按下 Shift 键的同时点选，这时一般会有效地控制锚点偏移。

Shift 键同时也是多选键。也就是说，如果需要对一个区域(假设已采出 5 个样点)进行区块移动的话，可以按下 Shift 键，依次点取所有的 5 个锚点，然后再移动就是整块移动了(图 3-18)。正常情况下，区块移动可以得到更好的效果。

当区块被全部选中,要想再选中其中一个就会出现麻烦,因为默认是移动状态,此时最好的方法是按 Ctrl+D 键来取消对所有锚点的选择,然后通过 Ctrl+Tab 键来切换选择锚点。

以精确的定位点或多点定位的方式,可以达到最精确的目标定位,从而藉由这种定位实现目的性更强的控制,这种方式也可以参考模糊定位部分所叙述的各通道校色来进行,实现更准确的色彩控制。

◎**多通道定位的精确色彩校正**　我们知道,一个图像区域的色彩是由 RGB 或 CMYK 来混合生成的。在校色过程中,如果采取各通道独立调节时,需要针对某点进行分通道的单独定义。

我们已知,在 RGB 通道模式下,调整的是画面的影调(明暗)亮度分布,在单色彩通道模式下调整的是单色的色彩倾向。画面中某点可能是由完全不同的 R、G、B 分布来构成的,如果分别来选取,很可能出现更为复杂的偏色情况。

比如一幅画面某部分偏品红色,这需要适当减少红色和蓝色通道来进行校正,当我们进行红色通道校正的同时,画面也相应作出了变化,这就导致在校正蓝色通道时,可能工作在一个"错误"的锚点上。

我们需要一种方法,通过一次点击来对三个通道都做出标定。假设一块色彩 RGB 数值为 R128、B50、G70,那么经过此种方法,可以在 RGB 各色通道的相应位置上做出标定。我们也就可以通过更改每个通道来实现精确校色了。在取样时,在按住 Ctrl+Shift 键的同时并对画面取样处点击,就可以一次生成三个色彩通道的定位锚点。这种方法的目的性很强,是为色彩校正准备的专业功能。

需要注意的是,此种方法定位后,不会在 RGB 复合通道中显示,而只会在各个独立通道中显示出锚点。

◎**曲线结语**　曲线作为最重要的调整工具,在市售书籍中一直缺乏深入的论述,多数使用者使用的都是其最简单的应用,本节展示出了曲线强大的功能,期待和有兴趣深入的人士进行探讨和交流,共同提高对 Photoshop 图像核心调节的水平。

在当前未有新版本软件发布的情况下,本节应该大致涵盖了 Photoshop 中的曲线控制的所有可能性。应当注意的是,我们希望通过本节的阅读,使读者了解曲线可以实现的控制,从而对数字图像有全面的了解。

曲线并非 Photoshop 所独有的,基本上所有中型以上的图像编辑软件都会有该项控制。本节完稿时,恰逢微软公司推出

图 3-19　微软 Expression Graphic Designer

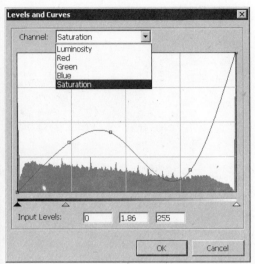

图 3-20　Expression Graphic Designer 中的色阶与曲线面板

其测试版本的图像处理软件 Expression Graphic Designer(GD 可以在微软网站 Microsoft.com 上免费下载),在该软件中,我们看到了曲线工具的不断变化和进步(图 3-19)。

在 GD (Graphic Designer)中,微软将色阶和曲线合并,将 RGB 复合通道改为更直观的 Luminosity(亮度)并新增加 Saturation(饱和度)控制,让人感兴趣的在于它对色阶和曲线同时修改所可能出现的新效果(图 3-20)。

对饱和度的曲线调整,目前 Photoshop 尚没有较直接的方式,目前 Photoshop 中的饱和度控制过于单一,在 GD 中,通过饱和度的曲线控制,我们可以让图像的暗部区域减少色彩饱和,亮部保持相应的纯度,从而实现新的特殊效果。如果进行精确微量控制的话,还可以在基本不改变画面的情况下,对画面的主要颜色适当突出。对于数字影像来说,没有最好只有更好,因此这种微量的优化有时会非常重要。

这一情况告诉我们两点:一是不能过度迷信 Photoshop;二是理解曲线。曲线是数字图像的根本之一,只有通过对曲线的不断认识而理解数字图像的工作原理,才能在不断变化的工作环境或软件环境中掌握先机。

通　道

◎**通道原理**　通过对曲线的认识,我们开始进入数字图像中较为核心的领域,我们一直强调的就是对数字图像工作原理的认识,现在我们将借助通道来阐释这个原理。如果曲线是数字图像核心的外在展示的话,那么通道就是这个原理的核心所在。

这个问题很简单,所有的数字图像都由分色的通道构成,通道标示出 RGB 三个原色在构成画面中所占的比重。通过三色通道的聚合显示,才能在显示器上将图像色彩、位置等信息合并起来重组图像。

而在打印或输出时,这些信息被再次重组为半色调的信息来表现各色,通过 CMY+K 四个通道的方式,被"翻译"到打印纸张上。

每一层通道实际上都是灰度(亮度)信息,只是多了一个所属颜色的定义。在输出到显示器时,经过显卡的解释,红色图像通道的内容被要求使用红色灯管,绿色和蓝色通道也分别对应绿色、蓝色灯管,从而通过三个通道的混合构成了图像(图 3-21)。

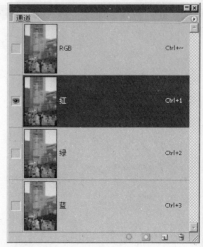

图 3-21　通道分布图

让我们回忆上个章节所描述的曲线,当我们在 RGB 混合通道下调整时,实际是一起调整了三个色彩通道的混合——RGB 亮度信息。这种调整一般只带来整体明暗变化而不是色彩变化。

只有对 R、G、B 进行单独调节时,通过变更该灰度通道的亮度而在最终画面中减少或增加相应的颜色,才能实现色彩调节。

解释到这里,我想读者应该可以抽象地体会出这种工作方式了,所谓数字图像的工作原理,就是通过变更各个色彩通道的像素位置、形状、亮度来重新组合画面,曲线只是一种调节。但是,万变不离其宗,只要我们紧扣通道,就能通过组合通道来实现新的效果和创作,而不是过度地依赖 Photoshop 中提供的那些限定工具。只有通过创造性的组合,才能实现更好和更为独特的效果,创作出区别于他人的作品来。

一种简单的思路就是,如果我们分别对三个灰度通道应用不同的效果,如对蓝色通道实行柔化,对红色通道实行锐化,对绿色通道进行色阶调整,通道合并显示后,那或许是一种非常独特的视觉效果,别人是难以模仿的。

对通道的认识是学习数字摄影的重中之重,并不简单的因为通道可以做到什么,而是因为通道几乎就是数字图像的一切。

◎**认识通道**　笔者注意到大多数对通道的描述都是片面的, 至少是限定在 Photoshop 范围的,而不是一个全局的观念,多数人认为用通道保留选区是其最主要的用途,但实际情况远非如此。

保留选区借助于 Photoshop 的 Alpha 通道功能。Alpha 是通道的一种,它主要保留了一个遮挡区域(蒙板)信息。Alpha 通道出现在较早版本的 Photoshop 中,当时 Photoshop 还没有如今这样复杂的图层和图层蒙板设置,随着新技术的引入,将通道作为存储选区工具,明显是一种落后的方式。

除了 Alpha 通道,还有一种通道形式,叫做专色通道。这在印刷前端运用时,用于标定一个特殊的色彩区域,该区域可能使用特殊的专色油墨或者 UV 上光油。由于我们不准备过多地介入印刷内容,这部分信息将不再进行阐述。需要注意的是,在实际应用中,使用 Photoshop 的普通用户很难实际接触专色这类应用,而且在印刷中,多数还会在插图软件或排版软件中对图片进行专色设定。除非是在特殊的印刷系统中,否则专色是很少碰到的。如果用户定义了专色,那么注意需保存为 Eps 或 Pdf 格式,才能有效地保留专色信息。

除了上述两种,就是构成画面的基础通道了。

基础通道根据色彩模式不同而有变化,在 RGB 模式下,会分为 R、G、B 三个通道,而 CMYK 则为 C、M、Y、K 四个通道,Lab 为 L、a、b 三个,灰度模式为一个灰度通道,依次类推。

图 3-22　通道主面板和扩展设置

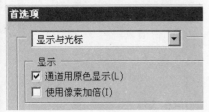

图 3-23　使用原色显示通道

依据数字图像的特点,我们会较多地接触 RGB 和 Lab 两种色彩模式。

◎**通道面板及设定**　Photoshop 中对通道面板的控制相对较少,主要由主面板和扩展设置两部分构成。其中较为重要的是选区工具、蒙板几种,在扩展设置中较为重要的是分离和合并通道两个命令 (图 3-22)。对通道来说面板命令并非关键,对通道的单独调整才是更重要的。

通道面板默认以灰色显示各通道,如果有需要,也可以改变为彩色显示模式 (此方式会使得通道细节信息难以分辨),改变方法是按 Ctrl+K 键,进入 Photoshop 设置,选择"显示与光标"子菜单,点中"通道用原色显示"即可(图 3-23)。

◎**通道应用**　在本节,我们将进行几个实验,向大家阐述通道更有意义的几个应用。首先就是通道的分离和合并。

接触通道分离和合并之前,我们来说说常见的应用。数字图像由于其蓝色部分在捕获时相对受光较少,一般来说是质量最差的一个色彩通道,如果单独点击蓝色通道,和红、绿通道对比的话,就会发现通常蓝色通道有最多的噪点和最多的模糊信息。

那有没有一个最好或最好用的通道呢? 在各种模式下,都有一个这样的通道,在 RGB 模式下,最好的通道是成像质量最好的绿色通道(多数 CCD 绿色像素的矩阵中,绿色信息最多),在 Lab 模式下,最好和最好用的是 L 明度通道,而在 CMYK 模式下,最常用的是 K 通道。

我们的思路是借助最好的通道来改良画面。这种改良包括很多方面,一个主要的用途是用来锐化图像。

我们不止一次地听说过使用 Lab 模式来进行锐化的好处,事实上也确实如此,通过将色彩模式转为 Lab,可以使亮度信息单独占据一个通道,此时对亮度图层 L 进行锐化就不会带来色彩变化(但在

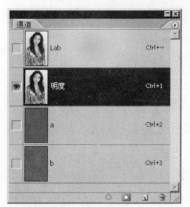

图 3-24 将色彩模式转为 Lab,再针对 L 通道进行锐化

一般少量锐化的情况下,意义并不大)。CMYK 模式同样如此,在现代印刷中,黑色 K 版的作用越来越重要,随着 GCR 和 UCR 技术的大规模使用,在印刷中优化 K 版既可以改进效果,又不影响画面的色彩(图 3-24)。

此外的一个用途,就是通过通道分离与合并来对图像进行质量上的提升。

我们已知,在 RGB 模式下,一般图片中 B 通道是表现最差的,那么既然通道都是灰色的,有没有可能使用一个较为优化的通道来替换一个较差的通道呢?

图 3-25 通过扩展设置来分离通道

使用通道扩展设置中的分离通道命令,可以将 RGB 图分为三个灰度图,我们可以通过替换其中某个来实现画面质量的改良(图 3-25)。需要注意的是,这种全部替换的方式会影响画面的颜色。这并非一个常见的应用,我们推荐对图像质量很差的图片进行这种操作,并且应该在对画面进行校色前完成这个工作。

先复制一个原始文件,以备后面进行色彩匹配等命令时使用。然后选择分离通道,系统会自动生成三个灰度图(图 3-26)。比对生成的三个灰度文件,将 R 和 G 通道中影调与 B 通道接近的的一个通道的图全选复制后,粘贴到蓝色通道中,再对其进行色阶和曲线调整,使其与原始蓝色信息接近,随后按 Ctrl+Shift+E 键合并该灰度图像为单层灰度图像。

在通道面板中,点选合并通道,选择合并模式为 RGB 模式,按确定后开始复原操作(图 3-27)。一般如果未对图像进行改名,则系统会自己选择生成时的后缀名作为依据分配通道,此时如遇到需要指定通道的对话框,直接确认即可。

此时图像会生成一个新的 RGB 文件,由于蓝色通道的变化,质量上应该比先前有所提高。此时颜色可能会有不小的变化,应该使用色彩匹配等命令进行恢复。此命令也适用于准备将图像转换为灰度图时,此时转换为 Lab 模式所获得的灰度效果要优于 RGB 直接转换的效果。

图 3-26 通过分离通道命令获得三个灰度文件

图 3-27 将调整后的三色通道合并

在实际使用中,还有一种情况值得注意,就是对某通道所特有的错误信息进行修改。比如扫描图像时原稿中可能有单色污迹,这时可以通过查看各通道的情况,查找出污迹所处的通道。如果是红色墨水的痕迹,则只会在红色通道出现,而其他通道则保持完好,这种情况使用通道替换将是最好的解决办法。

通过比对各通道的情况了解图片的信息是一个非常好的习惯,了解了每个通道的信息分布情况,可以在后期的修改和处理中做到胸有成竹,了解制作修改的极限,从而轻松面对可能出现的各种要求。

◎RGB 模式下的 CMY 通道精细调色

在红绿蓝(RGB)模式中直接调节黄品青(CMY),这几乎是不可能的,但我在某次偶然的误操作后发现了这个可能性,随后将其改良为实用性较强的操作步骤。

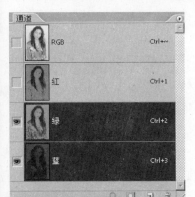

图 3-28　按 Shift 键复选构成青色的绿和蓝通道

黄品青作为重要的三补色由 RGB 互相混合而构成,它们的关系是,蓝绿得青,为红的对比色;蓝红得品红,为绿的对比色;红绿得黄,为蓝的对比色。

实际上,偏色的可能性有很多,一般情况下都是复合偏色,也就是偏 CMY 的可能性要远远大于偏红绿蓝的可能性。

以画面偏青色为例,一般来说,我们可以通过调节红色通道(红和青两极)来实现调整,但此种方法相比来说的缺陷在于无法精细控制构成青色的绿、蓝相应,即直接控制的青可能并不能符合画面中的青,因而难以在高要求下完成精细校正,造成偏色问题越调越偏,趋于复杂化。

下面将解释这种借助 RGB 通道进行 CMY 调色的方法。这种方法的实现主要使用了通道面板和曲线工具。

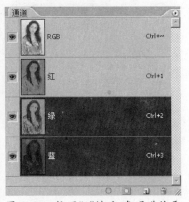

图 3-29　按下"~"键后,各通道被要求复合显示,但同时绿、蓝仍为选中状态

假设一图偏青,已知青色由绿和蓝通道构成。在通道面板中,选中绿色通道,然后按 Shift 键增选蓝色通道,画面显示变为蓝绿通道复合显示,画面会看起来很奇怪(图 3-28)。

此时,按键盘左上角的"~"键(一般在 ESC 键下方),切换图像为 RGB 复合的正常显示模式,画面开始显示正常。此步骤非常重要,否则无法正常显示调整效果(图 3-29)。

按 Ctrl+M 键唤出曲线面板,则显示出 GB 组合亮度控制(图

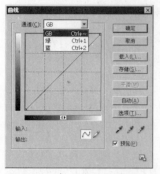

图 3-30　在曲线面板中调出 GB 组合

3-30)。这个 GB 组合,就是青色。在复合亮度通道 GB 中,和直接调节红色通道的效果相同。

此种调整方法的优势在于,它不仅调节复合青色通道,更可以同时调节组成青色的绿蓝通道,通过对绿蓝的同时控制,才能最大限度地匹配原始的偏色,并有效地加以校正。

Photoshop 是一个有机组合体,如果对程序提供的原始模块加以重新组合,就可以生成更有力或更精细的控制方法。掌握乃至创造出新的操作方法,这需要对 Photoshop 十分熟练,但更需要了解数字图像处理的综合知识和影像知识。学习 Photoshop 或者其他数字图像编辑软件,最根本的方法就是了解各种工作原理。

◎**选区的扩展应用**　通道的另一个特点是它可以作为选区来使用,选区是指标示出的图像中需处理的区域。选区可以有许多用途,通道可以保存一个新的选区,也可以利用现有的灰度图形成灰度选区。随着图层和图层蒙板技术的出现,用通道做选区似乎已经不再那么重要,但是我们还是可以扩展出许多应用。

比如再次回到我们的色彩调整问题上,如果我们从红色通道获取一个选区,那么该选区实际上覆盖了图像中所有红色参与构成的部分,这自然也会包括绿色和蓝色通道的部分内容,当我们在 RGB 图中仅调整红色通道选区的内容时,也会发生一些有趣的变化。

应该说,选区不是校色的一种最好方法,但却是创作的好方法。通过选区,我们可以改变画面局部的色彩表现和明度表现,藉由各种不同的操作和组合实现新的画面效果。

在通道中,按下 Ctrl 键的同时点选某色彩通道的图标,从而获得该区域的选区。如果按下 Ctrl+Shift 键点击,则可以添加新的图层加入,和刚才的选区合为一体。在本例中,我们可以从红绿两个通道中取样合并(图 3-31)。

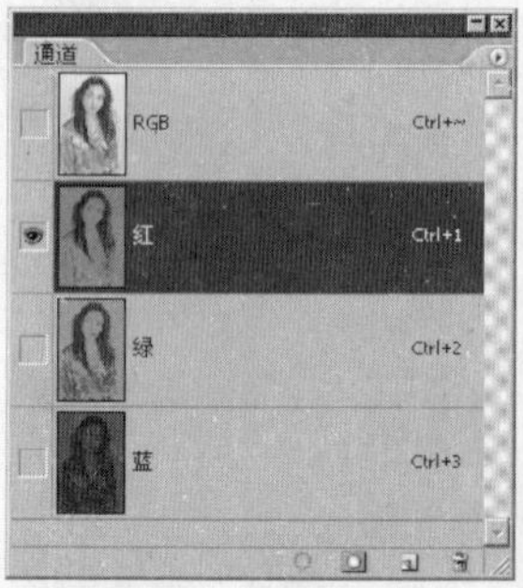

取样完毕后,画面中应该出现"蚁行线",表示被选中的区域。蚁行线比较妨碍观察,可以通过 Ctrl+H 组合键切换显示与否。按下 Ctrl+H 键后,蚁行线不再显示,但实际上仍然存在。

图 3-31　使用通道来获取选区

此时按 Ctrl+M 键进入曲线,通过调整亮度分布,可以得到较为独特的对比效果,一般来说在同等操作下效果会更加细腻。如果是人像摄影的话,可以得到比较柔和的"白脸"效果。

当然,也可以在曲线面板中单独调整各色通道,实现更新的效果。

选区在此的另一个应用是获得图层(这对我来说是更常用的),通过图层混合模式来得到更多的效果,这也直接引出下面两节的内容——图层和混合模式。在了解图层和混合模式前,请先做如下准备工作。

按 Ctrl+D 键清除所有选区,按 Ctrl 键并点击红色通道图标获得选区。按 Ctrl+J 键复制图层,我们将借助红色通道的选区生成了一个图层。这个图层可以移动、遮盖,还可以复合其他颜色或控制,是实现深度影像控制的必要工具。

图层和调整图层

1994 年 9 月,代号为"威虎山"(Tiger Mountain)的 Photoshop 3.0 中出现了一个崭新的名词 Layers(图层)。

图层(layers)是图像处理领域最重要的一次技术革命,同时也是 Photoshop 真正确立图像处理软件霸主地位的重要一步。3.0 之前的版本在处理图像上受到许多限制,比如粘贴进画面中一个新的元素是以蚁行线的方式显示的,一旦位置被确定,就会和背景合成在一起——这种合成是不可更改的。这些特性限定了早期数字图像无法处理较为复杂的元素关系。

作为一个 2.5 的老用户,3.0 对我而言是一次难以想象的飞跃,它极大地展开了数字影像处理的可能性。应该说,在图层的协助下,Photoshop 才正式成为创作数字合成影像的梦幻软件。

随着 Photoshop 不断的改进,图层的重要性日益凸显。现在的图层是一个庞大的家族,包括基本图层、图层蒙板、图层特效、调整图层、矢量(智能对象)、文字图层等。用户应该意识到,我们对 Photoshop 的任何操作都基于图层。

在我们进入图层之前,有必要对层有个概念上的认识,首先是不要将图层和通道等同,虽然它们在原理上很相似——都是通过不同信息的累积来构成影像——但却有很大的差异。随着图层的日益变化,我们再也无法用简短的语言界定这种差异了,这需要读者在慢慢深入的过程中自己去体会。

希望用户记住 F7 键,这是唤出图层面板的重要快捷键。

◎**图层分类**

●**基本图层**　打开一幅 JPEG 图像,按下 F7,查看图层面板就会发现一个名为"背景"的图层(图 3-32)。"背景"图层有很多的意义,对 Photoshop 来说,一幅图像至少有一个图层,也就是说,该图层包含了这张图片所有的信息。一

图 3-32　图层面板

图3-33 按 Ctrl-J 键复制的图层

般来说,对于只有一个图层的图片来说,无论该图层命名为"背景"或者是其他任意名字,都代表该图片本身。扩展这个思路,我们认为,每个图层都代表一张图片或一种遮片,通过它们的相互遮挡来生成最后的画面。

用 JPEG 文件是一个认识初级图层的好的开始,因为 JPEG 无法存储更多的图层,所有的 JPEG 文件打开后都会有一个名为"背景"的图层,这个背景层是被锁定的,也就是说,无法进行面板中不透明度或者其他调整。

在图层面板中,按下 Ctrl+J 键,将会生成一个当前图层的拷贝图层。这个图层与背景图层完全相同,即使我们复制100个这样的图层,画面也不会有任何变化(图3-33)。

我们开始尝试对新复制的图层"图层 1"进行操作,比如使用 Ctrl+I 键,将该图层反转为负片效果,此时画面整体显示负片效果。在面板图标中可以看出,"背景"图层没有任何变化,但因为"图层 1"遮挡了背景图层,所以我们显示的实际是"图层 1"当前的效果(图3-34)。

现在的情况是:我们实际上拥有了"背景"和"图层 1"两张图片,它们叠置在一起,并且"图层 1"遮挡了下面的"背景",使得我们只能看到"图层 1"上所出现的负片效果。

现在按 M 键,切换到矩形选框工具(需确保"图层 1"被选中,并以蓝色显示),并在画面中央部分拉出一个较大的矩形选区,然后按删除键(Delete)。

画面效果开始出现变化,中央被删除的选区开始显示出"背景"图层的信息,而未被删除的部分则继续显示"图层 1"的负片效果。需要强调的是,图层面板中"图层 1"中央被删除区域出现了灰白色的网格,这种网格在 Photoshop 中是透明的意思。

操作到这一步,我们先不继续下去。请删除完后按 Ctrl+Z 键返回上一步,确保"图层 1"完好,图片显示"图层 1"的负片外观,并且矩形选框已被画出。

按 Ctrl+J 键复制图层,会复制当前所选的图片区域(矩形选框)为一个新的图层(图3-36)。我们会注意到所复制的

图3-34 图层的遮挡

图3-35 灰白网格在图层中表示透明

图 3-36 从一个选区中直接复制一个图层

中面板上的"不透明度"字样并左右挪动鼠标,则不透明度会在0~100%间变化。

另外,还可以通过面板中的锁定选项来锁定图层,在一个具有透明边缘的图层中选定图层并按"/"键即可锁定透明度,此时的处理将不影响图层原始的透明范围。

请在老师指导下进行以下练习:

1. 分别锁定和解锁一个带有透明边缘的图层(如本节例图"图层2"),并填充颜色。

2. 将图层拖拉到"垃圾桶"图标上删除图层。

3. 使用快捷键控制一个图层的透明度,数值为30%、50%和66%。

4. 使用 Ctrl+J 键复制图层。

新图层是我们早前矩形选框的内容。让我们总结一下:此时图层面板中显示一共有三个图层,"背景"层保持不变,"图层1"为"背景"层的反相图,"图层2"为"图层1"的一个局部。

此时,在"图层2"上按 Ctrl+I 键将图片反转。图像显示为周围为负像,中央为正像。在此基础上,确保"图层2"被反蓝选中,然后依次按下数字键 1~0,并观察画面变化,画面会调整中央区域不透明度为10%~100%(快速按下即可实现 48、66 等双数组合透明度),不透明度会影响图层2所起的遮挡作用,对透明度的控制是常见操作,除了直接使用数字键,也可以使用不透明度调节滑杆来进行(图 3-37)。

另一种常用的方式是直接点中面板上的"不透明度"

图 3-37 调整图层的透明度

● **特效图层**　基本图层在数字拼贴、合成乃至调整色彩等方面都非常有用,我们所有的处理工作也都围绕基本图层展开。由于图层的复杂性,我们无法对其进行集中的归纳和讲解,只能依靠渐进的步骤和具体的操作来完善认识。

特效图层(以下简称 FX 层)是一种为基本图层工作的方式,目的是为基本图层添加不同的控制和效果,之所以称之为层,是因为 FX 层无论在图像处理的哪个阶段,都可以随意进行显示与否、变更特征等操作。

比如,当我们给图层添加了一个红到蓝的渐变滤镜效果,然后操作到 100 步后想更改为红到黄的渐变,这时用传统方式是无法实现的,但借助 FX 层,就可以很轻松自然地完成处理。

图 3-38 图层面板中的特效按钮

需要说明的是,FX 层对摄影图片处理来说应用并不广泛,主要用在图形设计上的文字特效处理,本节仅做出一些与摄影相关的应用介绍,用户可以借助实际操作获得更多的认识。

我们可以在通道面板中点击 F 图标来对当前基本图层应用特效(图 3-38)。需要注意的是,菜单分为上下两个部分,混合选项严格来说不属于特效图层,我们会在下面章节中专门讲解,本书所指的 FX 图层是指下方的多项操作(图 3-39)。

以渐变叠加为例,对上节文件中"图层 2"应用渐变叠加,即可显示出图层样式控制,我们可以想象为图像加上一块渐变的色彩滤镜。而和传统渐变不同的是,你完全可以自己定义渐变的颜色,比如对风光中的天空部分使用紫色,而大地部分使用红色,甚至使用无限制的色彩过渡来定义更为复杂的色彩渐变(图 3-40)。

图 3-39 特效图层的折叠菜单

FX 图层可以累积,比如使用颜色叠加命令叠加一层单色信息,再应用色调渐变,这样会生成更为复杂微妙的变化,藉由此种方式,数字图像在后期中具备了非常强大的整体色调更改工具。更为关键的是,这种渐变借助图层本身的特性可以在图像处理过程中随时进行更改和取消,也就是说,在这个过程中,图像的原文件并没有进行更改。

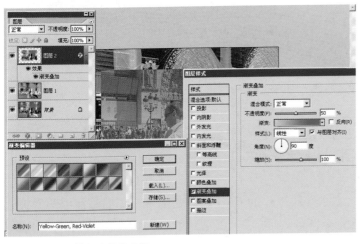

图 3-40 渐变叠加的扩展面板

FX 图层在实际应用中的主要对象是文字和图形,FX 图层似乎是专为平面设计领域所设计的处理方法。经由 FX 图层,用户可以轻松地给文字或图形加上投影、渐变、隆起的立体效果和纹理等特殊效果,在摄影领域,我们使用它的几率是比较少的。

请在老师指导下进行以下练习:

1. 输入文字或符号,对该文字图层应用特效图层。

2. 为画面生成一个自定义的填充背景。

图 3-41 图层面板中的调整图层按钮

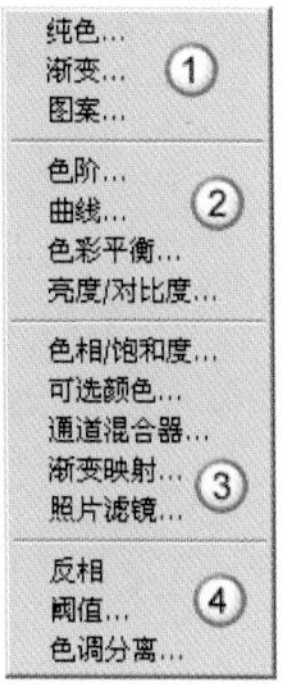

●调整图层 虽然 FX 图层几乎是专为平面设计准备的，但摄影师们很快就会发现 Photoshop 最重视的还是摄影师，我们会在调整图层菜单中发现更多方便图片调整的控制工具。

纯色
渐变
图案... ①

色阶...
曲线... ②
色彩平衡...
亮度/对比度...

色相/饱和度...
可选颜色...
通道混合器...
渐变映射... ③
照片滤镜...

反相
阈值... ④
色调分离...

图 3-42 调整图层的扩展菜单

调整和填充图层可通过图层面板下左数第四个按钮访问（图 3-41），依据主要用途，可大致分为四种(图 3-42)：①填充图层、②调整图层、③扩展调整图层、④特殊图层。该分类中所有图层都具有的共同特性是：调整值可以在工作的任何阶段更改，均可以藉由剪切蒙板使其仅工作于画面的某一部分，均可以通过图层蒙板获得更深入的工作区域定义，我们将在后面给出具体的操作指导。

* 图 3-42①填充图层：

纯色图层：纯色图层可以为图像均匀着色，用户可选完全覆盖的着色，也可以通过变更图层混合模式获得特殊的着色效果。

渐变图层：添加一个渐变的色彩过渡覆盖，用户可选完全覆盖。在通常情况下，可以通过调节图层混合模式来获得特殊的渐变着色效果，这有些类似于 FX 图层中的渐变叠加，用户可以模拟出摄影用色彩渐变滤色镜的效果。

图案：填充上图案肌理、纹理或各种花样，用于制作图案肌理完全覆盖的特殊图像。

* 图 3-42②调整图层：

色阶：添加整体或局部的色阶控制。

曲线：添加整体或局部的曲线控制。

色彩平衡：添加整体或局部的色彩平衡控制。

亮度/对比度：添加整体或局部的亮度、对比度控制。

* 图 3-42③扩展调整图层：

色相/饱和度：添加一个整体或局部的色相、饱和度控制。

可选颜色：添加一个整体或局部的可选颜色控制，此控制可以分别调整多种颜色或中性色的色彩倾向，相对适用性不强，本书不再介绍。

通道混合器：通过调整各色彩通道的输入输出数值来进行微调。

渐变映射：将原始图像的影调范围完全转换为一个色彩或灰度渐变范围，可以进行视觉性的创作，也可以用来转换出影调良好的黑白照片。

照片滤镜：模拟出传统摄影彩色滤镜以方便摄影师调用。

* 图 3-42④特殊用途图层：

反相:通过建立一个负像来适应特殊要求,通过切换也可以同时满足原稿正片和负片的输出要求。

阈值:通常用来判定画面中的黑白场及其他被隐匿的细节,阈值由非黑即白的显示方式表示图像,通过在直方图上滑动设定一个中间阈值,超过该阈值的都为白色,不足该阈值均为黑色。

色调分离:通过设置,将画面色彩分离为2~255种色彩,可以在创作时使用,但平时实用性不足。

调整图层包括了最常用的图像调节控制,如色阶和曲线、渐变映射和饱和度等。与其他书籍不同,本书在之前的步骤讲解中,但凡涉及到这些调整使用,都直接使用了调整图层来替代直接调整,目的是希望读者能在新环境下建立良好的操作习惯,使用最优化的调整图层方式来处理工作。

我们在本节的开头也介绍过调整图层的共同特性,除了可自由地更改调整值外,还可以通过图层混合模式、剪切蒙板、图层蒙板等特殊控制实现最高效和最高质量的控制。

请在老师指导下进行以下练习:

1. 打开图片,依次试验本节所列的所有图层类型。

2. 对一幅图片添加曲线调整图层,打开另一幅图片,将调整图层移动到新文件中。

3. 通过对图像使用渐变映射工具,制作两幅分别为冷调和暖调的图像。

◎**图层混合模式**　混合模式并不是图层所独有的,但图层的应用是其中最主要的一种。图层的混合模式是借助两个图层之间的差异或不同,指定不同的方式来组合两个图层的影像,从而生成多变而复杂的效果。

由于混合模式的复杂性,严格来说,我们无法完全讲出图层混合模式的各种可能性,国际上许多Photoshop应用者以发现新的混合模式效果为乐趣。作为长期使用者,笔者对图层混合模式的使用建议就是在大致了解模式特点的前提下不断地进行尝试。

对混合模式的理解先要注意两个概念:混合层和基准层。

打开一个新的单层文档(即只有背景层),按 Ctrl+J 键复制一个新的图层。并在"图层 1"为选定的情况下,变更图层的混合模式(如图 3-43 ①位置,点出下拉菜单)。在此种情况下,"图层 1"为混合层,"背景"图层为基准图层,混合模式即使用不同的算法来决定基准层和混合层两者的混合结果。

图 3-43　图层中的混合模式

另一个需要注意的是图②区域中所示的不透明度和填充,大多数情况下这两者是近似的,但需要注意的是"不透明度"的调节是最优先的,填充图层则只能影响图层本身,而不能控制用户

正常
溶解 ①

变暗
正片叠底
颜色加深 ②
线性加深

变亮
滤色 ③
颜色减淡
线性减淡

叠加
柔光
强光
亮光 ④
线性光
点光
实色混合

差值
排除 ⑤

色相
饱和度
颜色 ⑥
亮度

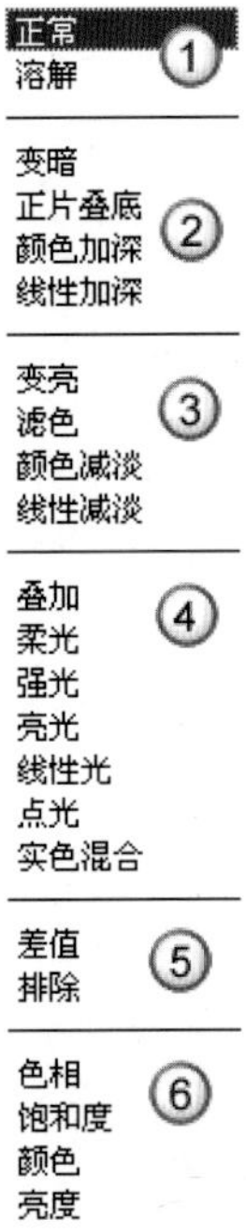

图 3-44
Photoshop 的
混合模式

图 3-45　默认的图层使用"正常"来作为混合选项

图 3-46　混合模式：溶解，不透明度 50%

图 3-47　混合模式：变暗

加于图层上的特殊 FX 效果。在数字摄影的大多数应用中不会牵涉过多的图层特效，所以两者都可以使用。

Photoshop 一共提供了 6 大类 24 种混合模式。如图 3-44 所示：

Photoshop 使用分隔线将混合模式划定为 6 个大的应用，我们基本可以通过每一个分隔栏内第一个名称来记忆。

我们使用了上节所用的演示文档来重点说明几个重要的图层混合选项，出于实用考虑，相对使用较少的混合选项将不再赘述，用户可在 Photoshop 中按 F1 键访问帮助文件以获取相应信息。

这 6 类分别是：

图 3-44 ①正常：主要控制画面的透明度。

正常（图 3-45）：新建图层的标准模式，可以通过调节透明度来控制。

溶解（图 3-46）：随着透明度的变化，使用和"正常"不同的"溶解"方式来达到透明的效果，常用来改善某些羽化边缘的效果。需注意的是，混合层的信息是以"剥落"的方式减少的。在混合层上的某一点没有被剥掉前，没有任何实际的变化。

图 3-44 ②变暗：意味着该类内的所有操作都会使画面整体或局部变暗。

变暗（图 3-47）：如果基准和混合层相同，则画面没有变化；如果两层不同（如本例），则分别删除混合层中 RGB 各通道数值中亮于基准层各通道的信息。也就是说,混合层只有在各通道中比底层暗的信息才会被显示出来。

正片叠底(图3-48):类似两张反转片原片叠加的效果,因为透过光的减少,暗部变得非常暗,而亮部也相应变暗。这种方式也是最常用的变暗方式。

颜色加深:以混合层中各通道的亮度为依据进行换算,会生成更鲜艳的颜色,但实用性也较差。

线性加深(图3-49):类似正片叠底的增强版,画面更暗,但同时比"颜色加深"的效果要自然得多。

图3-44③变亮:本类所有操作会让画面整体或局部变得更亮。

变亮(图3-50):与"变暗"原理相同,但刚好相反。只有混合层中各通道亮于底层各通道的信息会被显示出来。暗部基本被打散了。可用来在同一图片中打开暗部。

滤色(图3-51):相对于正片叠底,滤色可以设想为两台投影机将两个反转片的投影叠加在一起,从而因为亮度的增加而让画面变得更亮。

颜色减淡:与"颜色加深"对应,生成最明亮但同时也是最粗糙的画面。

线性减淡:比"滤色"更为增强,但同时比"颜色减淡"柔和。

图3-44④叠加:通过算法来叠加两个图像,基本保持画面的对比。

叠加(图3-52):叠加通过混合应用"正片叠底"和"滤色",底层中暗的部分使用"正片叠底",亮的部分使用"滤色",通常会生成较为和谐的叠加效果。

柔光:柔光相当于使用低照度的投影将混合层

图3-48 正片叠底

图3-49 线性加深模式更暗,但却比较柔和

图3-50 变亮

图 3-51 滤色

图 3-52 叠加

叠加在画面中,底层在最终画面中起主要作用,使"叠加"的效果更为柔和。

强光:强光通过增强混合层的曝光(对比)来使混合层在最终画面中占据更主动的位置。

亮光(图 3-53):亮光用我们之前所说的"颜色加深"和"颜色变淡"两个命令混合,分别作用在画面的亮部和暗部区域,生成具有鲜艳对比但同时用处不是太大的粗糙效果。

线性光(图 3-54):将上述的"线性加深"和"线性变淡"分别作用于亮部和暗部,生成较为柔和的对比效果。

点光(图 3-55):点光是一种较为简单的算法,它将图像以 50%阈值为界进行二值化来决定加亮和变暗。在混合层上,两层相匹配的部分会转为透明。应该说这并不太适合于图像间的混合,而较适合使用画笔或填充颜色时使用。

图 3-53 亮光

图 3-54 线性光

图 3-55　点光

图 3-56　实色混合

实色混合(图 3-56):实色混合(Hard Mix)是近年比较流行的设计风格,它可以生成鲜艳的、趋于版画的风格,有些类似于美国波普艺术家安迪·沃霍尔的丝网复制作品。通过在透明图层中涂上各种颜色(与底色混合的亮度值确定作用范围),可以创造性地生成多色硬混合效果。

图 3-44 ⑤差值:计算混合层和底层的差异。

差值(图 3-57):"差值"会依据混合层的亮度来反相底层画面,并计算两层相对应像素各通道之间的数值,相同的删除(使用反相替代),不同的保留。

排除(图 3-58):排除与"差值"相似,区别在于很少反相画面,而是倾向于转为灰色。

图 3-44 ⑥基本:保留颜色的基本信息,并将其和下面图层混合。

图 3-57　差值依据亮度反转画面,并保留相差信息

图 3-58　排除

色相:保留混合层的色相信息,并将其与底层混合。

饱和度:保留混合层的饱和度信息,并将其与底层混合。

颜色:保留混合层的色相和饱和度信息,并将其与底层混合。

亮度:保留混合层的亮度信息,并以混合层为主来控制画面,底层参与较少。

借助混合模式的变化和调节,用户可以完成图像恢复性和创造性的应用。在实际应用中,没有必要完全记住几种混合模式的特点,而是多加尝试——因为除了特定应用,我们很难肯定某种混合模式会生成优于其他模式的效果。但是,正片叠底、滤色、叠加等几个重要混合模式,会协助用户快速完成一系列工作,应该着重进行理解和记忆。

请在老师指导下进行以下练习:

1. 使用两幅不同的图片进行图层叠加,并对靠上的图层试用各种混合模式。

2. 请学生对正片叠底和滤色模式进行形象解释。

3. 请学生针对创作选定一种混色模式,并讲述选择该模式的原因。

◎**特效图层和混合模式的实际应用**　我经常会遇到的问题是:在何处应用混合模式?除了生成特殊的两层混色效果外,混合模式究竟对数字图像处理有什么实际作用?这是很难回答的问题,Photoshop对传统摄影的要求已经提供了足够多的"直接"工具来满足,图层的混合模式似乎只是在图像合成或其他应用中才会有些实际用途,从传统摄影的角度看,那些都是属于平面设计领域的工作。

其实也并非如此,混合模式在一些应用中可以完成更为精确微妙的摄影图像控制,混合模式的原理是依靠两个图层中的一个,通过不同算法和下一层进行运算。我们可以将它设想为罩在底层图像上的一个万能滤镜,这个"滤镜"可以是一层颜色(单色透镜)、一个渐变色(摄影效果镜),还可以是一幅图画。

本节就以几个简单的例子来展示这些应用,读者可以在例子中对混合模式有所了解并举一反三,创造出属于自己的独特的应用方法。混合模式是非常多变的工具,需要依靠大量操作由读者自己加以熟悉和领会。

●**实例1:使用滤色模式修正曝光不足**　如图3-59,对于曝光不足的图像,可以用Ctrl+J键复制一个新图层作为混合层,调整混合模式为"滤色",将有效地打开不足的部分,还可以通过对不透明度的调节来精细调整这种差异。

●**实例2:使用柔光模式打开全画面暗部**　如图3-60,彻底打开暗部,亮化画面中所有暗部细节的方法是,用Ctrl+J键新建一个图层,然后使用Ctrl+I键将其反转为负片,选择混色模式为"柔光",可通过调节不透明度来变更强度。

图 3-59　使用滤色模式修正曝光不足(左侧为修改后)

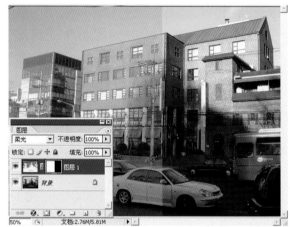
图 3-60　使用柔光模式打开全画面暗部(左侧为修改后)

●实例3:使用叠加模式强化画面　如图3-61,对于一般图像,可以使用Ctrl+J键复制新图层,然后选择混色模式为"叠加",可以有效地强化画面的整体对比和色彩饱和度,用户也可以通过调整不透明度来减弱和增强这种对比。

●实例4:使用"颜色"模式调节单色画面　虽然我们可以用Ctrl+U键使用"色相/饱和度"来控制整体单色影像,但使用混色模式和单色填充的方式可以更好地完成这一工作,根据颜色属性的变化,画面的色相和饱和度会被同时调整。

如图3-62,选中背景图层,并添加一个单色填充图层,在默认确定后,将颜色填充图层的混合模式改为"颜色",并双击颜色填充图层的图标挑选颜色,随着颜色的变化,画面整体的色相和饱和度被

图 3-61　使用叠加模式强化画面(左侧为修改后)

图 3-62　使用"颜色"模式调节单色画面

图 3-63　使用渐变映射来实现最好的单色调或复杂色调影像

同时调整,有利于用户判断出更好的效果。

●实例5:使用渐变映射实现最好的单色调和复杂色调影像　创造性与实用性并重的渐变映射是一个值得推荐的工具,用户在新图层上添加一个渐变映射层,通过变更一个渐变的色阶,来对应画面从黑到白的各个亮度层次,用户可以设置多色,比如暗部区域偏暖色、亮部偏冷色、中间调是中性色等来满足实际的创作要求(图3-63)。

请在老师指导下进行以下练习:

1. 完成本节所有实例。

2. 学生应该通过试验提出一种"自己喜爱"的固定操作流程(可以再现)或效果。

◎**选区与图层蒙板**　一般来说,使用选区和图层蒙板对于数字摄影的基础用户来说并不常见,我们在此也不过多地讨论基本的选区问题。大体上说,选区是一种描述,它选定了一个要被处理的"当前"区域,在这一区域外的图像内容将不被处理到。

如果打开一幅图像,那么也就存在了一个默认的选区,即将全部图像作为选区。

选区是伴随着 Photoshop 诞生而来的,我们可以在当前图像打开的情况下按 M 键并在画面上拉出一个区域来体会选区工具。更多时候,我们使用"套索(L)"来完成画面中非几何形状(如人的外形)的选取工作,随着对图像处理工作不同要求的增加,选区也在逐步地变化。

对于印前应用来说,多数专业设计师使用矢量的贝兹曲线(钢笔 P)工具来选择选区,以有效地在排版软件中调用。对于我们大多数人来说,应该认识最新的图层蒙板工具,并用它来替代选区的部分作用。

图层蒙板可以说是 Alpha 通道、传统选择工具和图层的一个混合。简单地说,依附于一个图层的图层蒙板存储了一个遮挡信息,用于屏蔽不需要的信息(未被选中区域)显示。比如我们拍摄了一个苹果,希望只在画面中显示这个苹果,那么我们实际上只需要在图层蒙板上将苹果外的区域遮住即可,苹果以外的内容显示为透明,这个苹果就可以和背景轻松地合成。

图层蒙板的优势主要有两个方面,最主要的是原始图像没有任何变化,如果使用传统方式将剪切苹果。假设我们处理了一定时间后再次需要苹果叶子(之前被剪切掉了),那么还需要复杂的工序去重新剪切苹果。换用图层蒙板后就方便多了,用户只需要调整图层蒙板,去掉对苹果叶子的遮挡就可以了。

图 3-64　蒙板局部控制明暗

图 3-65　添加图层蒙板按钮

另一个优势是图层蒙板是一个从黑到白的 256 级灰度,黑色部分被遮挡,白色部分透明,那么中间的灰度也就意味着不同的透明效果。一般用户可能难以理解这种优势所在,我们会在下面使用几个实例来加以说明。

●蒙板实例1:局部控制明暗　图 3-64 展示了一个图层蒙板的工作实例:我们的目的是压暗原始图像中的天空,同时不影响画面下方的暗部细节。

＊通过 Ctrl+J 键复制一个新图层,按 Ctrl+M 键调整曲线以压暗天空,效果如图最左侧所示,在天空变暗的同时下方的图像信息也变暗了。在本例中,我们只需要暗的天空。

＊如图 3-65 所示,点选添加图层蒙板按钮,新建图层蒙板,这时默认的蒙板(白色)是完全透明的,也就是说,画面看起来不会有任何变化。如果按 Alt 键点选添加蒙板按钮,将生成一个完全遮挡的蒙板(黑色),即这个新建立的图层(经过曲线调整变暗)不会显示出来,而直接显示背景层的原始信息(未调整),如图最右侧区域所示。

＊按 G 键选择渐变工具(可先按 D 键恢复默认前景和背景色),并选择从黑到白的灰度渐变。先点取图层蒙板,在画面上从上到下拉出一个渐变(上白下黑),如上图中间部分所示。这一操作将暗图层中天空部分透过,并逐渐在下方变为透明(黑色区域为透明),直接显示原始的下方图像,由此便完成了压暗天空的操作。

＊此操作方法还可用于替换天空、图像渐变合成等应用。

●蒙板实例2:利用蒙板进行无损合成　图 3-66 展示了一个不删除人物图层,使用蒙板遮盖并进行图像合成的例子。

＊打开需要的底层文件,并将需要合成的人物图

图 3-66　蒙板无损合成

像文件粘贴进来,形成一个新图层。

  *使用套索或魔术棒工具将人物选出来,以选区蚁行线形式出现。此时按新建图层蒙板(或同时按 Alt 键切换蒙板遮盖范围),生成效果如图所示。

  *我们注意到人物边缘有少量区域未被正确选中,显示出过多的浅色区域(未被完全遮挡),应该适当增加遮盖范围(增加蒙板中的黑色)来修正这个问题。

  *选中图层蒙板;按 B 键切换到画笔工具;按 D 键切换默认前景色为黑色;按"["与"]"键调整画笔大小,并适当在画笔面板中选择不透明度(生成更柔和的遮挡),并在边缘区域涂抹(图3-67)。

  *也可选择对图层蒙板进行柔化来柔和边缘区域。

  ●**蒙板实例3:高级皮肤修复**　图 3-68 显示了一个利用图层蒙板特性进行皮肤修复的高级应用。

  *打开需修改的文件,并按 Ctrl+J 键复制新图层。

  *对新图层应用适度(可稍强)的"高斯柔化"或"智能柔化"效果。

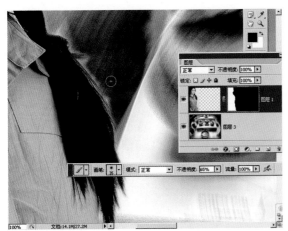

图 3-67　用画笔在图层蒙板上进行精细边缘加工

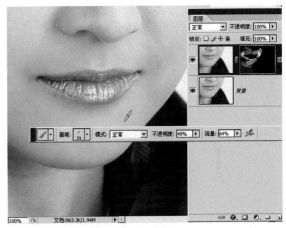

图 3-68　用图层蒙板来进行高级修复

  *按 Alt 键并点击新增图片蒙板按钮(或确保生成的图层蒙板为全黑色遮挡状态),画面显示原始图像,柔化的图层完全不显示。

  *按 B 键选择画笔工具,选择适当的笔形和大小,选择30%的透明度,并选择白色为笔刷色(快捷方式:先按 D 键恢复默认色,再按 X 键切换前景色为白色)。

  *在需要修复皮肤质感的位置轻轻涂抹,不断尝试更改不透明度和笔刷以达到最好的效果。

  *此方法是较好的非第三方皮肤修复方法,它可以生成具备真实质感的细腻皮肤。

图 3-69 曝光色阶蒙板

* 此方法可扩展使用,用户可以选择生成一个锐化层以作用于眼睛、头发或嘴唇等部分的锐化。

● 蒙板实例 4：生成过渡的曝光色阶 图 3-69 显示了一种利用蒙板来生成曝光色阶,以利于打印输出的调整方法。

前面章节,我们展示了使用蒙板来生成打印测试样稿的复杂方法。借助图层蒙板和混合模式的扩展使用,可以快速生成类似传统曝光试条的图像,用户可以打印该试条用于判断对图像的修正值。

* 打开文件,按 Ctrl+J 键复制图层。

* 添加一个图层蒙板,并按 G 键选择渐变工具,按 D 键恢复默认前景色/背景色为黑到白,并在画面中拉出一个渐变。

* 选中图层蒙板,选择菜单"图像"→"调整"→"色调分离",依据实际情况选择需切分的色阶数,如 4 或 8。

* 选择图层混合模式为"正片叠底",将以当前图像为基准,生成曝光逐步减少的曝光试条效果;选择混合模式为"滤色",将以当前图像为基准,生成曝光逐步增加的曝光试条效果。

* 打印试条,在打印品上选择所需要的曝光修改位置。

* 选中图层蒙板,按 I 键选择吸管采样工具,选择文件中相应的位置采样,并使用该色彩填充图层蒙板,即可完成全画幅的曝光校正。

请在老师指导下进行以下练习：

1. 完成本节所有实例。

2. 尝试对图层蒙板应用特殊滤镜效果。

◎ **剪贴蒙板** 剪贴蒙板,是界定调整类图层工作范围的一种方法,在多图片拼合时非常实用。在默认情况下,添加调整图层将对在图层面板中该层以下的所有信息生效。也就是说,用户如果添加了一个亮度调节,将应用于全部画面——通常情况下,这个画面可能有你不想调节的图层内容。

图 3-70 显示了实际的问题,当我们添加一个

图 3-70 无剪贴蒙板时容易出现的问题

图 3-71　通过添加剪贴蒙板可以实现对合成元素的精确控制

增强了亮度的曲线调整图层后，画面的背景和圆形的肖像都被加亮了。

当我们的目的是单独加亮圆形肖像时，可以通过加入剪贴蒙板来实现。只需按下 Alt 键，在图层面板中将鼠标移到调整图层和圆形肖像图层的交接点上，当鼠标变成上下双圆形符号时，点击即可应用剪贴蒙板(图 3-71)，使调整图层仅作用于圆形肖像区域而使背景不受影响。

◎**图层结语**　层的概念即使在化学摄影时期也是非常重要的，胶片通过不同的感光层或感色层的组合形成了影像。而在数字图像环境中，通过本节所阐述的一系列实例，相信读者也可以认识到图层的重要性。

在数字图像中，正因为有了图层这一功能，才使得图像的深度合成变为可能。合成并非是简单的拼贴，通过对混合模式的认识，我们也了解到合成并非总是以摄影拼贴和设计应用为主导的。用户可以根据自己的要求，通过图层的混合来实现更精细的传统摄影控制。

有人说应该给图层工具的发明者授予诺贝尔奖章，虽然听起来有些夸张，但毫无疑问的是，图层的发明和延伸使用对整个摄影行业的影响是非常巨大的。

当前的图层技术在不断发展，像 Photoshop 中新加入的图层蒙板就是非常革命性的图层应用，智能对象、矢量蒙板等技术使得平面设计和摄影的界限正在变得模糊。

除了 Photoshop，其他图像编辑软件也在对图层进行各自的试验和发展。图 3-72 显示了 Corel Painter IX.5 独特的图层工作面板，Painter 是业界最著名的电脑手绘软件(与 Photoshop 的图片定位不同)，除了一些常见的图层外，它还可以生成数字水彩或流体画笔图层，用于表现更丰富的手绘信息。

图 3-72　Corel Painter IX.5 的图层面板

无论调整图层或图层蒙板都向我们说明，图层的终极目的在于保护原始图像不受任何影响，从而在合成或处理中掌握主动权。我们也应当在工作中认识到保护原始文件的重要性，善于利用图层工具，实现更丰富的图像深度调节。

出于篇幅考虑，本节没有讲解图层分组、图层合并等应用。针对这些内容，我们在这里设计了一些练习。

请在老师指导下进行以下练习：

1. 按 Alt 键双击一个背景图层，将一个背景层转为"图层 0"；不按 Alt 键进行一次，体会其中的差异。

2. 使用 Shift 键复选多个图层并移动。

3. 复选多个图层后使用 Ctrl+T 键进行成组变形操作。

4. 选中多个图层并按 Ctrl+G 键进行成组操作。

5. 按 Ctrl+Shift+E 键合并所有可见图层。

6. 使用图层扩展面板中拼合图像命令拼合一个带有"背景"字样的图层。

通用扩展应用

第三方插件

Photoshop 能成为一个图像工业标准，与其开放性的策略不无关系。通过向其他软件厂商开放程序编程接口(API)，Photoshop 得以借助其他软件厂商的智慧来迎合不同用户群体的不同要求，这些软件厂商所生产的就是我们通常所说的插件(Plug-in)。

插件本质是一种依附于某个程序的计算机程序，它借助软件的接口或功能来实现许多特定的应用，通常比原始的软件更专注于某个专门领域，因此我们可以认为，插件通常能提供比软件本身更好的工作质量。

插件有许多种类，在计算机图像处理中大致可分为文件类和应用类两种，根据生产厂家的不同，也可以分为原厂插件和第三方插件。

文件类插件主要用于打开某种非标准的格式，对于一些由特殊软件所生成的图像文件需要在应用软件中打开时，就必须提供文件类插件来转译文件(图 3-73)。

在某些特定群体，如数字视频、计算机图形研究、动画、医学图像、科学图像、卫星图像等领域，使用的图像存储格式往往五花八门，文件类插件就起到了一个转译的作用。通过文件插件，使得 Photoshop 可以读取、编辑和存储这些格式。

图 3-73　借助文件类插件，Photoshop 可以打开和存储更多的文件格式

另一种插件是应用类插件,它们是为了满足用户不同的需求所开发的。应用类插件种类繁多,主要有特殊效果、图像修描、色彩校正、色彩优化、创意色彩、黑白图像转换、优化工作流程等。Photoshop 出厂包装中也包含了许多自己设计的插件,我们以前所说的智能锐化、柔化等都属于原厂插件的范畴。

其他厂家开发的功能插件称为第三方插件。通常,我们认为第三方插件可以实现比原厂通用插件更优秀的针对性效果,比如有的第三方锐化插件会专门针对显示或某品牌打印机来进行锐化,由于全面的测试和针对性的优化,这使得用户的图像可以达到更好的处理质量(图 3-74)。

插件应该被认为是学习 Photoshop 的重要环节,插件有机地增强了 Photoshop 的实用性,提高了我们的工作效率和质量。以往业界对插件有过多的误读,认为插件是一种破坏性的、取巧性的东西,因为借助插件可以"轻易"地达到某种专业或特殊效果。

应该说,这种认识是由于 Photoshop 早期插件发展的"特效化"路线所导致的,早期著名的"浮雕"、"版画"等插件可以生成非常有视觉震撼力的图像,在电脑图形图像发展的早期被初尝"数字化优势"的用户广泛使用,由于多数使用者缺乏对美学和效果的合理控制,导致当时图像的特殊效果泛滥成灾,电脑图像可以达到的艺术性引起广泛质疑(图 3-75)。

现代的插件发展已经逐步摆脱特殊效果化的"噩梦",只有极少数厂商仍在生产"破坏性"(指对原始图像的破坏性再生)的特殊效果滤镜,更多的厂商开始注重实用功能的滤镜,把滤镜目标定位于最实用的领域。比如我们常见的"锐化"功能,业界有总数超过 20 种以上的解决方案,可以实现比 Photoshop 原厂所附带的滤镜更为专业化(针对性)的锐化处理。

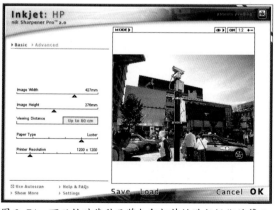

图 3-74 可以针对某种品牌打印机特性进行锐化的第三方插件

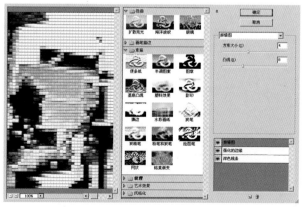

图 3-75 数字图像软件超强的特效化滤镜极易被"误用"

对数字摄影及图像处理的应用者来说,应该根据自己的需要选择合适的滤镜来进行处理,Photoshop 原厂所提供的是足够好的通用性滤镜,在一般的处理过程中,借助它们都可以胜任。作为独立的计算机程序,第三方插件通常需要购买,并且适用面狭窄,如果可以用原厂插件达到相近的效果,也就没必要再花费额外的时间和金钱购买了。

但是,几乎可以肯定的是,在同等目的下,大多数第三方插件可以实现更好的控制。

第三方插件对于要求严格的数字图像用户来说比较适用。

现代插件的实用化倾向也使得本书有责任向读者介绍这些极具特色的功能型滤镜。从本章开始,我们将在各种实际应用中穿插介绍相关的插件以备用户参考,多数插件可以在所列的官方网站上获得试用版本。

需要说明的是,优秀的插件程序功能非常强大,可以实现极有特色的画面,有些使用者掌握某插件的特殊功能后也容易产生"惰性",对插件产生依赖性而忽略了对图像内容的把握,从而降低了创新性。对于读者来说,这和特效滥用一样都是应该注意避免的。

◎**插件的安装和管理**　Photoshop 存放常见插件的目录是在安装目录——通常为 C 盘 Program Fils / Adobe / Adobe Photoshop ——下的 Plug-Ins 文件夹。

插件通常有独立的计算机程序和单独的 8b* 文件两种形式提供。一些较大的厂商生产的插件具有独立的安装界面,需要在安装过程中把目的文件指定为存放插件目录,如图 3-76 所示。

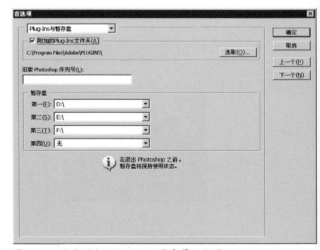

图 3-76　在插件安装界面中,应该将①选定为本机的
Photoshop 插件目录

图 3-77　设定附加 Plug-Ins 目录来管理插件

有一些插件是以独立文件形式所提供的,一般后缀为 8bf。用户可以直接拷贝这些文件到插件存放目录,然后重新启动 Photoshop 即可使用。

在 Photoshop 中,按 Ctrl+K 键进入"首选项"设置并选择"Plug-Ins 与暂存盘",可以定义"附加的 Plug-Ins 文件夹",通过这一设定,可以使得多个应用程序共用一个外挂插件目录,也可以把所有外挂插件都安装到独立文件夹进行有效的管理(图 3-77)。

新安装的插件会在重新启动 Photoshop 后生效,并可通过滤镜菜单访问(见下一节),安装过多的滤镜会减慢 Photoshop 的启动速度,用户可以屏蔽掉不常用的滤镜以提高 Photoshop 速度。

屏蔽的方法是找到该滤镜所在文件夹和对应的文件名,并将 8bf 文件改名并添加符号"~"(注意为半角字符),Photoshop 启动时将忽略这些文件(图 3-78)。需要注意的是,Digimarc(数字水印)等滤镜用于检测图像的潜藏信息,一般来说会更加影响每次打开图像的速度,如果用户不需要该功能,可以用上述方法直接屏蔽 Digimarc。

◎**插件的使用** 安装完插件后,重新启动 Photoshop 即可使用"滤镜"菜单来访问新的插件,由于某些插件并非图像调整类滤镜,而是为了某些特定的功能要求所设计的,这些特殊插件也会在"文件"菜单下的"自动化"或"导入、导出"子菜单中出现。

"滤镜"菜单可由四部分构成(图 3-79)。

* 第一部分①:可以记录上次使用的滤镜,通过 Ctrl+F 控制,用户可以直接使用之前的滤镜设置。

* 第二部分②:为 Photoshop 的特殊滤镜功能区。

* "抽出"用于复杂选区的选择。

* "滤镜库"用于直观的访问特殊效果(通常是最具破坏性的特殊效果)。滤镜库有一个放大的预览界面,并且可以重复叠加使用滤镜以生成更复杂的效果。

* "液化"用于处理复杂的变形操作。

* "图案生成器"用于生成二方连续或四方连续的图案。

* "消失点"用于带透视的高级图像复制和克隆。

* 第三部分③:Adobe 原厂特效区, 此部

图 3-78　屏蔽不需要的插件以提高速度

图 3-79　Photoshop 的"滤镜"菜单

分是 Photoshop 标准配置的滤镜。

*第四部分④：第三方滤镜区,显示所有非 Adobe 滤镜。

用户可以依据要求来访问特定的滤镜效果,直接选定需要的种类,再在子菜单中直接选定即可。滤镜一般有"带控制"和"无控制"两种,带控制对话框的滤镜效果后缀都会有"…"符号作为标记。

随着对滤镜的要求越来越高,大多数滤镜都带有自己的调节对话框,我们注意到 Adobe 正在改善传统的基本对话框,换以更高效的新滤镜对话框。一般来说,用户可能碰到的滤镜对话框有 Adobe 基本滤镜对话框、Adobe 高级滤镜对话框和第三方滤镜对话框三种。

基本滤镜控制一般包含一个对话框,用户可以进行简单的几项设置来实现特定的控制。复选"预览"选项,用户可以在当前图像中直接观看滤镜效果(图3-81)。

Adobe 正在不断推出更强大的滤镜,基本对话框的控制已经不能满足这些高级控制的要求。随着版本提升,我们将会看到更多的包含一个大预览窗口和精细控制选项的高级滤镜对话框(图3-82)。

第三方滤镜控制界面种类比较多,设计也各不相同,但不少都使用了自己独有的用户界面(图3-83)。

经过在对话框中的设置并确认,这些外挂的效果会添加到当前图像中,改变图像的外观。如果对图像刚刚进行了滤镜操作,可以按 Ctrl+F 键,以上一次运行时的设置再次运行而无需重新

图3-80　带有更多控制的滤镜均后缀"…"符号

图3-81　复选了"预览"的 Adobe 基本滤镜对话框

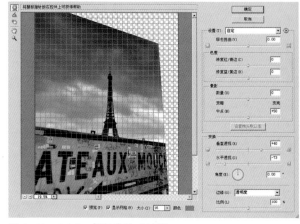

图3-82　Adobe 高级滤镜对话框

148

图 3-83　第三方滤镜对话框

图 3-84　渐隐可以实现更精细的效果控制

设置。这在处理一批同样要求的照片时相当有用。

应用滤镜后,可以使用"渐隐"Ctrl+Shift+F("编辑"菜单下)快捷键来再次控制滤镜所生成的效果,用户还可以选择不同的混合模式来生成特殊的组合(图 3-84)。这个操作通过比对内存中记录的原始图像(滤镜操作前)和滤镜后图像来进行,适合对图像有精细控制要求的场合。需要注意的是,在进行滤镜操作后不应再进行其他操作,否则该命令无效。

◎**滤镜结语**　作为一个数字图像爱好者,我们对滤镜的态度是又爱又恨。

滤镜是一把双刃剑,一方面通过高效的设计,它可以协助我们完成许多重要工作;另一方面,也会让我们疏于对基本知识的了解,对效果型滤镜产生依赖。

有些滤镜能生成非常好的色彩,比如类似 LOMO 的所谓 "艺术"效果。但毫无疑问的是,随着这类简单图像借助滤镜的大量出现,必然引起公众审美疲劳,这种效果本身的艺术性会随之大打折扣。借助单一效果就好像借助某种特殊材质,如果不在图片的思想性和内容性上下工夫,再好的效果也会被淘汰。

大部分公众对一幅使用了滤镜的作品无法做出正确评判,因为滤镜效果会成为评判标准的第一标准,图片内容依附于效果之上的,这可以理解为某种程度的"形式大于内容"。对滤镜的使用,尤其是"破坏性"滤镜的使用需要持审慎的态度,只在确定此种效果符合图片所需要的表述时才使用。

我们需要花一点篇幅,对现实的例子进行解析来解决这个问题。LOMO 作为近年流行的影像创作风格,具有一定的特殊影像特征(图3-85)。

图 3-85　LOMO 成为近年来重要的摄影文化

◎**LOMO**　LOMO 是 Leningradskoye Optiko Mechanicheckoye Obyedinenie 的缩写,意思为列宁格勒光学机械联盟。它是俄罗斯圣彼得堡的一家高级光学器材生产商。它出品的相机也以 LOMO 为标记。它生产的消费型产品 LOMO LC-A 是一种小型的机械自动相机,仅占其产品线的很小部分,但是却拥有众多的追随者。LOMO 代表了一种摄影体验,随性的,没有任何束缚的,回归摄影本源的影像记录方式。(摘自维基百科——作者注)

在本节里,我们抛开 LOMO 对大众摄影文化的影响(这一点更为重要),单从其视觉表现上来看,LOMO 依靠"低劣"的镜头畸变、色散、色差(相对于传统的镜头要求)所形成的效果和我们在一幅图像上添加了特殊效果滤镜在意义上是相似的(当然在形式上也可以通过数字手段模拟)。

我不止一次在各个 LOMO 图片论坛上看到用户对作品的评价是,"真艺术啊!""这是超艺术"等溢美之词。这对于拍摄者是一个危险的信号和暗示——也就是说,你必须如此下去才能继续获得赞美。

其实,使用 LOMO 相机可能带来的问题和依赖滤镜带来的问题是相似的,即产生过度依赖,而忽略那些真正需要注意的东西(内容、形式、题材)。我们不否认许多 LOMO 摄影人极好地利用了 LOMO 的成像特征,结合自己的创作思路在进行一系列严肃的摄影创作——正如一些摄影师有效地利用数字滤镜进行创作一样,他们借助附加的形式和效果,结合优秀的创意和视觉观察力给摄影带来了新鲜的活力。

但危机更可能存在,任何时候,一些单一的附加形式所带来的都是可模拟的、非独创性的效果,并终将随着效果的广泛使用而逐渐消失其艺术特征。如果过度依赖效果,当其他用户只需购买一台 LC-A(此为 LOMO 的一种相机型号——作者注)即可实现同样效果时,这种独特性就必然消失了。

作为一种前瞻性的担忧,由于 LOMO 的特征是基本一致的晦涩,导致当前的许多摄影图片趋于暗淡,在感情诉求上趋于单一化,显得晦涩、感伤。这种单极的发展趋势会限定摄影的多元化发展,更潜在的是可能导致 LOMO 群体乃至社会文化的悲观化倾向——这显然是我们不愿意看到的。

我们会在稍后的章节中介绍使用数字技术模拟一般 LOMO 效果的方法,我们提供方法的目的是想说明单从形式上说 LOMO 只是一种"滤镜",而读者可以依靠自己的能力去发现更适合自己题材的"加分"效果。

由于对"滤镜"的"鄙视",一些激进的"原教旨主义"高级用户以不依靠任何外挂滤镜实现特定效果为诉求,强烈反对使用外挂特效滤镜,只少量使用一些原厂的辅助性滤镜(锐化、柔化等)来完成创作。其实这也大可不必,一些滤镜既然可以完成更高效的应用,就没必要进行排斥,只要你能确定这些是你的作品中所需要的就可以了。

本书对插件的讲解以实用为主,把滤镜作为有机的扩充和组成部分,我们会在很多时候推荐使用包括第三方滤镜在内的许多插件应用。

在插件(滤镜)章节的结尾,本书对读者,尤其是摄影专业学生的建议是:合理使用,按需使用;确保不滥用"滤镜",以免影响自己在视觉上的感悟能力,这个度应该由读者自己控制。

请在老师指导下进行以下练习:

1. 至 Adobe 网站下载并在本地安装特殊的 Camera RAW 滤镜(或由老师提供)。

2. 搜索互联网,获取共享或免费滤镜并在本地安装(应包含执行安装程序和 8bf 文件直接拷贝两种)。

3. 使用给插件文件名前加"~"号的方法屏蔽 DigiMarc 插件。

4. 分别使用 USM 锐化滤镜和智能锐化滤镜体验插件的不同控制。

选 区

选区是数字图像处理中常见的应用工具,是指使用某一工具选择画面的局部或全部内容,以界定下一步操作的应用范围。

在数字图像处理中,时常会遇到对图像做选区的问题,选区可以是规则的简单几何形状,也可以是具有渐变边缘的复杂区域,经由选区选择,可以对选定区域做出差异性的处理和调节。需要注意的是,对每张图片的处理均需经过选区(打开图片后,默认的情况是对全画面进行处理),这和我们使用 Ctrl+A 全选画面是相似的。鉴于选区的操作性比较强,本部分内容大多以实例操作为主。

◎**选区基础与练习**　选区的常见操作命令有:

图 3-86　选区使用蚁行线来表示被选择的区域

* 全选画面:按 Ctrl+A 键,选择图片内所有可见信息(不选择隐藏的图层)。

* 取消选择:按 Ctrl+D 键,即可取消任意形式的选区状态。

* 反转选择:按 Ctrl+Shift+I 键,将以当前蚁行线(选区)为基准,反转选择之前未被选中的区域(图 3-86)。

* 羽化边缘:按 Ctrl+Alt+D 键,将柔化选区的边缘,以避免过于锐利的选区边界。

* 隐藏蚁行线:按 Ctrl+H 键,即可隐藏选区边

缘的蚁行线,但选区仍然存在。

●矩形选框及羽化边缘练习

1. 按 M 键选择矩形选框,圈定画面区域,并使用"图像"→"裁剪"命令重新构图;圈定区域时按下 Shift 键拉出正方形;按 Alt 键以鼠标点位置为中心点拉出形状。

2. 按 M 键选择矩形选框,圈定画面区域,按 Ctrl+Shift+ I 键反转选区,并按 Shift+F5 键或 Alt/Ctrl+Backspace 键填充一个纯色外框。

3. 按 Ctrl+Alt+Z 键直至恢复到图片初始状态(或使用 F12 键)。

4. 重复第一步骤,但在填充颜色前,使用 Ctrl+Shift+D 键为选区添加羽化数值,并体会两者变化(图 3-87)。

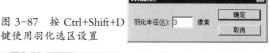

图 3-87 按 Ctrl+Shift+D 键使用羽化选区设置

图 3-88 套索工具蚁行线选区

●套索工具练习

1. 打开图像,按 L 键选择标准套索工具。

2. 按 Alt 键进行选区选择,依据画面不同,可选择画面中某个建筑或人物进行套索选取(图 3-88)。

3. 使用菜单"选择"→"修改",对已定选区分别进行边界、平滑、扩展和收缩,以体会差别(图 3-88-a)。

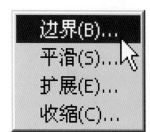

图 3-88-a 蚁行选区的修改

* 边界:以选区蚁行线为中心,扩展出设定像素,最终只选定这个边缘。

* 平滑:对于直线或尖锐的选区进行平滑边缘处理(与羽化不同)。

* 扩展:以像素为单位,精确地扩展当前选区到更大的范围。

* 缩小:以像素为单位,精确地减小当前选区范围。

●魔术棒工具练习

1. 打开一幅有均匀背景的图像(如影室拍摄图像)。

2. 按 W 键切换到魔术棒工具,并在需选择的区域点击,通过更改容差数值,可以增大或减小魔术棒的敏感性,按 Shift 键再次点击相近部分可增大选区(图 3-89、图 3-90)。

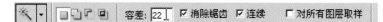

图 3-89 魔术棒选区

图 3-90　魔术棒的容差调整

3. 尝试使用菜单"选择"-"扩大选取"/"选取相似"来体会不同变化。

◎**选区和图层蒙板的转换**　选区和图层蒙板是不同的概念,但它们之间可以相互转换,通过工具选定并将选区转换为图层蒙板,可以实现对选区的高级控制。

第一步:按 Alt 键双击背景图层,使其转换为"图层 0",并使用任意选区工具(本例中为"W"魔术棒工具)对需要遮盖的部分进行选择,选中部分将以蚁行线方式显示(图 3-91)。

第二步:按 Alt 键,同时点选添加图层蒙板图标,为图层增添一个图层蒙板,此时选区被转换为图层蒙板,并将未选择区域显示为灰白网格透明(图 3-92)。

图 3-91　选择选区　　　　　　　　　　图 3-92　添加图层蒙板

第三步:选中图层蒙板。按 B 键切换到画笔工具,在画面中点击鼠标右键选择笔刷样式和大小,按 D 键切换为默认前景/背景色,并按 X 键进行切换。针对选区进行涂画:白色画笔将扩大本例中人物的选区范围,黑色画笔将缩小选区范围(图 3-93)。

如果放大画面,并选用 WACOM 等数字化绘图设备来控制画笔,并借助图层蒙板对选区作"无损"保留性质,就可以绘制生成非常精细的边缘。

第四步:选中图层蒙板,使用菜单"滤镜"→"其他"→"最大值"、"最小值"来改变蒙板的边缘,用最

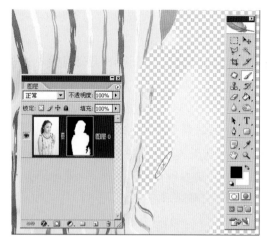

图 3-93　使用画笔在蒙板上涂画

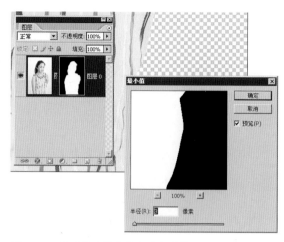

图 3-94　使用最小值来缩减蒙板边缘

小值将缩减白色(显示)区域,用最大值则相反。在本例中, 使用最小值可以像素为单位缩减选区边缘, 这通常适用于边缘存有多余原底信息的情况(图 3-94)。

　　第五步:直接选取的蒙板边缘比较锐利,合成时会感觉太假。此时可以选中图层蒙板,对其应用菜单 "滤镜"→"模糊"→"选择一种模糊方式"(或依据情况尝试使用 "滤镜"→"杂色"→"去斑或中间值"),通过蒙板的模糊来改变边缘的效果,使选区和周围空间的拼合更为合理(图 3-95)。

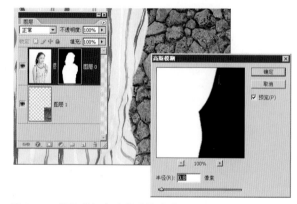

图 3-95　模糊蒙板来改善边缘效果

◎**使用色度(蓝屏)抠像合成**　人的头发等细节较多的区域难以使用常规方法进行合成,容易产生"假"的效果,即使再精细的选区工具也难以应对高要求的任务。因此在复杂的合成应用中,一般使用蓝屏拍摄和专业工具进行工作。

　　蓝屏抠像是视频合成中较常用的合成方法, 现代特技电影中几乎都使用蓝屏来进行高级的数字视频特效合成。如果在拍摄计划之初就打算进行图像合成,就可以在拍摄前期使用纯色屏(通常为抠像蓝屏)来进行拍摄,多数的专业抠像软件专门为蓝屏进行了优化,借助这些工具,用户可以快速地生成最专业的合成效果(图 3-96)。

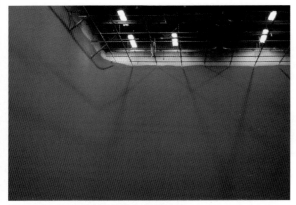

图 3-96　专业的蓝屏拍摄合成摄影棚

使用蓝屏或纯色屏幕拍摄的注意事项有：

1. 确保拍摄主体和背景在颜色上应有的差异和对比。

蓝色和绿色是最常用的抠像背景。现实中蓝色的信息较少，拍摄时在蓝色背景前的图像主体可以轻易地与背景分离。欧美人因为肤色中含有蓝色成分，所以也较多地使用绿屏作为替代。

2. 避免使用中性色(黑白灰)背景。

中性色会体现在画面的各个部分，因此并非需要的背景色。

3. 避免使用红色、黄色和肤色相关背景。

红色、黄色和肤色背景会过多地出现在人的皮肤中，这都会影响抠像软件的准确判断，为后期的抠像增加难度。

4. 使用尽可能饱和、明亮、均匀的背景色。

不饱和的背景颜色也会为后期处理带来难度，不饱和的颜色会过多地和主体重复，造成抠像困难。同理，为了提高抠像的质量，应该确保明亮而均匀的背景。

与传统的抠像方式相比，色度抠像可以带来自然的抠像效果，可以有效地分离人的毛发、飘动的透明烟雾等无法使用传统方式完成的任务。

许多专业抠像软件可以满足以下要求：

专业的抠像软件 Ultimatte Advantedge 主要应用于电影合成中，但是也为 Photoshop 下的静态图像提供了一个插件版本，用户可以访问 ultimatte.com 下载相关的演示文件(图 3-97)。

Digital anarchy(digitalanarchy.com) 的 Primatte chromakey 也是一个专业的色度抠像软件，与 Advantedge 不同，Primatte 主要设计为静态图像工作，销售价格更为适宜(图 3-98)。

使用色度抠像流程（色度背景+抠像软件）可以快速生成最高质量的合成画面，在应对高质量的

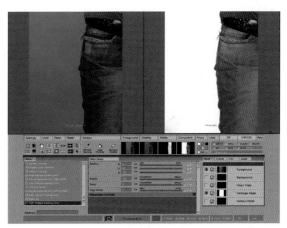

图 3-97　使用 Advantedge 处理蓝屏图像

合成任务时(尤其是人物合成),这几乎是唯一的方法。

◎**Photoshop 内色度抠像** 色度抠像软件通常较为复杂,如果用户面对的是一般的抠像工作,可以使用 Photoshop 内建的抠图工具。针对使用色度(纯色)背景拍摄的图像,可以使用菜单"选择"→"色彩范围"来进行选取工作(图3-99)。

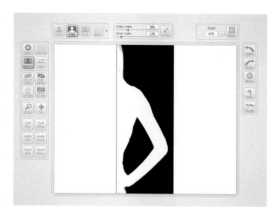

图3-98 Primatte chromakey 运行界面

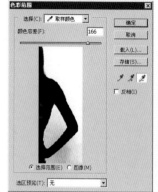

图3-99 Photoshop 的色彩范围面板

"色彩范围"的使用比较简单,但如果有较高质量的前期色度背景图,也可以达到很好的效果。依据色度抠像的原理,如果画面背景中为符合抠图条件的纯蓝色,那么主体人物(不着蓝装)的所有区域应该都没有蓝色信息。因此,用户可以通过在画面中添加颜色取样点来选取同样色度的背景,从而获得良好的抠像效果。

通过本例我们也可以知道,要想获得最好的抠像效果,不一定非得借助专业的抠像软件,而是必须保证前期的拍摄图像符合色度抠像的要求。对拍摄前期的重视会有效地减少后期处理的工作量。

锐化与模糊

我们在前面的章节中已经不止一次地对锐化和模糊进行了探讨,应该说已经满足了最常用的需求。但锐化和模糊作为图像最重要的处理方式之一,也存在许多变化和特殊性要求,本节提供了一些实用性的技巧和方法来协助用户应对具体问题。

◎**对 Lab 与 CMYK 进行操作** 通常,锐化和柔化被直接应用在 RGB 模式的复合文件中。RGB 是分通道存储信息的,因此对各个通道进行的处理会影响 RGB 的输出值,从而引起一些微小的色彩差异(大多数情况下并不明显)。

要求较高的锐化和柔化工作应该在 Lab 模式下进行,Lab 将图像分解为一个亮度和两个色度通道,用户可以直接对亮度通道操作以避免色彩变化。在 CMYK 模式中,K 版(黑版)是最重要的主版,其作用等价于 Lab 的亮度通道,因此也可以遵循这一思路进行操作,但我们推荐一直使用 RGB 工作,

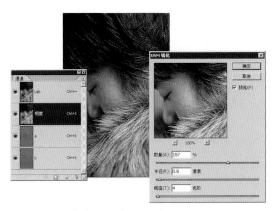

图 3-100　对亮度图层进行锐化

即使要转为 CMYK 也最好先将 RGB 转换为 Lab，完成处理后再转为 CMYK 模式。

1. 打开图像，选择菜单"图像"→"模式"→"Lab"，将其转换为 Lab 模式。

2. 选择菜单"窗口"→"通道"，显示出通道面板，并选择明度通道，并按"~"键切换到全通道显示模式。

3. 对画面进行锐化或柔化操作(图 3-100)。

◎**限定边缘锐化**　在锐化图像时，对于边缘的界定通常由阈值来决定。然后根据阈值的设置来决定画面中哪些区域被加以锐化。在高要求的锐化处理中，可以使用限定边缘的方式来防止更多的区域被误锐化，从而确保锐化的质量。

1. 如图 3-101，打开图像，在通道面板中，依次点按下方左起①、②功能图标，将画面作为选区载入，并转化为新的 Alpha 通道(也可依据要求，选择某一色彩通道进行本操作)。

2. 按 Ctrl+D 键取消蚁行线，并点取 Alpha 通道，选择菜单"滤镜"→"其他"→"高反差保留"。依据选定半径大小，画面将以灰度图来表示，半径越大，表示有更多更微小的细部反差被保留。通常我们只需要保留最重要的反差，半径以较小的设置为宜(图 3-102)。

3. 按 Ctrl 键点击 Alpha 图层图标获取选区(或使用通道面板左起第一功能按钮)，并切换到图层面板，按 Ctrl+J 键复制新图层，对该图层进行锐化处理。根据需要，进行该图层的透明度调节以变更锐化强度(图 3-103)。

图 3-101

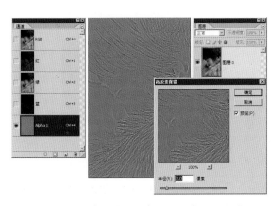

图 3-102　使用高反差保留来确定边缘

图 3-103　对新载入的图层进行锐化

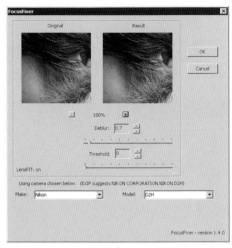

图 3-104　FocusFixer 窗口

◎**第三方锐化工具**　许多第三方厂商针对锐化这一经典应用开发了优秀的第三方插件。多数情况下,更有针对性的插件能实现比 Photoshop 自带锐化更好的效果。

　　FixerLabs(http://www.fixerlabs.com/)推出的 FocusFixer 可以读取相机拍摄的 Exif 数据,用户可以根据不同的拍摄数据和预设的相机特性来进行更有针对性的锐化操作。在实际使用中,FocusFixer 的精细效果非常适用于为分辨率较低的网络用图片进行锐化工作(图 3-104)。

　　Nik Sharpener Pro 是一个功能强大的输出前锐化组件,除了针对打印机(包括各个主要打印厂家)进行优化外,也可以对 RAW 文件进行恢复性的锐化处理。NSP 更适于输出前使用,因为它的特色在于用户可以设定观看距离和打印分辨率,NSP 根据这些读数结合预置的各打印厂商型号进行优化,以确保画面得到最好的锐化输出效果(图 3-105)。

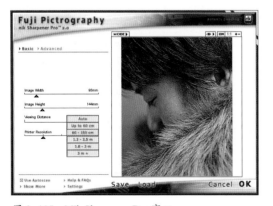

图 3-105　Nik Sharpener Pro 窗口

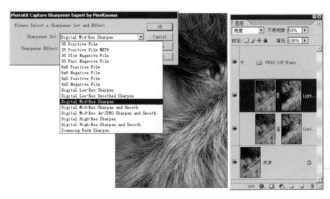

图 3-106　PhotoKit Capture Sharpener 窗口

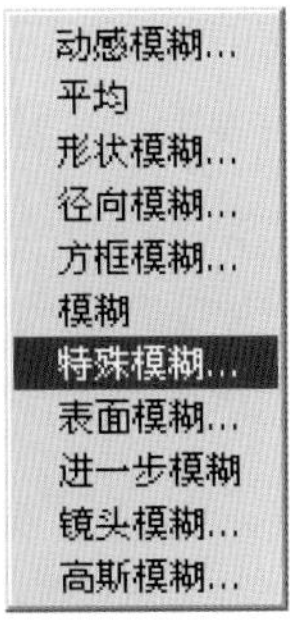

动感模糊...
平均
形状模糊...
径向模糊...
方框模糊...
模糊
特殊模糊...
表面模糊...
进一步模糊...
镜头模糊...
高斯模糊...

图 3-107a
模糊菜单

中间值...
减少杂色...
去斑
添加杂色...
蒙尘与划痕...

图 3-107b
杂色菜单

PixelGenius PhotoKit Capture Sharpener(http://www.pixelgenius.com/)使用一种特殊的方式创建锐化图像,有些类似于我们之前介绍的限定边缘锐化(图 3-106)。PCS 可以选择原稿的类型,比如扫描文件、数字高/中/低分辨率、35 毫米负片/反转片等,然后针对各自不同的特性选择生成蒙板的方式。PCS 可以生成更具针对性的锐化效果,并以图层+蒙板的方式工作。这说明用户也可以通过调节图层的不透明度,获得对锐化效果更深入的控制能力。

◎**柔化(模糊)概要和技巧提示** 对 Photoshop 图像的柔化处理主要通过滤镜菜单中的"模糊"和"杂色"子菜单来访问(图 3-107a、b),模糊是一种常见的应用工具,但传统摄影中多注重对画面的锐化而忽视模糊。模糊可有效地消解画面中的错误信息,将模糊和锐化工具结合,可以轻易地改进画面质量。

大家常常会忽略的是,它有时候也可以有效地增加清晰度,并且是一种更特殊的锐化。如果用户对制造独创性的背景或自己研究特殊效果以及合成感兴趣的话,模糊和杂色也是非常值得深入研究的部分。与多数用户相反,模糊和杂色是我本人较锐化更为常用的工具,这可能和我从事的复杂的具体工作(设计)有关。

在本节中,笔者将以个人使用的一些技巧来协助用户开发"模糊"菜单,希望借助这些提示,用户可以创造出更为个人化的应用技巧。

需要注意的是,对锐化的许多操作技巧也同样适用于模糊的处理,比如使用 Lab 模式或 CMYK 模式所进行的处理可以减少色彩变化,再次强调避免在处理前期使用 CMYK 模式。

我们将着重介绍几种特殊的模糊形式,这些模糊有些是功能性的有些是创作性的,以满足用户的不同要求。

一个较少介绍的是模糊菜单中的"平均"命令。"平均"没有控制窗口,它会根据全画面的色彩情况生成一个混合的单一色彩。这看似无用的功能可能相当有用,即当我们试图进行复杂的色彩匹配时,可以通过 Ctrl+J 键获取一个新的图层,然后进行"平均"处理,将获得的色彩层作为原始文件来匹配,这通常会使颜色匹配更为柔和(色彩匹配是个复杂的过程,这只是其中一种方法,在不同环境下拍摄的图片完全匹配是难以实现的)。

有时,"平均"是你在毫无头绪的设计工作中寻找颜色或创意的方法。你可以使用多个喜欢的图片——或者你需要工作的图片(比如你要为一种食物确定包装颜色)——放置在一个文档中,通过"平均"来获得一种颜色,通常只需稍稍调整,这种直接来源于产品的颜色会非常适合你的设计工作,这也是设计师们有效地避免色彩思维枯竭的方法。

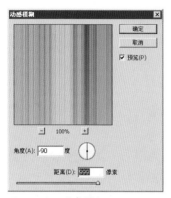

图 3-108　动感模糊

动感模糊可以通过界定一个方向来生成具备运动感觉的模糊,这在形式上和摄影"追随法"非常接近,但用户完全可以摆脱这种庸俗的思路。在本例中,笔者极大化地使用了动态模糊并形成水平和垂直线条,这些优雅的线条后来被用于一个设计工作中,由于具备非常独特的色彩布局和分配,它在最终设计中起到了关键的作用(图 3-108)。这是个非常实用的方法,因为它唾手可得,几乎是无尽的素材和色彩宝库。

与之具备同样思路的还有"径向模糊"(图 3-109),径向模糊可以模拟长时间曝光拍摄时变焦后所产生的中央汇聚效果,这种效果可以强化对画面重点景物的处理,引导用户注意画面的兴趣中心。但由于被滥用,除非你确实需要,否则这并不是一个值得推荐的做法。一般情况下,高级用户可以通过复制一个图层,应用径向模糊后降低透明度来强调这种引导关系,虽然有时几乎不可见,但这种引导是存在的。

用户可以组合使用或多次使用径向模糊,在使用不同的模糊方法并确定不同的中心点时,随着模糊强度的增加,用户会看到一些非常实用的效果,其中的某个局部或整体画面都可能成为最终作品中的一部分。对设计人员或图像创作者来说,经常通过这种方法寻找新的灵感是非常有益的。

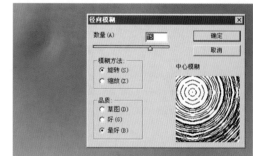

图 3-109　经过反复应用旋转和缩放,画面中生成了一个神秘的凸起

大多数用户通常使用高斯模糊来处理各种情况,尤其是对人的皮肤进行修复性的处理。基于纯数学运算的高斯模糊通常情况下不会产生什么好结果,因为高斯会完全处理掉细节,你需要不断地修复和再加工才可能得到一幅皮肤良好的图像。其实一切很简单,只需要使用表面模糊,选择一个较小的半径和阈值就可以得到良好的皮肤修复效果,而几乎不会影响所有你需要保留的细节。控制得当的话,更为智能的表面模糊是一个绝佳的选择,通常对皮肤的修复只需一步即可完成(图 3-110)。

"杂色"菜单下的"蒙尘与划痕"主要用于修

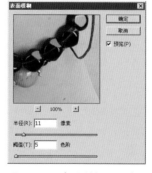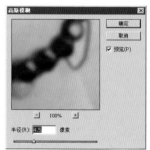

图 3-110　表面模糊可以实现更快捷的皮肤美化

图 3-111　蒙尘与划痕的创造性应用

复老旧照片或扫描照片上所沾染的灰尘印记，其主要原理是通过阈值的控制来选择区域以进行适当的模糊，在扫描照片质量不高的前提下，生成一个可接受的划痕去除效果(图 3-111)。摄影广泛数字化以后，这一应用正在逐步减少，但新的用户可以使用这一工具生成平滑的画面效果，通过选择合适的画面，可以生成类似极简主义的平涂效果。

◎**虚焦与景深模拟**　数字图像的重要革新之一就是再造镜头模糊。传统的镜头模糊是因为镜头成像未能在胶片上正常聚焦所致，由于"焦点"只有一线，所以在使用长焦距镜头和大光圈拍摄的情况下，就极易出现虚焦的情况。有选择的虚焦是突出画面重点，隐去干扰因素的一种拍摄手段，这在传统摄影时期较为盛行。

目前，多数主流数码相机由于成像芯片过小，导致相对焦距过小而画面景深偏大，而难以获得较好的虚焦效果。在数字后期中，可以加入镜头虚焦效果以进行模拟(图 3-112)。

这一操作主要使用"滤镜"→"模糊"→"镜头模糊"工具。

1. 首先需要在通道面板中新建立一个空白通道"Alpha 1"并选中。

2. 按 D 键选择默认颜色，按 G 键选择渐变工具，在"Alpha 1"中画出一个黑白渐变(可水平、垂直或倾斜)。如需要更柔和的效果，则应使渐变的过渡平缓一些。

3. 选中需添加虚焦效果的图层，选择菜单"滤镜"→"模糊"→"镜头模糊"。

4. 将深度映射源设置为"Alpha 1"，并在画面上点击需要清晰的部分，则其他部分会随之渐渐模糊，生成柔焦效果。

5. 可通过控制半径、叶片形状和弯度来实现更精细的控制。叶片形状(光孔)边数越多，则生成的柔焦效果越圆润，一般效果多用5 边即可。

◎**模糊工具:FixerLabs True Blur**　FixerLabs(http://www.fixerlabs.com/)的 True Blur

图 3-112　镜头模糊面板

是非常实用的第三方模糊工具，它首先读取 EXIF 中相机和镜头的信息，然后启用 LensFIT 和其他专利工具进行匹配以找出最适合的调节方法。用户可以使用两个窗口来直接比较处理前后的差异。比较独特的是，它还具有质量很高的控制颗粒选项，因而生成的模糊效果更为自然(图 3-113)。

◎ 模糊工具 :Digital Film Tools 55MM Diffusion
Digital Film Tools 公司 55MM 系列插件中的 Diffusion 可以生成梦幻的虚影，效果上比较接近媚态摄影的效果镜(图 3-114)。如果你需要影楼的那种人像光泽效果,Diffusion 就是一个很好的选择。Diffusion 的功能不限于此，它可以由用户添加相应的纹理文件来完成对窗户、树影等各种光效下的模拟(图 3-115)。

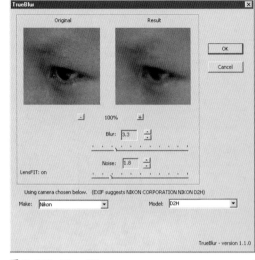

图 3-113　True Blur

图 3-114　Diffusion 扩散效果

图 3-115　通过添加纹理形成光斑

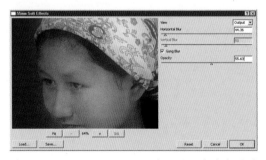

图 3-116　55MM Soft Effects 能协助用户生成更美化的皮肤光晕效果

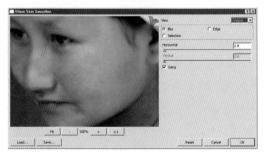

图 3-117　55MM Skin Smoother

55MM Diffusion 严格说来不只是一个模糊工具,多数插件程序都不满足于仅仅完成单一的效果,而是结合了多种效果和运算方法,给用户带来更强的图像控制能力。作为一个著名的专业插件合集,DFT 55MM 还提供了许多非常专业的独立控制插件(图 3-116)。

55MM Skin Smoother 是一个专门针对皮肤柔化的工具,如果要对人物的皮肤进行图层蒙板的修复操作(见图层蒙板实例),则可以使用 SS 来替代高斯模糊或镜头模糊(图 3-117)。

DFT 公司是一个专业的插件公司,用户可以访问网站 http://www.digitalfilmtools.com 以了解更多的相关信息。

◎**LOMO 风格的模拟**　在数字后期加入的虚焦效果是一种创作和修补方法,现阶段它还无法模拟出完全真实的虚焦效果,而只能是相似而已,但这种处理方法在视觉上已经可以基本满足需要了。通过更改不同的虚焦设置和暗化效果,我们也可以模拟较为流行的 LOMO 风格。LOMO 可以为画面提供一种朦胧的美感,并且多数画面四周有暗角来对中心形成约束,从而增强画面效果。

LOMO 的暗角和虚焦是因为镜头像场过小和成像质量不高等因素造成的,在数字摄影中,由于相机镜头要满足最基本的成像质量要求(即无暗角、成像清晰),一般难以拍摄出 LOMO 相机那样的特殊效果,但其效果完全可以用数字方法获得,本节提供了几种数字模拟的思路和方法,来大致模拟 LO-MO 的暗角和虚焦效果。

●**使用镜头校正和镜头模糊**　如只需生成画面暗角,可以使用菜单"滤镜"→"扭曲"→"镜头校正"中的晕映控制来完成,这个设置可以模拟出非常真实的由于像场不足所导致的画面边缘暗角效果(图 3-118)。

图 3-118　通过镜头校正来产生暗角

图 3-119　使用图层蒙板来创建暗角和虚边

如需对边缘进行模糊,可以参考前一章节"景深模拟",通过设立不同的 Alpha 通道渐变(改为中央扩散式渐变)来完成模糊操作,在此不再赘述。

● **使用图层和图层蒙板**　使用图层和图层蒙板可以快速生成更有随机性的暗角和虚边效果。这种方法对熟练的用户来说非常实用,而且每个环节都是可以深入控制的(图 3–119)。

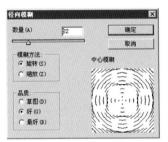

图 3–120　使用径向模糊来创建模糊效果

1. 按 Ctrl+J 键复制一个新图层"图层 1",并对图层添加图层蒙板。

2. 选中"图层 1"的蒙板,按 D 键切换到默认前景/背景色,按 G 键切换到渐变工具,并选择中心渐变。从画面中心拉出一个中心为黑色、边缘为白色的蒙板。

3. 选中"图层 1"键,并对该图层应用任意一种模糊效果,推荐使用"径向模糊",并选择"旋转"方式(图 3–120)。

4. 按 Ctrl+M 键调整该图层的曲线,使"图层 1"变暗即可(高级用户可添加一个剪切蒙板将曲线限制,以实现精确控制)。

● **使用 Melancholytron**　Melancholytron 是著名的第三方滤镜公司 Flaming Pear 所出品的著名插件,它可以轻易地"使图片体现出抑郁、怀旧和悲伤的情绪",其本质就是一个完全模拟 LOMO 效果的软件(图 3–121)。

用户可以通过 MCT 轻易地控制光晕暗度的形状大小、色彩以及柔焦的效果,并且使用不同的 Glue 预置,达到几可乱真的 LOMO 效果。MCT 支持存储设置,用户可以存储一个修改后的特殊效果加以保存。还可以通过点击界面中的"骰子"由软件随机生成创造性的组合。

用户可以访问网址(http://www.flamingpear.com/melancholytron.html)来寻找更详细的信息,该公司同时提供了一个免费的试用版本。

图 3–121　Melancholytron

◎ **使用 PixelGenius PhotoKit**　PhotoKit 是 PixelGenius 公司出品的功能型辅助工具,主要用于模拟传统摄影效果,安装后的 PhotoKit 可以在菜单"文件"→"自动化"下找到(图 3–122)。此类工具通过有机地调用 Photoshop 本身的功能来实现特殊效果,其中对边缘暗角有独立的设置。

图 3–122　PhotoKit

图 3-123 PhotoKit 依靠图层和混合模式工作

PhotoKit 会复制图像的边缘并生成一个新的图层,通过将新生成图层的混合模式设为"正片叠底"来压暗四周。对于这个新图层,用户还可以通过 Ctrl+J 复制以加深效果,或对图层使用模糊来获得边缘模糊的柔焦效果(图 3-123)。PhotoKit 是一个功能全面的效果包,它可以实现高级黑白图像转换、各种冲洗工艺模拟、各种胶片颗粒模拟等特别有用的功能,值得用户尝试。

访问 http://www.pixelgenius.com/photokit/index.html 可查询这一强大套件更详细的功能演示,也可通过搜索引擎搜索下载免费的试用版本。

杂色(噪点)、颗粒

颗粒是构成传统胶片影像的基本单位。数字摄影环境下与之对应的是像素,胶片颗粒的粗细主要由胶片涂布的感光乳剂性能和冲洗工艺所决定,而数字环境下则主要由传感器的像素大小和性能来决定。

数字摄影常见的杂色是个略微不同的概念,它表示传感器在捕获图像时所得到的"损害"性的杂点,这多数是由于传感器在进行光/电信号转换时所生成的干扰信息。杂色并非像传统摄影中的颗粒那样是数字影像的有机组成部分,它会直接降低数字图像的质量。

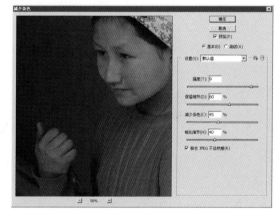

图 3-124 减少杂色命令可以适用于多种情况

随着感光度的提升和曝光时间的增加,这种损害性的杂色会迅速增加。在拍摄时可以通过使用较低的感光度或避免使用长时间曝光来降低杂色生成。

噪点在拍摄中实际是很难完全避免的,我们可以通过一些技巧来处理噪点,或者生成更类似于胶片的颗粒的噪点来使噪点有效地融入画面中以实现较为和谐的效果。

◎减少杂色/增加杂色 Photoshop 对杂色(噪点)的控制多数在滤镜"杂色"菜单下,对数字相机的杂色来说,减少杂色命令可以满足几乎所有的需要(图 3-124)。

用户可以访问该工具，由于非常直观，我们不再做进一步详细的说明，用户可以通过实际控制来观看差异。需要注意的是，对于 JPEG 压缩过多的图片可以选择"移去 JPEG 不自然感"选项来生成一些修补信息，我们推荐用户使用。

用户还可以通过选择"高级"来对独立的色彩通道进行杂色修复，一般情况下应该对蓝色通道进行加强的修复设置(图 3-125)。

与"减少杂色"对应的"添加杂色"也是个非常实用的操作，它可以模拟出一些效果较好的颗粒。一般应该在控制窗口中选择较小的"杂色数量"并选中"单色"选框，这时生成的颗粒会显得比较自然(图 3-126)。

◎**噪点工具:Fixerlabs Noise Fixer**　在之前的章节里已经介绍了 FixerLabs(http://www.fixerlabs.com/)的多个功能性插件，FixerLabs 的系列插件都是本书作者最常用的。FixerLabs 是个开发能力非常强的公司，在噪点、锐化、柔化等单项功能技术上有较多独特的处理方式，值得用户尝试。

相较于其他噪点工具，NoiseFixer 的处理非常实用，它将色彩噪点和亮度噪点分开处理，多数情况下，噪点是随机分布在画面中的红、绿、蓝纯色点，因而使用"色彩修复"就可以在保证画面清晰度不受影响的前提下完成彩色噪点修复(图 3-127)。一般情况下，亮度噪点无需处理就可以达到较好的效果。

◎**噪点工具:55MM Grain**　与 Noise Fixer 的定位不同，DFT 55MM Grain 是一个增加仿真胶片颗粒的软件，它可以模拟摄影用和电影用的各种感光度下的胶片颗粒(图 3-128)。

模拟胶片颗粒并不是简单地生成胶片质感，而在许多情况下是一种改进缩放画面质量的有效方法，如果原始图像较小，经过拉伸放大后就会不可避免地损失细节。通过均匀地覆盖一层颗粒，可以增加扩大后区域的细节和质感，从而提高画面质量。

图 3-125　减少杂色的高级设置

图 3-126　添加杂色

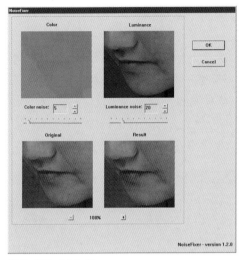

图 3-127　NoiseFixer

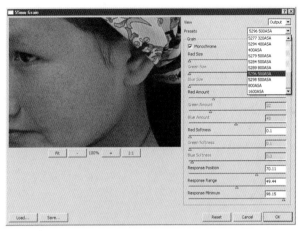

图 3-128　DFT 55MM Grain

变形与修补

　　本节内容主要讲述画面的变形和缺陷的修复工作，主要涉及 Ctrl+T 变形控制、历史记录画笔及面板以及克隆(仿制图章)和修复系列工具(图 3-129)。

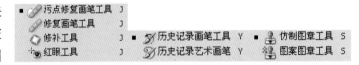

图 3-129　相关的修复工具

　　通过工具箱可以访问到的修复工具主要包括上图所列的内容，我们根据数字高级处理工作中常用的使用情况从中精选出修补工具、仿制图章工具和历史记录画笔工具三种来作深入讲解。一般在使用中，应该注意组合利用每种工具的优点和缺点，从而达到最好的修复效果。其他相关工具各有特点，用户可以在具体使用中尝试使用，或者借助众多的 Photoshop 参考书来熟悉。

　　图层变形菜单出现的前提条件为，该图层不能为"背景"图层，并且已经按 Ctrl+T 进入了图层变形状态，在该状态下，点按鼠标右键即可选择(图 3-130)。

　　◎**透视与变形**　透视与变形是常见的操作，主要用于校正拍摄时的透视，通过组合使用这些控制也可以实现一些创新性的应用。一般对摄影的处理局

图 3-130　图层变形菜单

限于色彩和影调的控制,读者往往会忽略变形的重要性和意义,对于人像摄影来说,适度的伸缩或俯仰变形可以有效地增强人的精神状态。

以拍摄人像为例,如果以短于85毫米的镜头拍摄影棚人像,一般应该加入少量的畸变控制,以弥补镜头成像的缺陷,防止图片中人物脸部显得过大。当前多数数字相机存在镜头转换倍率的问题,实际上镜头的焦距更短,也就是说更容易把人拍变形了,所以这种调整就显得尤为重要。

从创作的角度来说,变形也是一个非常高效的实现创作构想的方法。在上例中,通过对一张素材画面(图3-131)进行分割并进行不同的变形操作,使画面呈现出丰富的联想性(图3-132)。

图3-131 平淡的原文件

图3-132 创造性地使用变形控制的例子

传统摄影处理中不主张对画面变形,但我们也应该看到,在通过选择不同摄影镜头(比如超长焦、超广角、鱼眼镜头等)拍摄的过程中,实际上已经对画面进行了变形,变形实际存在于拍摄过程中。在高级或创意实践中应该强调使用变形工具以强化目的和美感,根据适用性的原则来尝试合适的变形操作。

本节主要展示变形菜单中的透视、变形和翻转(旋转)三类操作,其他较为简单的应用,用户可以自己进行试验。

图3-133 透视变形创作

透视是常用的修复操作,通过控制一个顶角(虚拟的消失点)来更改俯仰角度。图3-133中通过修改透视将拍摄角度提高到大楼上部,形成一种俯视、审视的感觉。一般使用时,透过少量修改即可校正建筑中的水平和垂直线。

变形下的"变形"命令是非常高级的图像控制功能,使用"鱼眼""膨胀""挤压"等可以模拟各种焦距镜头透视的效果,从而达到修复或创作的目的(图3-134)。

在多图层状态下,我们使用图像或画布旋转命令不能单独翻转其中一个图层——而是翻转了整个图像,因此也必须使用图层变形功能来对某个图层进行旋转或翻转操作(图3-135)。

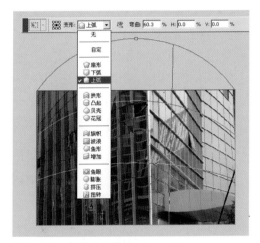

图3-134 高级变形控制

图3-135 多图层状态下,翻转其中一个图层

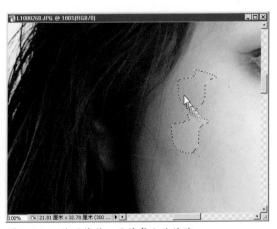

图3-136 使用修补工具修复人脸缺陷

◎**修补缺陷与克隆** 画面中不可避免会存在有待修补的缺陷,比如在一个空旷的广场上偶然出现的行人或者人脸上的青春痘,甚至相机处理器上的灰尘。修补是较为简单的应用,在实际工作中可以使用图像处理软件中提供的修复工具进行处理。

几乎所有修复工具的原理都是通过对一个良好区域采样,然后复制到待修复区域来完成的(图3-137)。比如在人脸的修复中,可以选用修补工具(快捷键J,Shift+J键切换),画出待修改的缺陷区域,并拖拉到一个皮肤较好的区域完成修补(图3-136)。

与之操作近似的是仿制图章工具(快捷键S),仿

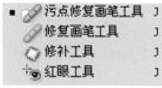

图 3-137　修复工具组

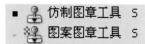

图 3-138

制图章的操作需要按 Alt 键并点击确定一个完好的区域,然后在需要修补的地方点击即可完成修复(图 3-138)。仿制图章是个历史悠久的操作(显得有些低级),仿制图章可以较好地完成要求不高的小区域任务。对于一些要求较高的操作,我们建议使用新的修复工具组(快捷键 J)来进行(图 3-137),这组新工具可以最大地保留边缘和质感,不易产生很假的修复效果。

◎**历史画笔**　本书有意弱化了历史画笔工具,这种工具的最大优势是可以从一个之前的工作步骤中复原画面,但作为严谨的数字修描来说(大工作量、多图层),我们不太推荐这个工具,而更希望用户打开新画面先按 Ctrl+J 键复制一个备份图层。但历史画笔也有其独特性,它可以使用各种笔刷和笔刷透明度,因而可以完成比较精细的处理工作。

在图 3-139 中,我们对一个图像进行模糊操作,然后选择原始的未模糊的画面为源(①所示图标为设定的源),并选择历史画笔工具和笔刷样式、尺寸、透明度进行处理。在图 3-139 中,被涂抹区域(眉毛)将显示出未经模糊的部分,这样画面的脸部是模糊的,而眼睛和眉毛是清晰的(这和我们使用图层蒙板的操作相似,而图层蒙板的可控性相对更好一些)。

历史画笔的主要优势体现在源的临近可选择性上,比如对画面作了颜色改变,那就必须选择最临近的一个记录为源 (变更①的位置),才能保证修改出来的内容颜色是一致的,这些需要用户在实际操作中加以体会。

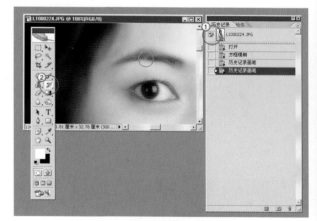

图 3-139　通过历史画笔进行处理的实例

色调与影调

◎**黑白转换**　数字摄影经常需要转换为黑白图片以获取特殊的视觉效果,有些相机内置了黑白模式来满足用户的要求,但机内的黑白模式实际上是一个固定的转换程序,并且不能对 RAW 文件起作用,最好的解决方法还是在后期内完成。

在 Photoshop 中完成黑白转换主要有三种有效的方法,本节除了简要介绍之外,还提供了更多的第三方插件的转换说明,插件在黑白转换工作中可以提供更丰富的控制。

●RAW 黑白转换 当用户使用 RAW 文件拍摄后,黑白转换可以在一种近乎无损的方式下完成(图 3-140)。在 Camera RAW 工具中打开 RAW 文件,将饱和度调至无,然后相应地调整阴影、对比、曲线、细节和校准菜单下的相关选项,即可完成高质量的黑白转换。这种情况对于要求比较严格并且后期不准备再多做处理的用户比较适用。

由于是对 RAW 直接操作,所以这种转换方式所能达到的黑白质量也是最高的。更高级的用户可以把色彩深度提高到 16bit,以挖掘 CCD 更大的潜力。

●Lab 黑白转换 将一幅图像的色彩模式由 RGB 转为 Lab,然后按 Ctrl+1 键选择"明度"通道,就可以看到黑白转换的效果了。Lab 转换方式比 RGB 获得了更多的明度(亮度)信息,并且保证没有其他色彩上的干扰。但这种方式过于机械化,多数情况下需要对结果进行重新调整(图 3-141)。

图 3-140 使用 ACR 转换黑白

图 3-141 使用 Lab 转换黑白

在 Ctrl+1 键显示明度通道的情况下,按 Ctrl+M 键对画面进行明度调整,这种调整也可以用于对彩色图像进行处理,调整好了黑白明度,就可以保证整体画面的亮度分布。

●黑白渐变映射 本书在调整图层部分已经介绍了适用渐变映射进行黑白转换的方法,作为高效的转换方法,渐变映射所能实现的定制区域色彩等功能是上述两种方式不能比拟的。渐变映射在摄影用途上完全可以替代以前常用的 Duntone、Tritone 等方式,值得用户尝试(图 3-142)。

进行黑白渐变映射的步骤是:打开画面,首先按 D 键获得默认的前景和背景色为黑/白,然后在图层面板中添加一个渐变映射调整图层,选择所用的渐变为前景色到背景色。此时画面应该已经显示出黑白效果。

如果需要更复杂的黑白或 Duntone 类效果,可以点击渐变的色条进入渐变编辑器。在渐变编辑器的色条下方可以添加不同的色标,如果你希望中间调偏某个颜色,只需要在相应的位置点击添加一个颜色即可。选中下方的滑杆可以精确地调整每种参与的颜色(图 3-143)。

理论上 16bit 位深能提供更好的影调质量。如果电脑性能优越,应该选择 16bit 位色彩位深进行渐变映射操作,即如果原图为 RAW,解压时应该选择 16bit 位深;如果原图为 8bit,那么在进行渐变映射前也最好转换为 16bit。

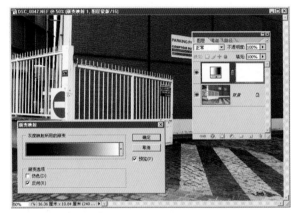

图 3-142　渐变映射

图 3-143　渐变映射的渐变编辑器

●**插件工具**:Convert to BW Pro　Convert to BW pro 是较有代表性的专业黑白转换工具(图 3-144),可以模拟不同型号胶片的色彩响应曲线(众所周知,每种黑白胶片对"色彩"的亮度表现是不同的)。CTB 的主要控制有四项:

1. Prefilter(拍摄滤镜):为画面模拟添加一个拍摄用的黑白滤镜效果(比如深红、黄绿等黑白专用滤镜)。

2. Color Response(色彩响应):模拟传统胶片或自己定义画面对可见光谱的反映情况。

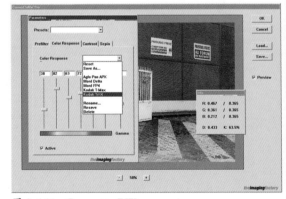

图 3-144　Convert to BW pro

3. Contrast(对比):通过分别模拟负片的曝光和相纸的曝光情况来控制反差(很独特),这部分的

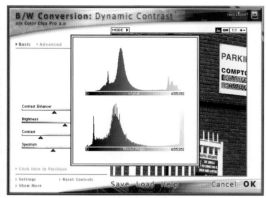

图 3-145　Nik Color Efex Pro B/W Conversion

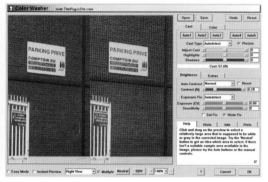

图 3-146　Color Washer

控制可以实现非常接近传统效果的高反差黑白影像。

4. Sepia(黑白上色)：可以为画面添加一种传统暗房中的单色上色效果。

Theimagingfactory 公司网站地址是：http://www.theimagingfactory.com/，该网站提供了 Mac 和 PC 的免费试用版本。

●插件工具：Nik Color Efex Pro B/W Conversion Nik Color Efex Pro 系列提供了三种传统黑白转换方式(图 3-145)。

1. B/W Conversion：标准的黑白转换，可以模拟出不同的光谱和滤镜效果，适用于一般用途，默认效果接近直接 Lab 转换。

2. B/W Conversion：Tonal Enhance(影调优化)，可以拉伸出更广的影调范围，比如亚当斯式的影调，默认效果接近黑白渐变映射。

3. B/W Conversion：Dynamic Contrast(动态对比)，模拟黑白相纸和负片的工作情况，可以提供更真实的传统黑白暗房效果。

Nik Multimedia 公司网址是：https://www.nikmulti-media.com/，Nik 提供了试用版本供下载。

◎色调和影调调节　一般的色调和影调的调节主要通过对色彩通道进行曲线等控制来完成，由于操作方法因人而异，在本书之前的章节已经有较多的涉及，这里将着重介绍第三方插件程序。

●Photo Wiz：Color Washer & Light Machine　Color Washer 的处理思路是通过减少画面中某种颜色的参与成分来改变画面的整体色彩倾向。Color Washer 的界面比较复杂，对于刚使用的用户直接控制有一定难度，但 Color Washer 提供了一系列的预设，基本覆盖了常见的所有要求(图 3-146)。相比较来说，Color Washer 的实用性不如同厂的 Light Machine。

Light Machine 可以实现更为复杂的特殊效果，比如有选择性地去除某种色彩成分，使画面变得更为柔和(图 3-147)。在专业用户群体中，Light Machine 的使用非常广泛，它主要应用于以下几方面：

1. 色彩替换：将原始画面中的某个颜色成分替换为另一种颜色，并尽力保持和谐。

2. 修复:LM 可以提供偏振镜色调优化,展开阴影部分等常见修复操作。

3. 光效:LM 有选择地扩张某些区域,使画面展现出独特的扩散光照气氛。

4. 选择性黑白:将画面转换为黑白,但有选择性地保留某些色彩倾向和区域,实现较为常用的低饱和效果。

用户可以在 http://www.thepluginsite.com/找到 Photo Wiz 的更多信息,该网站也提供了下载版本。

●**AutoFX Auto Eye**　Auto Eye 的出品公司是著名的 AutoFX。AutoFX 一直以出品"特殊"特效插件包(因过于特殊而不太实用)而闻名,比如著名的 Mystical Lighting、DreamSuit 和 Photo/Graphic Edges (这些软件因过于特殊,本书不再介绍,如有兴趣可访问 Autofx 网站)。

Autoeye 是相对于同厂其他产品来说比较规矩的一体化解决方法(图 3-148)。所谓一体化就是用户可以在打开图像后直接打开 AutoEye,然后在 AutoEye 里完成几乎全部的优化操作。实际上 Au-toEye 就是个独立的软件,只是在 Photoshop 中加入

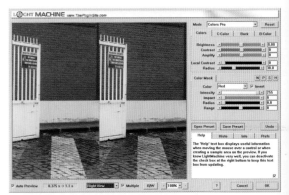

图 3-147　Light Machine

图 3-148　AutoFX Auto Eye 界面

了一个接口。Photoshop 用户可以有选择地使用 Autoeye 来完成某一部分或全部的操作。

Autoeye 可以完成影调优化、细节锐化乃至胶片颗粒模拟等非常实用的操作,新用户可能需要一定时间才能上手,但稍一熟悉后就会很容易制作出需要的效果。读者可以访问 www.autofx.com 来下载试用版本。

◎**Nik Color Efex Pro**　本书将 Nik Color Efex Pro 作为一个独立章节来介绍,主要原因就是 Nik Color Efex 几乎包含了所有第三方影调、色调插件重要的操作,比较适合用来作为滤镜"合理化"使用的代表产品。其次是 Nik 在欧美摄影后期处理领域的用户面非常广泛,Color Efex 系列插件的使用频率在近年的摄影作品中也有走高的趋势(在本篇行文中仅以 Efex 为代表,也包括所有在适度前提下进行影调处理的其他厂商提供的特效插件程序)。

在近年国内举办的大型国际摄影展览中,可以发现许多使用 Efex 的国际参赛作品,欧美国家许多摄影师都将其作为标准配置。相对的,国内摄影师在摄影作品呈现的技术品质上差距很大,多数人开始片面地认为是我们技术不好,其实欧美摄影师前期、后期水平都好的也没几个,其作品在技术性和效果上整体表现较高,一种可能是专业后期制作人员的参与,但多数只是使用了相对优越的工具继而提高了作品的审美性所致。

Efex 系列在"适度"的前提下,极大地扩张了影像的表现能力,可以较好地实现各种类型的影像效果,从而使摄影师不再拘泥于图像处理上的细节,把最大精力用于选题和作品的拍摄上。这也使笔者有责任将这一新型的工具介绍给国内的摄影学习者, 以便使用户不将主要精力消耗在后期处理和无谓的效果上,而是在摄影内容、题材、表现性和创新性等方面做更多的尝试。

Color Efex Pro 的完整系列有 75 种效果,主要分为 Traditional(传统效果)和 Stylizing(特殊风格)两大类。本部分将针对 Traditional(传统调整)系列进行摘要性的介绍。

图 3-149　白点中和

●White Neutralizer 白点中和　白点中和确保用户可以在画面中得到更纯净的白色,这在婚纱摄影中最为常用(图 3-149)。在实际应用中,通过相应的颜色采样和影像区域设置,可以得到略微"发白"的图像,这一图像特征是近年欧美较为流行的创作性影像特征。

●Vignette Blue 虚光模糊　有些像 LOMO,但多了许多细节设置, 从而可以得到更复杂的画面(图 3-150)。如果需要类似的影像特征以呼应作品的主题,借助这个工具配合 Photoshop 中的"镜头校正:晕映"和 Nik 系列的"彩色红外线"使用,可以得到非常微妙的虚影和 LOMO 暗角效果。

●Infrared:Color 彩色红外线　这种色彩效果在当代摄影作品中只能用非常常见来形容, 如果在 Advanced 控制中保留足够的亮部信息,再配合

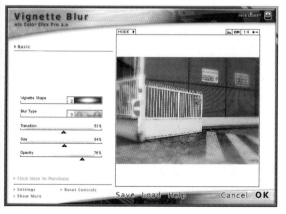

图 3-150　虚光模糊

"白点中和"混合使用,得到的色彩效果会更为北欧化(图 3–151)。

●Infrared:B/W **红外线黑白**   主要模拟红外线胶片,包含四种模式,其中也可以模拟红外热量扩散的效果,这是一个比较经典的转换(图 3–152)。需要注意的是,应该在处理前对图像做一些对比和反差的预调整(适度减少反差),以得到最佳的效果。

●Graduated **渐变(系列)**   Graduated 主要为画面添加一个渐变的滤镜,类似传统摄影中的"渐变

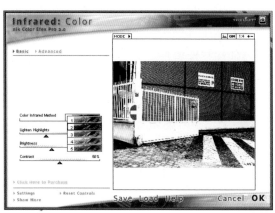

图 3–151   彩色红外线

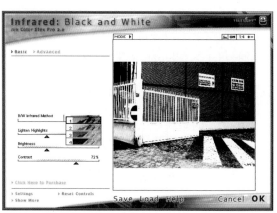

图 3–152   红外线黑白

镜",但所能实现的效果更为复杂(图 3–153)。渐变系列有许多种类(图 3–154),其中主要有:

1. Graduated Blue(蓝色):提供四种不同的蓝色渐变,主要用于风光中天空的处理。

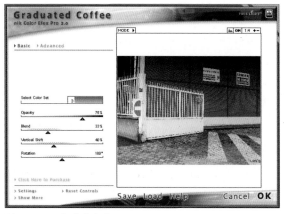

图 3–153   咖啡色渐变

2. Graduated Coffee(咖啡色):主要用于处理天空,但对黄昏、早上等低色温光线的处理效果更为明显。

3. Graduated Fog(雾):能生成真实的雾效果,用于强化风光摄影中的远山等雾效,从而增加空气透视效果。

4. Graduated Neutral Density(ND 密度镜):和传统摄影中密度镜的使用效果相

图 3–154   渐变的种类

同,用于减少被遮挡部分的曝光而呈现出更广的影调范围。

5. Graduated Olive(橄榄绿):提供四种独特的绿色系渐变设置。

6. Graduated Orange(橙色):提供四种独特的橙色系设置。

7. Graduated User Defined(自定义):用户可以自己进行渐变色彩定义。

●Dynamic Skin Softener 动态皮肤柔化　动态皮肤柔化提供了一个吸管,用于确定皮肤的大致色彩倾向,并且通过 Color Reach 延伸柔化的范围(图 3-155)。这种设计比较科学,可以在确保其他部分不受影响的情况下得到自然的皮肤柔化效果。

●Brilliance / Warmth 鲜明/暖调　该工具属于比较常用的修复性工具,可以针对大多数图像进行预处理,可以替代色温控制来进行微妙的冷暖调变化(图 3-156)。

图 3-155　动态皮肤柔化

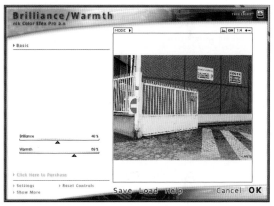

图 3-156　鲜明/暖调

插　值

插值的英文为 Interpolation,有插补、添写的意思,在数字图像中,主要是指通过在原始像素排列中插补像素获得更大文件的操作。数字相机拍摄的图像像素都被限制在传感器的物理像素数上,较低像素的相机捕获的像素数有时不能满足输出放大的需要,因此就有必要进行插值放大。需要注意的是,缩小画面也要进行插值,在数字图像环境中,对画面的所有尺寸调节均涉及插值和插值方法的选择。

插值的原理是以现有图像像素为基础,扩大或缩小图像的物理像素空间,并根据相邻像素来生成

图 3-157 在 Photoshop 的首选项中设置默认插值算法

新的像素插补进画面中,形成新的像素矩阵。

Photoshop 中插值的方法有三类(五种),用户可以使用 Ctrl+K 在"首选项"、"常规"面板中选择默认的插值方法,这个设置主要影响对图层的 Ctrl+T 变形操作。一般应选择为"两次立方"(图 3-157)。

"临近"算法较为简单,直接复制邻近的像素来定义新的像素,这种方法不适宜摄影图像的操作。摄影图像较为常用的是两次立方,其中对扩大画面应该选择"两次立方(较平滑)",缩小画面应该选择"两次立方(较锐利)"为宜。

Photoshop 中的插值在一定限度(1.5 倍)内可以保证得到较好的画面,一般用户在 200% 左右的扩大操作中可不依靠外部插值软件。

需要注意的是,在插值过程中起决定因素的是原始的画面质量,原始画面质量越高,可缩放的倍率和质量也就相对越高。使用大型传感器的数字相机由于其像素质量较高,相应可以得到更高的缩放倍率。对于需缩放倍率比较大的图像,应该进行多次的两次立方运算来完成,比如先进行一次"两次立方(较平滑)"扩大 120%,再进行一次"两次立方(较锐利)"的扩大 120%,通过这种交替操作,可以达到更好的画面质量。

但对于一些超过 400% 的放大倍率来说,Photoshop 本身的插值算法并非特别优秀,我们需要借助第三方的插值软件来进行处理。常见的插值软件有 Qimage、Genuine Fractals Pro 和 Sizefixer 等。

●插值软件:Qimage Qimage 独立的图像打印软件(软件 RIP),可以实现非常好的打印前端插值(图 3-158)。通过专利的插值算法,Qimage 可以轻松地将一个图像扩大到难以想象的倍率并保持极高的打印质量。不直接控制打印机的用户也可以将图像模拟打印为一个 TIFF 文件,然后在 Photoshop 中继续处理以获取更高的质量。

Qimage 的插值面板主要用于选择插值的算法及其他优化设置(图 3-159),一般应该设置 Pyramid

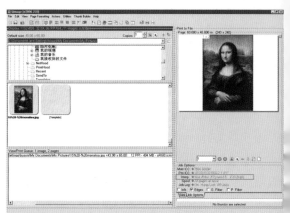

图 3-158 Qimage 的工作界面

178

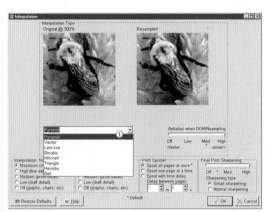

图 3-159　Qimage 的插值面板

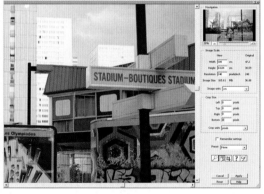

图 3-160　Genuine Fractals Pro

(金字塔三角)来使用高级的三角形堆叠算法(有些类似三维电脑制图的贴图技术)。

Qimage 可以提供更大的缩放比率,在摄影作品展示越来越大的今天,使得用较低分辨率拍摄的图像甚至网上的小图像也有可能以较高的质量被展示出来,具有非常高的实用性。

读者可以访问 Digital Domain 公司的网站 http://www.ddisoftware.com/qimage/, 了解更多信息并下载测试版本试用。

●**插值软件**:Genuine Fractals Pro　与独立软件 Qimage 不同,属于 Onone 软件公司的 Genuine Fractals Pro(GFP)是一个依托于 Photoshop 的第三方插件程序,用户可以在 Photoshop 中直接调用。GFP 可以生成不规则变化的几何形状来进行插值, 因而与传统的规则算法(如两次立方)比起来,生成的画面具备了更多的真实性(图 3-160)。

GFP 在处理 400%内的缩放时效果不明显, 并且由于其不规则算法,容易产生一些干扰性的花纹,不适宜进行更进一步的修改。应该在完成了全部调整之后再使用 GFP 进行插值放大。

GFP 具有两个版本,还有一个 GFPP(Print Pro)可以针对 CMYK 来进行处理,其他方面相似。更多信息可以访问 Onone 公司网站(http://www.ononesoftware.com/)来查询,该网站同时提供了试用版本。

复活节彩蛋

Photoshop 中一直包含有程序员隐藏的"复活节彩蛋"(Easter egg),这是枯燥的程序员为了好玩而添加的。复活节彩蛋没有什么实际作用,但能给图像处理工作增加一些乐趣。

Photoshop CS2 的彩蛋调出方法是按下 Ctrl 键并选择菜单"帮助"→"关于 Photoshop",即可显出 Adobe Space Monkey"太空猴"隐藏界面。如果你使用的并非 CS2 版本,也可以尝试用这种方法,调出

图 3-161　Photoshop CS2 的隐藏界面"太空猴"
Sapce Monkey

图 3-162　Long Live The Duck!（鸭子万岁）

属于该版本的复活节彩蛋(图 3-161)。

　　同样的方法可以在 ImageReady 中使用，这时显示出的是 Hematite(鸭子)，鸭子是 Photoshop 著名的范例图像，也是 Imageready 的吉祥物。当显示这一界面时，按下 Ctrl 键，鼠标将切换为仿制图章工具，在程序员名单附近的白色区域点击，可以克隆出许多只鸭子(图 3-162)。

　　当再次以默认方式显示关于 ImageReady 面板时，就会发现刚刚复制的那些鸭子已显示在标准面板上了(图 3-163)。

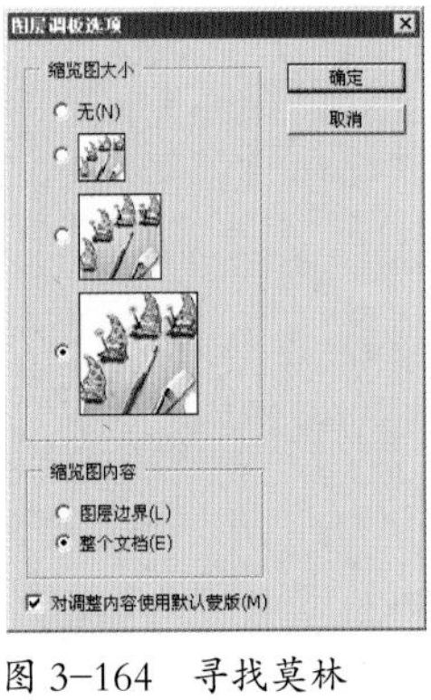

图 3-163　带有鸭子图样的启动面板

图 3-165
Merlin Lives!

图 3-164　寻找莫林

　　Merlin(莫林)是传说中魔力高强的魔法师，在标准的图层调板选项里，用户可能一直忽略的，就是缩略图大小所显示的图像实际上是由许多个莫林(魔法师)组成的调色板(图 3-164)。那么莫林在哪儿呢？

　　在 Photoshop 中最代表"魔法特性"的图层面板中，我们可以呼唤出这个魔法师，在图层面板的扩展设置（右上方三角中），按住 Alt 键选择最下方的"调板选项"，就会显示出"Merlin Lives! "彩蛋(图 3-165)。

　　除此之外，还有一些较为复杂的彩蛋，本书不再介绍。有兴趣的读者可以在网络上搜索"Photoshop Easter eggs",获得更多的信息。

数字影像创作基础

　　本节内容主要为第四章"数字影像创作"做铺垫性的工作。受篇幅限制,本节篇幅较小,但却是摄影教育中容易被忽略的部分。我们期望本部分被读者理解为"目录",我们推荐了参考书籍和部分搜索关键词,希望由读者自己来研究和探索。

　　随着数字化在所有视觉领域的影响,我们越来越注意到摄影和其他视觉艺术领域融合的趋势。作为当代核心媒介和人类视觉再现的最佳介质,以摄影为基础,结合数字技术进行观念性、表达性的影像创作将是未来的发展趋势。

　　新情况必然导致新知识产生,数字摄影的变化不仅是操作上的变化,而且是知识结构的变化。发展了百多年的传统摄影术也需要扩大自身的知识体系。

　　本部分将以摄影在当代的多元呈现方式为基准,以"格式塔"理论所界定的"整体不可分割"为理论依据,广泛涉及摄影本体的主要构成元素和主要外在表现形式(如色彩、图形、字体等)的基本理论和知识,使读者能以更广阔的视野面对摄影的应用层面。

　　经过对元素的协调训练,使创作的影像作品不仅具备摄影领域内的实用性,更可以将摄影作为一种公用媒介而适用于美术、图形设计、广告、商业等领域的特殊要求,从而创作出更具媒介适用性的影像作品。

　　格式塔(Gestalt)完形理论认为:人们对视觉图像的认知是经过大脑协调后的元素形态和轮廓,而并非各组成元素部分的集合。画面中每一部分可分为不同的元素,在观看过程中,元素之间必须经由大脑而形成某种有机的组合关系,才能被人更有效地认知。格式塔强调对整体性的认识,强调元素和组织结构之间的互动关系。格式塔心理学的研究层面是人类所有的知觉认识(包括听觉)。需要说明的是,本书只是借助了格式塔的一些底层理论,并不能作为学习格式塔理论的正式内容。

　　在摄影范畴内的格式塔,通常指通过镜头透视变化和构图组合等方式来实现画面内元素的空间重组。而在实际的摄影日常应用中(如美术作品、设计、杂志、报纸、网页等),画面和文字、图形、色彩等其他元素共同构成了一个新的视觉整体。这些整体元素的集合,就是本部分所要探讨的主要内容。

　　本部分规划的篇幅较小,内容的设计以导引性的基础练习为主,借助传统方法和数字方法进行综合训练,强调以基础性和实用性为主,侧重于探究数字环境下新的视觉训练方法。

色 彩

　　色彩和形状是人类视觉认知的两个基础构成部分，分别对应视网膜中的杆状细胞和锥体细胞功能。我们可以将视觉认识的所有内容分解为色彩和形状，它们依靠大脑组织形成有效的视觉信息。

　　格式塔的整体理论可用于解释人类对色彩感知的诸多特征，比如对于色彩级数(渐变)变化，就可以理解为接近律和相似律的组合；又比如人的视觉对于同一色彩在不同光源环境中所产生变化的矫正所使用的恒常性。这些作为基础理论渗透在摄影和视觉学科中。限于篇幅和实际要求，我们对色彩的介入主要以基础训练为主，以适应摄影学科的特殊情况。

　　色彩的重要属性包括色相、明度和饱和度。在视觉体系中，通常将某种环境下不能被其他颜色组成，却能通过组合而生成其他颜色的基准颜色称为原色。我们也在之前的章节中探讨了光学三原色(红、绿、蓝)和再现三原色(黄、品、青)，另外还必须注意的是颜料三原色(红、黄、蓝)和知觉、心理四原色(红、黄、蓝、绿)。

　　需要说明的是，除了感红、感绿、感蓝三种视觉锥体细胞外，现代生理学已经在视网膜和视觉皮层之间确证了第四种原色黄色的存在，由此也可确认，由德国科学家赫林提出的四色对立学说(红-蓝、黄-绿)相对于扬-赫尔姆霍茨的三原色(红、绿、蓝)理论更为正确。

　　早在1926年，康定斯基就确立了红黄蓝+黑白的基准理论，并借助包豪斯学院的影响进行世界范围的广泛传播。这一见证现代艺术发展的色彩理论体系和康定斯基所倡导的点、线、面构成理论共同构筑了现代美术和设计的基础学科。随着数字化的深入和各学科融合的趋势，摄影专业对基础形体和画面元素的训练也应该有选择地加强，以应对新环境下对摄影专业人员的新要求。

　　本书的色彩训练与设计学科的基础训练略有不同，初级阶段仍使用颜料和画笔。

　　◎**颜料色彩训练**　本小节提出了按步骤渐进的色彩训练方法。虽然数字化的方法已经可以完全替代颜料训练方法，但基础的色彩入门训练必须借助颜料来建立色彩的感性认识。我们设计了两个规定性训练，这些练习应该使用颜料和画笔在纸张或画布上完成。练习画布规格为30厘米×30厘米。颜料为12色小包装丙烯色，画笔为中号平头软尼龙笔。由于只有两个颜料练习，学生可以分组共享购买颜料。

　　●**色彩适应练习**　色彩适应练习主要培养对色彩的直观感受，通过纯色平涂获得不同于电脑调色的色彩感受，有助于学生建立自己感性的色彩认识。

　　从事纯色创作的近现代艺术家主要集中在抽象和观念艺术阵营，比如著名的美国艺术家克莱茵以纯蓝色创作而闻名的"克莱茵蓝"系列，美国的弗兰克·斯泰拉(Frank Stella)也是非常有影响的极少主义艺术家(图3-166)。

将30厘米×30厘米练习画布平分为15个水平横格,每格高两厘米,依据所提供的光谱顺序红、橙、黄、绿、青、蓝、紫进行原色非调和模拟(图3-167)。由于颜料限制,应确保颜色所在区域主要分为红、黄、绿、蓝四个区域。12色用完后,在剩余三格中涂上红、黄、蓝纯色。作品完成后,在Photoshop或Illustrator中用数字方式再现这一作品。

本作业应在课堂上完成,可使用已打印出框架的硬画纸作底。颜色必须为原包装纯色,不能进行任何调和。完成后应用签字笔在每个色条上标注上颜料管体所注的中(英)文名。

图3-166 极简主义构成,1974年(弗兰克·斯泰拉 制作)

扩展搜索关键词:

*亨利·马蒂斯(Henri Matisse):野兽派代表人物,以用色大胆著称,晚期进行许多纯色剪贴创作。

*克劳德·莫奈(Claude Monet):印象派代表人物,他创作的《印象·日出》为印象派的名称来源。

*罗伯特·德劳内(Robert Delaunay):奥费主义(Orphism)代表人物,纯色彩抽象创作。

*皮耶·蒙德里安(Piet Mondrian):几何抽象(冷抽象)创始人。

*弗兰克·斯泰拉(Frank Stella):美国著名极少主义艺术家。

图3-167 太阳光谱(参考图例)

●色彩级数练习　色彩级数通过在颜色中混入不同的颜色或灰度来表现和谐的视觉特征,级数控制是色彩调和的重要方法,通过级数可以得到非常和谐的整体效果(图3-168)。摄影中随着曝光量的改变,也可以得到一定的色彩级数效果。

瑞士画家、包豪斯学院教员保罗·克莱(Paul Klee)是利用色彩级数进行创作的著名现代画家,他在中晚期绘画中经常借助色彩级数使画面呈现出神秘的调和感觉(图3-169)。

将练习画布分割为5厘米×6厘米共30格,分别以红-绿、黑白、黄-蓝为主色,通过添加不同程度的白色共画出5个渐变(图3-170)。

作品完成后,在Photoshop或Illustrator中用数字方式再现这一作品。

图 3-168 《城市在上升》,1910 年(翁贝托·波丘尼 制作)

图 3-169 Architecture of planes,1923 年 (保罗·克莱 制作)

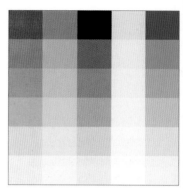

图 3-170 色彩级数练习

扩展搜索关键词:

* 翁贝托·波丘尼(Umberto Boccioni):意大利著名的未来主义画家,其著名作品《城市在上升》被视为工业时代的象征。

* 保罗·克莱(Paul Klee):在风格和色彩上对现代艺术影响深远的瑞士画家。

* 乔治·修拉(Georges Seurat):著名印象派画家,创造了点彩画派。

* 维托·瓦萨雷利(Victor Vasarely):匈牙利画家,欧普艺术(光效应艺术)奠基人。

◎**数字色彩训练** 传统的色彩构成方式因为手工耗费时间, 学生不可能在有限的教学时间内得到更多的色彩组合感受,使用数字方式进行色彩搭配训练是非常有效的替代方法。

学生在进行色彩调整过程中可以得到与颜料涂画方式相似的色彩感受,而且鼓励学生掌握数字形式的调色方法,将有利于帮助学生在创作中把握对色彩的使用效果。数字的便捷性使得学生可以在有限的时间内感受更多的色彩组合, 从而更有效地达到色彩感受训练而不是手工技法训练的目的。

本节将使用数字化工具来同时完成色彩训练。学生应在老师指导下使用 Adobe Illustrator 来进行以下练习。每个方块长度为 5 厘米,每组图形完成后应该使用彩色喷墨或激光打印机输出在 A4 大小普通纸上。

在 Illustrator 中,选择菜单"窗口"→"色板库"选择显示 VisiBone2 色板。VisiBone2 色板包含了常见的颜料色彩,比较适合色彩基础训练的要求(图 3-171)。

画出三个方块,统一填充为纯红色,上面添加任意字符(本节以 @ 为

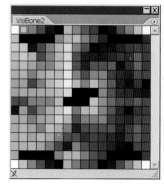

图 3-171 VisiBone2 色板

图 3-172　明度(饱和度)对比

图 3-173　色相对比到色彩调和

图 3-174　冷暖着色对比

例),并以红色填充,通过添加白色成分改变饱和度(图 3-172)。

底填充为"蓝、黑、绿",图形填充为对比色"黄、白、红"。通过更改色彩的饱和度和亮度获得调和(图 3-173)。

选择冷、暖色分别填充方块和图形,并在这一基础上进行饱和度调整练习(图 3-174)。

由于数字色彩调整方法比较简单,本书限于篇幅不再提供更多范例,学生应该在老师指导下参考色彩构成书籍完成更多的基础训练,并鼓励学生进行较为复杂的图形混合创作。

推荐参考书籍:

*《艺术·设计的色彩构成》,[日]朝仓直已编著,赵郧安译,中国计划出版社。

扩展搜索关键词:

* 杰克逊·波洛克(Jackson Pollock):美国著名抽象表现主义画家。

* 马克·洛科特(Mark Rothko):著名抽象表现主义画家。

◎**色彩收集与个人色彩库的建立**　数字化的色彩样本收集将协助读者在深度摄影处理和平面设计等工作中增加效率,本节将提供一种色彩样本取样方法,该方法可以截取图像中的色彩,并将其运用在后期图像调色和 Illustrator 图形设计中。

1. 打开一幅需要采样的图像,并选择菜单"图像"→"模式"→"索引颜色",按默认设置确认(图 3-175)。

图 3-175　根据一幅图像获取色板

2. 选择菜单"图像"→"颜色表",将该颜色表存储为 ACT 颜色表文件(图 3-176)。

3. 在"色板"面板中,选择扩展菜单中"替换色板",选择刚刚生成的 ACT 文件完成。

4. 在"色板"面板中,选择扩展菜单中"存储色板以供交换",可以

185

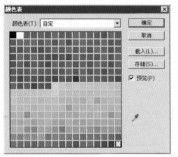

图 3-176 采集颜色表

生成 ASE 色板文件,这一色板文件可以被 Illustrator 读取。

元素构成

◎**格式塔与基础元素** 格式塔学派于 1910 年在德国心理学家麦克斯·韦德海默(Max Wetheimer,1880~1943)的主导下形成,这个在法兰克福建成的心理学团队包括沃夫甘·克勒(Wolfgang kohler,1887~1967)和科特·科夫卡(Kurt Koffka,1886~1941)。格式塔学派主要注重于被生理学心理学派和反心灵主义心理学派所忽略的高级人类精神现象,比如复杂的视觉认知。

格式塔心理学认为,是思维赋予进入大脑的感觉以结构和意义而非简单的感觉刺激。我们的视觉所获素材本身的简单积累并不能形成有效认识,所有元素之和不等于认识,大脑会按照自己的方式重新整理所获得的视觉(感觉)质料。

1906 年,维托里欧·本鲁西(Vittorio Benussi)所进行的穆勒-里尔试验展示了元素组合如何影响人类的视觉认识。在试验中,两条直线是完全等长的,但是在两侧箭头的变化下,却让观看者形成完全不同的长度经验(图 3-177)。

所有的透视均体现了格式塔(人类完形心理)的介入,一个立方体的两个侧面被认为是一致的,而实际上当我们将它们分离出来时,它们在形体上却有如此大的差异(图 3-178)。是人的思维将其重新组织而形成新的整体认识。本书着力强调对色彩、点线面等基本元素的认知,乃至介入格式塔这类枯燥的理论学习,根本目的是希望学生能摆脱"普通"的视觉,锻炼自己的视觉能力。唯有提升了视觉能力,才能在摄影创作中发现更多的信息,提高摄影作品的水平。

推荐参考书籍:

*《视觉表现》,[日]南云治嘉著,中国青年出版社。

●**点线面与接近律** 由瓦西里·康定斯基(Wassily Kandinsky)所奠定的包豪斯设计教育体系中,十分强调了点、线、面作为视觉构成要素的地位,对点线面的认识和运用也是设计教育的基础内容。本书将点线面理论和格式塔的相关基

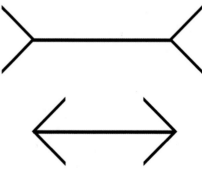

图 3-177 穆勒-里尔(Muller-Lyer)试验

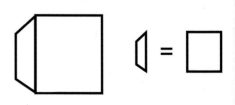

图 3-178

图 3-179　点和面的相对置换

础定律进行简要的综合,以协助读者认识、理解和运用。

　　点是构成的基本要素,它是相对存在的。比如国旗的星星相对于红旗是一个点,而红旗则是面,而在一幅拍摄天安门广场全景的照片中,画面中的红旗则被认为是一个点。

　　接近律是格式塔的两个基准定律之一,人们会把相近的元素视为一组(图 3-180),这同时也是点线面构成的理论基础。

　　一个点的横向或纵向延伸都会因为格式塔接近率而形成线条(图 3-181)。一个比较明显的例子是铁路轨道,经由一个点(单根枕木)的单方向延伸而形成直线。本例(铁轨枕木)中的"点"为单条枕木(长方形),由此也可说明在一个构成中,"点"是相对存在而并非一个大致固定的形态。

　　由于接近律的存在,并置的点构成了面,但同时也引出另一个重要的基准定律——相似律。相似律认为,当相似和不相似的物体放在一起,我们总是将相似的物体看为一组。在本例中,实体圆形和线框圆形被我们认为构成了两个面(图 3-182)。

　　相似律被大量运用在视觉工作和广告设计等领域,我们经常在身边的视觉作品中看到相关案例(图 3-183)。

　　推荐参考书籍:

　　*《康定斯基文论与作品》,瓦西里·康定斯基著,中国社会科学出版社。

　　*《艺术中的精神》,瓦西里·康定斯基著,中国人民大学出版社。

　　*《康定斯基论点、线、面》,瓦西里·康定斯基著,中国人民大学出版社。

　　●**闭合、简化律和图底现象**　闭合律体现了完形心理对于形体的简化要求,人总是会倾向于将复杂的组合简化为一个清晰可辨的样式,即使它缺少了一部分也会将其补足。图 3-184 由五个单独存在的 V 形构成,人脑会补足缺少的部分,将

图 3-180　元素的接近律

图 3-181　元素接近律所形成的从点到线的转变

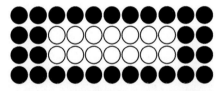
图 3-182　由点到面的变化

图 3-183　相似律的扩展

其看做更为熟悉的五角星形。

在图 3-184 中，根据人不同的观察能力和兴趣，还有可能发现一个中央倒立的正五边形，这也是显示完形心理图底现象的例子，同时也是闭合律和简化律互相作用的结果。

图底现象是视觉中图底置换所造成的格式塔错觉，是因为大脑将注意力集中于有意义的图案而忽略其他图案的现象(图 3-185)。1915 年，埃德加·鲁宾(Edgar Rubin)制作了著名的鲁宾瓶，这一现象被随后的超现实主义画家达利大量使用(图 3-186)。

图 3-184 借助闭合律，用 5 个不连续的"V"构成五角星形

图 3-185 鲁宾瓶

推荐参考书籍：

*《心理学与生活》，理查德·格里格，菲利普·津巴多著，人民邮电出版社。

*《艺术与视知觉》，鲁道夫·阿恩海姆著，四川人民出版社。

*《视觉思维—审美直觉心理学》，鲁道夫·阿恩海姆著，四川人民出版社。

图 3-186 《消失在市场中的伏尔泰》，1941 年(萨尔瓦多·达利 制作)

◎**构图、构成** 摄影、美术或设计中都存在构图(构成)的要求。任何对视觉元素的有意排列都可被认为是构图，构图依据创作者的目的安排画面以传递创作者希望传达的信息。这种信息可以是美感，也可以是更复杂的观念和观点。

在美感层面上，主要有均衡(不均衡)、和谐(不和谐)、平静(躁动)等基本感受，著名的摄影家卡蒂埃–布勒松就是一个寻找均衡美感的大师，卡蒂埃–布勒松的决定性瞬间理论的根本就是如何通过对画面元素的构成和拍摄时机的把握而获得巧妙的画面。

在卡蒂埃–布勒松摄于 1953 年的照片里 (图 3-187)，我们看到摄影家为了获得平衡，在取景等

图 3-187 《法国巴黎》,1953 年(亨利·卡蒂埃-布勒松 摄)

图 3-188 构成,1913 年(皮耶·蒙德利安 制作)

图 3-189 《苏丹饥饿的孩子》,1993 年(凯文·卡特 摄)

方面所做的调整。画面的每一部分都有机地参与构图——如果没有前景中的树干,那么画面整体就必然失衡;如果没有靠右的一对情侣,整体画面就会显得单薄和突兀。

构图和构成近似又相异,但其通常目的均为构成画面均衡与和谐。构图对于摄影来说是体现拍摄者水平差异的重要标准,通过构成画面,选择出现在画面中的元素及其形态,才能协助艺术家完成对画面的整体控制。

构图意识的培养,要求创作者确立对画面构成要素的格式塔(整体完形)理论的认识,将透过镜头的现场画面迅速平面、像场化,将思维从现场中抽离出来而专注于未拍摄的取景平面,并迅速判断这一平面画面的各种可能性。

构图是可通过训练来完善的基础技能,其目的是获得画面元素的和谐与均衡。但更深层次的构图却是如何去表现拍摄主题。

南非摄影师凯文·卡特 (Kevin Carter,1961~1994)这幅备受争议的照片(图 3-189)直到今天仍在引发着人们对摄影道德的广泛讨论。摄影师面对这个随时有生命危险的儿童,不是立即上前救助,却是“等待了将近 20 分钟,试图捕捉到秃鹫张开翅膀的一瞬”。虽然他最后没能等到这个瞬间,但这幅照片也具有了足够的张力。除了画面本身蕴含的力量之外,这幅似乎在道德上不够光彩的照片也给卡特带来了沉重的社会压力,导致他最终于 1994 年自杀身亡。

这一事件提出了一个超越形式以外的“构图”道德。特别在新闻摄影、纪实摄影、观念摄影等叙事性影像中,从什么角度来反映事件? 如何选择拍摄时机? 如何等待最具叙事、表达性的空间组合? 这些问题不是纯美学构图训练可以解决的, 而事关拍摄者的影像道德、个人修养等问题。

推荐参考书籍:

*《摄影构图》, 唐东平著, 浙江摄影出版社。

平面设计

平面设计(Graphic Design)是针对二维平面所进行的图形或文字构成工作。平面设计的目的是借助视觉语言有效传递信息。在现代教育体系中, 平面设计被认为是视觉传达(Visual Communication)中最重要的分支和核心构成部分。

平面设计在今天似乎更喜欢用"视觉传达"来表示它被扩充过的身份, 作为严格为"目的"服务的一门学科, 设计似乎更不在意自身是否得到艺术的认同, 而倾向于对实效性的追求, 其终极目的在于协助产品、服务、理念与人进行更有效的信息沟通。

随着技术的发展和需求的增多, 平面设计已经不再局限于海报、报纸等印刷品, 在新的虚拟网络空间和计算机人机对话方面, 也衍生出许多新的设计专业。设计的特征是它在二维平面上的自由性, 设计不受任何技法或传统的限制, 因而可以使用所有能被再现的二维视觉元素。一般来说, 平面设计的元素有形体、色彩、文字、空间、肌理、图片等。

今天的设计和摄影界限日益模糊, 我们注意到被"设计"的版式是大多数影像作品的最终呈现状态, 日常所见的影像大多被规划在设计的空间中(如印刷品、报纸、网页等), 设计和摄影在数字化的碰撞中相遇, 产生了更为亲密的关系。一方面, 设计为寻求更大空间的摄影师带来了新的工作机会; 另一方面, 随着数字化内容的整合和摄影技术性要求的减少, 更多传统设计师也可以将摄影作为主要创作因素。在这种相互融合和竞争中, 摄影学习者应该加强对设计的认识和了解, 以适应未来市场对专业复合型人才的要求。

推荐参考书籍:

*《平面设计师》, [英文版]保罗·兰德著, 耶鲁大学出版社。

◎**平面设计和摄影的共同问题**　数字技术的介入深刻地影响了视觉传达领域, 当代平面设计面对的问题和摄影极为相似。传统的专业一方都在思考如何应对被数字化降低的技术门槛对本专业的深刻影响。

如今走在北京街头, 到处可见"写真喷绘、家庭装修、平面设计"等并置的招牌, 这在数年前还是难以想象的。在今天，一个从未受过正统视觉教育的人在接受了短短几个星期的"电脑平面设计"培训之后，就可以满足传统平面设计所需的所有技术要求，比如排列字体和图画、确定版式等。

当然，摄影的状态也极为相似，在社会摄影学校中，也只需要短期练习并学会一定的拍摄技巧，拿到一份供模拟的拍摄样图后，借助数字相机能拍能删的特点，学习者在短期内很快就能满足一般摄影工作的技术要求。从大的视野来看，这是一场数字化对设计和摄影的"去神话"革命运动，也是对社会分工的重新划分。

作为一名专业学习者，不应该将民间"草根"摄影和设计的兴起视为严重威胁。"草根"的兴起恰巧说明社会开始需要更多的经过"规划"后的影像和视觉传达设计，市场正在变大，机会正在增多。

在民间设计和摄影未兴起之前，专业的摄影设计的服务对象只是极少数机构，而现在甚至楼下卖烟酒的小商店也需要"美女头像"招牌了。当用户开始有视觉传达上的需要后，必然会有更多的群体逐步追求更高质量和更有视觉要求的作品。在这个可见的庞大市场面前，专业学生更需要确定的是自身的定位问题。

在社会金字塔结构中，位于高端的视觉服务必然拥有最大的利润和收入，但同时对创作者的要求也更高。即使没有明确表述，我们仍然认为高等教育的目的是培养金字塔顶端的后备力量，要符合这一要求，仅掌握技术是远远不够的。

我们无权评价当前高等教育中的教学情况，但作为学习者应该在这种情况下对自身专业进行思考，即如何确定自身的市场定位和专业服务人群。首先应该满足本专业的基本技术要求，然后进行更深入的研究和学习，提高视觉和人文修养，提高作品的质量和水平，这样才能服务于更高层次的工作要求。

4 数字影像创作

□ 经过前三章学习,读者已经解决了数字摄影的几乎所有技术问题。但读者会发现,摄影从来都不仅仅是"技术"的。当读者掌握了技术,实际上已经进入到一个更大的且更容易困惑的巨大空间。

□ 当数字技术介入后,当前的摄影发展出现了许多新变化和新方向。本章从技术性和观念性两方面入手,对这些变化和方向作了整理和归类,并设计了一系列启发性的练习作业来协助读者适应新的数字摄影创作。另外,在文后,本书结合了笔者的经验,特别列出了数字影像创作的一般流程和注意事项,以方便学生在创作中参考。

数字+影像+创作

将数字影像创作拆解开来，就是利用数字技术制作，通过摄影影像方式来进行创作和呈现。对于数字影像创作来说，本书的基本观点是：任何一种技术和手段的引入都是为创作目的服务的，我们可以根据创作的表述需要对各种手段进行最"传统"或最叛逆的利用，而不应受制于技术或手段本身。

"创作"对于摄影师的要求有许多，首先需要在技术基础上进行思考和创新，同时也需要认识到再完美的画面也不及传递出一个"完美"的信息或观念重要(虽然它们经常相互共存)。作为信息传递介质，摄影和绘画以及所有的艺术形式都必须面对的一个问题是，在对世界的模仿和再解释过程中，自己发现了什么，想要表述什么？

世界在我们眼中究竟是如何的？这是创作前所必须逐步明确的，我们聚焦于某个群体、一个人、一种行为模式或者社会与自然现象，其目的就是展现我们对这个外在世界的思考。于是，当代影像创作必然伴随着思考和问题，创作者必须先寻找到自己需要探讨的问题及个人的答案，在后期的影像创作中，有效使用摄影"语言"来向"读者"传递作品本身所包含的信息。

当代影像创作的特征就是主题化和观念化，这和卡蒂埃-布勒松(Henri Cartier-Bresson)、罗伯特·杜瓦诺(Robert Doisneau)等摄影大师们所处的时代有很大的不同。在 20 世纪 60 年代的摄影黄金时期，摄影师的"题材"划分显然更为重要，出于技术壁垒的限制，纪实类的摄影师显然无法立刻满足安塞尔·亚当斯(Ansel Adams)式摄影的技术要求，而为小报拍摄突发新闻的摄影师显然也和理查德·艾威顿(Richard Avedon)有不同的"题材"，对传统的摄影来说，每个摄影师始终是有一定针对性的。

这种针对性基本构成了今天所说的摄影分类，比如人像、风光、纪实(文献)、报道等，毫无疑问，这种"原生"的分类在今天依然存在，但却产生了不少新变化。

1970 年，美国大地艺术家罗伯特·史密逊(Robert Smithson) 在犹他州建成了他的螺旋形防波堤(图 4-1)，姑且抛开该作品本身的意义讨论，单从摄影的角度来说，这算是标准的

图 4-1 《螺旋形防波堤》,1970 年(罗伯特·史密逊 摄)

"风光"摄影作品。我们会认为这幅"摄影图像"构图均衡、色调优美等，但无论如何，人们不太会计较是谁拍摄了这幅照片，人们更希望知道这是什么，或者这个超自然景观从何而来、为何存在。

摄影在此时起到的是传播和代言的作用，毕竟大多数人没有机会亲临现场，需要借助摄影图片来建立对螺旋形防波堤这一作品的认识，在现代极度依赖传播的环境中，这张照片实质上就可被理解为最终作品。

实际上，正是现代社会的印刷和电子传播使得一张图片成为许多事物的实际代表，当代艺术的自身分裂使得摄影的重要性不断显现，表演艺术、大地艺术等不能"永存或重复"的艺术形式都需要借助摄影来进行记录和传播。这些新血液的加入使得摄影本身发生了许多变化。从摄影的角度来说，《螺旋形防波堤》这一作品甚至可以理解为一种摆拍装置，"摄影家"画出工程图，指挥工程队运送石块，将它们堆成一个美丽的螺旋——其最终目的就是获得一张具有特殊效果的图片。

诚然，到过现场的每个人都可以拍摄一张自己的螺旋形防波堤，这是因为现实本身的独特性，就像我们每个人都可以去拍摄大海、长城、故宫一样，这是相机赋予我们的权利。但如果从"严肃创作"的角度来说，直接记录这个被别人创造性改造过的空间只是一种"旅游式"照片的行为，如果我们不能从现存空间中发现出新的意义和解读方式，那么创作就是不成功的。

同样以拍摄景观为例，著名摄影师杉本博司(Hiroshi Sugimoto)的《海景》系列拍摄的是世界各地的海洋，这些不同的海洋在长时间曝光下或雾气笼罩，或光芒四射，展现出一种虚无的神秘特性(图4-2)。作为当代国际艺术摄影领域最重要的摄影师之一，杉本博司一直用其作品来表达他对时间、空

间、真实与虚幻的不同理解。确实，和一个游客拍摄的海洋照片相比，这一系列不同时间、空间的海洋能给人带来截然不同的感受。

古人说"意在画外"，应该说，唯有超越(或利用)相机的客观记录限制，展示出摄影师自身的思考，获得别人无从获得的影像，并有效地在画面中传递出自身的思考，才可被称为真正的影像创作。本章试图介入的，就是这样一个"非专业"的艺术摄影领域。

但凡"创作"，都是难以讲解的。这也是本章在讲述中将会遇到的问题，我们会不断地提出和遇到问题，当然也会尝试去分析它们，但究

图 4-2 《海景》，1990 年(杉本博司 摄)

竟如何解决,却难以定论。本章所介绍的内容多数是当代艺术和摄影的发展线索,从某种层面来说,我们摆脱了对技术的纠缠,要谈的是创作观念。我们的切入点在于当代艺术影像创作,这和新闻摄影、商业摄影等传统范畴有所不同,它体现的不是技术性而是摄影师的观念性思考。

本书之前的章节解决了许多技术问题。通过阅读,读者也可能认识到,一幅图片的技术性并非是别人无法达到的,在数字摄影中,再也没有什么无法超越的影像技术特征。比如,我们可以模拟杉本博司去拍摄海洋,甚至可以拍得更好,但却不可能成为另一个杉本博司。当然,这个名字也可以换成安塞尔·亚当斯(Ansel Adams)或是杰夫·沃尔(Jeff Wall)。那么在"你"和"他"之间难道仅仅只是拍摄前后的差异吗? 如果没有杉本博司拍摄海景,我们是否有能力去发现这一角度呢?

影像创作就像一个无限未知的海洋,总有无数新奇的事物在前方等待,当有一天你发现属于自己的"海景"时,或许才能真正体会到创作的快乐。

数字的摄影与当代艺术

今天的摄影迎来了更强烈的数字革命, 这场革命是在整个社会步入数字化社会的大背景下进行的。时代的变化必然引起整个社会变化。与此同时,我们必须关注的是,从视觉艺术的角度出发,植根于工业时代的摄影在社会核心技术由工业转为信息这一巨变中所出现的新变化。

图4-3 《牛奶》,1984 年(杰夫·沃尔 摄)

当我们回顾摄影史,被认为是"技术"的摄影一直在视觉艺术领域处于暧昧的地位。我们也发现,自阿尔弗雷德·施蒂格利茨(Alfred Stieglitz)的"摄影分离运动"以后,摄影借助强化自身现实特性而脱离了绘画的评价体系,并以此获得了独立的艺术身份。

在今天,这一身份随着绘画(现代艺术中的核心媒介)的逐渐式微与非架上艺术的兴起而悄然变化。从20世纪中期的波普艺术(POP Art)到今天的后现代艺术格局, 摄影以单纯记录的身份开始,逐步扩大在艺术中的作用。

在现代到后现代的艺术运动中,艺术家在社会变化中开始思考,不再满足现代主义时期对世界的赞美和形式上的钻研，而开始期望获得观念性、政治性的表述能力。与现实严重脱节的绘画无法满足这种要求，随着观念、实体、装置、行为艺术的兴起，越来越多的艺术家使用摄影作为作品的最终表现介质(图4-3)。

表4-1　摄影的两个重要时代划分

大约时期	摄影技术	复制传播手段	其他特征
1839~1990	光学、化学时代	复刻版画、印刷	专业技术化
1990~	信息、数字时代	印刷、打印、互联网	大众化

摄影是人类视觉的仿生技术，着重从"艺术"这一角度来观察的话，我们不难发现，当代艺术是一个正在远离"现场"并极度依赖传播的领域，几乎所有的视觉艺术分类在其主要传播中都必须借助于摄影这一形式。信息社会视觉记录和传播均被数字编码技术统一，由此将摄影推入自身的第二个时代——数字影像时代(表4-1)。

数字影像的基础是摄影的数字编码化，通过对摄影图像的可控编码，在以像素为单位的最小单元所构成的图像中，所有因素都可以进行自由的控制。这种控制可以仿生所有的视觉信息，由此数字摄影同时具备了"再现"和"自由表现"双重特性，在计算机图像处理技术的带动下，艺术家可以更自由地选择表现介质和形式特征，因而也具有了更强的表达性(图4-4)。

在这种情况下，具备表达性同时兼有再现和表现功能的数字摄影，必然作为一种强势媒介在当代艺术中占据核

图4-4　《末日暴力》,2005年(AES+F 团体 摄)

心地位。在摄影家和艺术家身份逐渐模糊的今天，由施蒂格利茨所划分出来的传统摄影艺术体系必然和当代艺术体系全面融合。

在数字技术全面渗透各个艺术领域的同时，以数字编码化为本质的数字艺术体系正在逐渐融合。脱离了传统摄影评价体系保护的当代摄影，如何应对即将到来的技术普及的机遇和面对传统艺术、平面设计等领域的冲击，必然是在摄影立场上需要深刻探讨的问题。

视觉艺术的全局视野

视觉艺术的几种分类

本书尝试脱离纪年方式,以再现、表现、多元三种艺术形式来划分从西方文艺复兴以来,特别是1839年摄影术发明之后,东西方艺术中出现的变化。

再现、表现、多元在时间上大致可分为1839年以前、1839年以后和20世纪后半叶至今。从中世纪、文艺复兴到1839年的艺术形态主要以绘画、壁画、雕塑为主,主要强调依据透视法所进行的写实和再现(表4-2)。

1839年摄影术发明并逐步成熟,绘画开始转向风格表现时期,不再特别强调写实而突出介质的自由表现

表4-2 视觉艺术的三个重要时代划分

大约时期	命名	统治形态	主要手段
文艺复兴~1839	古典主义	再现:写实、叙事	绘画、雕塑
1839~1960	现代主义	表现:反透视、抽象	绘画、雕塑
1960~	后现代主义(当代)	多元:非架上、观念	混合媒介、影像、电子

性,在色彩上出现了印象派(Impressionism),在造型上也突破了传统透视限制转为平面化。

需要注意的是,同时期也诞生了以瓦西里·康定斯基(Wassily Kandinsky)为代表的抽象主义和以马塞尔·杜尚(Marcel Duchamp)为代表的达达主义(Dadaism)。抽象主义(Abstract Experessionism)及其后期欧普主义(Post-Op Art)、极少主义(Minimal Art)等极限化的发展终结了现代艺术,而几乎同时诞生的达达主义对当前的后现代艺术起了决定性的影响。

学术界通常将1960年左右作为当代艺术(即后现代艺术)的开始时期,这一时期的主要流派是以理查德·汉密尔顿(Richard Hamilton)和安迪·沃霍尔(Andy Warhol)为代表的波普主义,与其衔接的是现代主义后期进入极限化探索的极少主义。

后现代主义艺术在形式上突破了现代艺术时期绘画一枝独大的格局,融入了摄影、表演、录像乃至大地艺术等以观念表述为主的艺术形式。在这一时期,已经没有一种统领全部视觉艺术领域的标准或流行范式,艺术家们使用和借鉴历史上各个时期的技术形式、表现手法来表现当代的思想观念,对艺术的评价标准也呈现不确定性。

1980年前后,以威廉·艾格斯顿(William Eggleston)等摄影师为代表的新彩色摄影正式跻身"博物馆",由此拉开了摄影史上新的一幕,摄影及影像成为被广泛认可的艺术表现形式。从此,摄影也摆

脱了黑白和印刷传播等单一思维,出现了大幅面和彩色作品的发展趋势。借助摄影自身强烈的真实气息乃至 1990 年后的数字技术,当代摄影异彩纷呈并飞速超越了传统摄影的审美和价值观,艺术家们同时也获得了更深刻的思想表述和社会批判能力(表 4-3)。

表 4-3 摄影的艺术发展

时期	时间	细分	统治形态	主要事件
探索	1840~	探索时期	大画面、专业技术化	摄影术发明和技术演进
传播	1930~	传播时期	报道摄影、普及化、生活化	120 和 135 相机的发明、二战
	1960~	艺术合作时期	报道摄影、艺术事件记录	摄影参与艺术创作和记录
艺术	1980~	独立艺术时期	大画面、彩色、观念	博物馆开始接受摄影作品
	1990~	数字时期	观念、数字影像、综合媒介	影像数字化技术、互联网

在当代艺术中,再现、表现和多元三种形式相互融合、相互渗透。在今天看来,数十年前的创作思路或许应被归为先锋。我们无力以时间纪年的方式来展示视觉艺术领域多元复杂的变化,只有使用看似"武断"的三分方式(即再现、表现和多元),实际上是希望读者能对艺术发展史有简单的认识,了解每个时期的主要形态。更重要的是确定当前我们所处的时代,继而认识当前创作中的主要诉求方式,并建立自己的评价标准。

非艺术目的摄影

抱着非艺术目的所进行的摄影并非不能创造艺术,但它的本质不是为了创作艺术作品,而是为了适应某种非拍摄者个人的需要,也就是说,摄影师在拍摄时的主要目的是为了应用而非艺术表述。

这种应用可能是为了报道、记录某一事件,或者借助摄影进行科学或其他研究,或为某一商品服务等。我们将这些摄影师不是为艺术目的而进行的摄影统称为非艺术目的摄影,这种分类的主要目的在于,将摄影师当时拍摄的状态纳入思考,而避免我们在不同时间空间中进行想象式分类所可能带来的误差。

非艺术目的摄影通常不是摄影师自己纯粹的情感表述,或至少受过他人的影响(比如图片编辑、发行人、广告公司等)。

◎**文献类摄影** 整个摄影史,就是一部文献史。在本质上,今天照相机所拍摄的任何一张画面,都可能成为未来的历史研究中有参考价值的文献佐证。文献摄影所借助的, 正是摄影无以伦比的时间

图 4-5 《移民：人类迁徙系列》，1996 年（萨尔加多 摄）。　图 4-6 《中国》，2005 年（爱德华·波坦斯基 摄）

"凝结真实"和传播特征。

　　文献摄影（Documentary Photography）的主体由新闻摄影（News Photography）、主题型的报道摄影（Photojournalism）来构成，新闻摄影主要为新闻事件提供佐证文献，而主题型的报道摄影则针对某一文化、人物、群体、事件进行长期深入的文献化研究，多数必须附带相应的文字说明。新闻摄影和报道摄影都是为"事件"提供影像上的佐证，它们都倾向于向公众讲述拍摄者在"事件"现场的发现。当然，文献摄影也不单单只对历史而言，比如画家用于参考的照片也具有文献参考性。总结起来，文献摄影最重要的是它的题材、影响、研究和报道价值。

　　文献摄影强调的是客观和真实，它不特别要求对影像做更多的人为修饰和美化，而更多地重视"客观"与冷静的反映。但我们也注意到，摄影是特性复杂的表现形式，文献摄影师的作品也经常会体现出艺术摄影或观念摄影的影子，反之亦然。

　　当代文献摄影的趋势是打破介质上的局限，比如不再单一尊崇 135 格式，大型化巨型创作增多，另外作品也不再是统一的严肃的道德观念和社会责任感，而更强调现实性和贴近生活，以及表述作者的价值观与意见（而不是单一价值观）。从创作介质上看，黑白的纪实时代已经过去，当代主流文献摄影师多数已转向彩色摄影。

　　本书主要依据摄影师的"主要"创作形态（或作品）和在当时社会的工作及影响来划分介绍（表

4-4),这种划分仍然是参考性和片面的,我们希望读者借助搜索工具来深入研究,从而建立起自己的判断。

表4-4　主要文献、报道类摄影师

中文译名	英文姓名	作品分类/其他表述	生/卒	代表作/兴趣	原属工作/原拍摄目的
刘易斯·海因	Lewis Hine	事件报道	1874~1940	社会问题	报道
奥古斯特·桑德	August Sander	人像	1876~1964	德国人	记录/资料
尤金·阿杰	Eugène Atget	文献	1857~1927	巴黎建筑	参考/资料
塞巴斯蒂·萨尔加多	Sebastião Salgado	报道	1944~	移民/工人	报道
尤金·史密斯	Smith, W. Eugene	报道	1918~1978	疾病类	报道
罗伯特·卡帕	Robert Capa	战地摄影	1913~1954	战争	报道
马克·吕布	Marc Riboud	报道	1923~	巴黎/中国	新闻/报道
维加	Weegee	新闻报道	1899~1968	夜间突发新闻	新闻/报道
罗伯特·弗兰克	Robert Frank	人文	1924~	美国	文献/人文
亨利·卡蒂埃–布勒松	Henri Cartier-Bresson	人文	1908~2004	巴黎	文献/报道
罗伯特·杜瓦诺	Robert Doisneau	人文	1912~1994	巴黎	文献/报道
黛安·阿伯斯	Diane Arbus	观念	1923~1970	特殊人群	文献/报道
沃克·伊文思	Walker Evans	文献/人文	1903~1975	美国西部	文献/人文
玛丽·艾莲·玛蔻	Mary Ellen Mark	人文	1940~	美国人文	文献/人文
威廉·艾格斯顿	William Eggleston	文献/人文	1939~	美国	文献
鲍里斯·米克哈洛夫	Boris Mikhailov	文献	1938~	生活	文献
爱德华·波坦斯基	Edward Burtynsky	文献/观念	1955~	工业	文献
贝歇夫妇(伯得,希拉)	Bernd & Hilla Becher	文献/观念	–	建筑	教师/文献
马丁·帕尔	Martin Parr	文献/观念	1952~	现代社会	新闻
埃克·索思	Alec Soth	文献	1969~	美国	文献/报道

应用类摄影

　　委托类人像、商业图片、婚纱类、广告,这些伴随着摄影成长的图片类型一直都是摄影人群的主体,这些摄影的核心目的是服务,比如人像摄影为客户服务,商业类和广告图片为委托人服务,摄影师受到委托,收取报酬并为顾客提供图片。

　　应用类摄影主要有个体委托、机构委托和松散形委托几种。作为最常见的例子,人像摄影属于典型的个体委托,这也是摄影诞生初期最常见的应用——为委托者拍摄肖像(Portrait Photography)。此种类型及其延伸的婚纱(婚礼)摄影(Wedding Photography)、集体合影、家庭合影、儿童及宠物摄影等

图 4-7　理查德·艾威顿(Richard Avedon)拍摄的广告照片

图 4-8　尼克·耐特拍摄的时尚照片

图 4-9　委托型摄影,产品摄影

形成了民间摄影一贯以来最重要的盈利模式。

　　在职业摄影市场中,从广告公司、企业等机构获取订单的商业摄影(Commercial Photography)、广告摄影(Advertisement Photography)是主要的盈利方式。职业摄影的主要拍摄对象是商品(或传递商品文化),常见的有产品摄影(Product Photography)、汽车摄影(Motorcar Photography)、家具摄影,或者受书籍或机构委托的某些专题摄影,比如建筑摄影(Architectural Photography)、旅游目的地摄影等,目的是协助完成广告,进行

图4-11 著名的玛格南图片社聚焦于深度报道

商品销售和推广，或由图片本身结集成为商品。

另一个重要的职业应用是图片库（Stock Photo），图片库征集摄影师进行题材广泛的摄影创作，形成庞大的影像数据库，有需要的用户可以通过图片社的检索系统搜索并购买图片。这些图片通常比单独委托摄影师拍摄要廉价，而且可选的品种也更为多样。

图片库也可分为新闻图片库（Editorial Stock）和综合图片库（Commercial Stock）两种，新闻图片库主要收集新闻报道类图片，主要服务对象限定于杂志和新闻媒体。综合图片库基本接受所有类型主题的图片甚至绘画类作品，摄影师通常创作较为含糊的概念性图片，比如"自由"、"坚强"、"金融危机"等，以适应更多用户的需要。使用图片库的机构非常广泛，如网站、杂志、书籍或广告公司等。

文献报道类摄影也属于应用类摄影，它介于机构委托（报社）和松散委托（新闻社、图片社）之间。著名的马格南、伽玛图片社等都是属于图片库类的机构。我们不难发现，许多著名的摄影大师同时都是商业摄影师，他们专注于某个领域，用摄影创造着文化和财富双重价值。读者应该对应用类摄影有正确的认识，事实上，应用类摄影才是摄影的核心力量（表4-5）。

图4-10 以"自由"为关键词的Corbis图片库检索结果

表4-5 著名商业摄影师简表

摄影师	英文名	生/卒(年)	代表题材	主要服务机构/客户
理查德·艾威顿	Richard Avedon	1923~2004	时尚，人物	Vogue,Harper's Bazaar
让·洛浦·西埃夫	Jeanloup Sieff	1933~2000	时尚，人物	Esquire, Glamour, Vogue Harper's Bazaar

摄影师	英文名	生/卒(年)	代表题材	主要服务机构/客户
大卫·贝里	David Bailey	1938~	时尚,人物	Vogue
尼克·耐特	Nick Knight	1969~	时尚,设计	Vogue, i-D, The Face
赫尔默特·牛顿	Helmut Newton	1920~2004	时尚,人体	Vogue
阿诺德·纽曼	Arnold Newman	1918~	人物	Fortune, Life, Newsweek
欧文·潘	Irving Penn	1917~	时尚	Vogue, Harper's Bazaar
马里奥·特斯蒂诺	Mario Testino	1954~	时尚	Vogue, Vanity Fair.
安妮·莱伯维茨	Annie Leibovitz	1949~	时尚,人物	Rolling Stone, Vanity Fair.
特里·理查森	Terry Richardson	1965~	时装,广告	Gucci, Levi's, Hugo Boss, Anna Molinari, Baby Phat, Matsuda, Vogue, Vice, Harpers Bazaar, The Face, Dazed & Confused.
阿伯特·华生	Albert Watson	1942~	时尚,人物	Rolling Stone, Details, Arena, The Face, Interview, Vibe, Vogue
盖·伯丁	Guy Bourdin	1928~1991	时尚	Vogue
大卫·拉彻斐尔	David LaChapelle	1969~	时尚,实验	-
艾文·奥拉夫	Erwin Olaf	1959~	时尚,实验	Nokia, BMW, Diesel, Kohler
赫博·瑞茨	Herb Ritts	1952~2002	时尚	Harper's Bazaar, Rolling Stone Vanity Fair, Vogue

非应用目的摄影

◎**个人、生活摄影**　1839 年摄影术在法国宣布诞生,自此摄影迅速替代了绘画的造像功能。100 多年来,随着小型相机的发展和技术的不断简化,越来越多的家庭和个人开始拥有相机并将镜头对准生活,为家庭和自我留下影像。以个体和家庭生活为主体的摄影也开始在整个摄影范畴中占据了重要的地位。

随着数字摄影技术和电脑、互联网的兴起,相机和民众的间隔进一步缩短,民众可以轻松地持有相机,并通过互联网掌握向公众发布的权利。

作为记录日常生活的摄影拍摄和影像日记风潮更是提升了民众与摄影的亲近关系。个人、生活摄影是摄影的非专业延伸,从摄影诞生伊始就开始风行,这类摄影通常为满足个体或家庭需要,而不在意是否为艺术或其他应用场合,摄影的目的即为了摄影,就是为了快乐。也许正是藉由这种超脱的松散摄影观,才使得这类作品能迅速被艺术承认(图4-12)。

基本上,这类摄影囊括了所有可见的摄影类型,包括风光摄影、人物肖像摄影、宠物摄影、街头摄影、物品摄影等,是摄影结构在民间的完整延伸和复制。

◎**早期艺术影像实验**　从摄影诞生之日起,摄影师们便为摄影这一介质的创作可能性所鼓舞,除了进行记录的"正业"之外,许多摄影师也借助摄影的特性进行了许多影像实验。在当时的大环境下,这些"不务正业"的图像并非主流,但正是这些图像体现了摄影种类的多样化,为今天异彩纷呈的摄影表现奠定了坚实的基础。

图4-12　《滑板项目7号》,2000年(尼绮·李 摄)

表4-6　知名私人(或相关)题材摄影家

中文译名	英文名	生/卒(年)	主要描述	国家
雅可·亨利-拉蒂格	Jacques Henri Lartigue	1894~1986	私人家族生活	法
辛迪·舍曼	Cindy Sherman	1954~	自拍/表演	美
荒木经惟	Araki Nobuyoshi	1940~	私人生活	日
南·戈尔丁	Nan Goldin	1953~	文献、相关生活	美
利川裕美	HIROMIX	1976~	私人生活	日
蜷川实花	Ninagawa Mika	1972~	日常生活/综合	日
尼绮·李	Nikki S. Lee	1970~	自拍/表演	韩/美

图4-13 "L.H.O.O.Q.",1919年(马塞尔·杜尚摄)

在这些基础中最为坚实的,或许就是法国著名艺术家、达达主义的先驱马塞尔·杜尚(Marcel Duchamp)了。杜尚在印象主义风行的时期就先知性地提出现成品(Ready-made)艺术,如历史上著名的"泉"、和"LHOOQ"。杜尚在一张印刷品蒙娜丽莎肖像上添上几笔胡子,署名L.H.O.O.Q.(法文为贬意)即告完成(图4-13)。这幅作品有许多解读版本,有兴趣的读者可以借助搜索工具进行研究。但对于本书所标定的范围来说,蒙娜丽莎画像可作为一个现成物品,即可对应经由相机拍摄的影像,而几撇胡子和概念含糊的字符,却可视为创作者观点的表述。强调在现实影像基础上的观念传达,这几乎是当代摄影的核心诉求。

早在包豪斯时期,莫赫里·纳吉(Moholy-Nagy)和曼·雷(Man Ray)便进行了许多影像探索(图4-14)。包豪斯十分重视摄影研究,借助其教育背景,对当时的摄影和设计、美术进行了深入的融合研究。包豪斯是现代设计的发源地,包豪斯教员们对摄影的深入研究使得摄影的创作思想飞速发展,并且很快地摆脱了新闻、纪实的单一印象,而是成为混合了文字、色彩、布局及有意识地营造观看空间的"信息聚合体"。在今天的摄影实际应用领域,摄影更多地作为平面设计的主要构成元素而存在,比如报纸、杂志,都涉及布局、字体、版式结构和图像之间的相互影响。

受电影的影响,摄影师们对摄影时间、空间的叙事性创作也持有极为浓厚的兴趣,以杜安·麦克斯为代表的一些摄影师开始进行了广泛的静态图像叙事研究(图4-15)。

1960年前后,摄影作为公众媒介和记录方式被陷入现代主义"死亡"阴影中的艺术家大量使用,在这一历史上被称为波普艺术时期(POP Art),对影像的探索主要体现在二维平面上的组合。艺术家首先借助影像来探索摄影本身的空间和时间性,其次,摄影被融入了绘画、拼贴、混合介质、实物等方

图4-14 《运动带来欲望》,1927年(莫赫里·纳吉 摄)

图 4-15 《偶遇》,1970 年(杜安·麦克斯 摄)

图 4-16 《到底是什么使得今日的家庭如此不同,如此有魅力?》,1956年(理查德·汉密尔顿 摄)

式来进行展示。

在当时的技术限制下,拼贴成为最重要的影像创作方式。1956 年由英国波普艺术家理查·汉密尔顿(Richard Hamilton)创作了第一幅波普作品《到底是什么使得今日的家庭如此不同,如此有魅力?》(图 4-16)。在小小的画面中,汉密尔顿使用从杂志、照片中裁剪的素材拼贴出一幅家庭图像,画面中一个健美先生手持一个写有"POP"字样的巨大的棒棒糖,波普艺术也由此得名。波普艺术被认为是 20 世纪初由马歇尔·杜尚所催生的达达主义的再次复活,实际上汉密尔顿也是杜尚的学生。

波普时期是摄影第一次正式参与主流艺术创作的时期,波普彻底打破了艺术表现媒介的差异,甚至否定了艺术家。"在未来,每个人都可以成名 15 分钟",这是波普艺术干将和美国艺术家安迪·沃霍尔(Andy Warhol)的著名言论(图 4-17)。即使已成为那个时代艺术家的代表,但沃霍尔从来

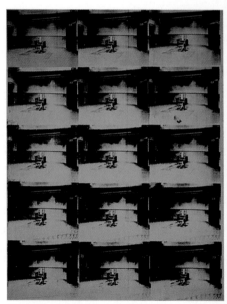

图 4-17 《橙色灾难,第五号》,1963 年(安迪·沃霍尔 摄)

图 4-18 《巴黎福斯坦堡广场》,1985 年(大卫·霍克尼 摄)

就不承认自己是一位艺术家。他使用机械复制和摄影来创作作品,频繁地参与社交活动,衣着光鲜并乐于上电视,沃霍尔建立了自己的艺术"工厂",按照流水线来创作"商品",对传统艺术进行不懈地攻击。

出于当时复制技术的限制,沃霍尔大量使用了丝网印刷的方法来创作作品,比如著名的梦露系列和坎贝尔浓汤罐头系列。

波普一脉至今仍然阵容鼎盛,从传统的角度来看, 大卫·霍克尼(David Hockney)是当代重要的嫡系传承,他的摄影拼贴系列实验在今天在影像创作中也颇为常见(图 4-18)。从更广义的角度来说,从达达-波普到后现代时期的影像、多媒体、装置,这样的脉络展示出一种艺术逐步远离单一媒介,呈多元发展的趋势。

在这场艺术革命之中,摄影始终作为最重要的手段之一被艺术家频繁使用,美术、雕塑和其他艺术家的介入使得摄影成为当代最重要的创作手段。随着摄影光学和机械技术的不断进步,乃至当前数字影像技术和互联网等媒介的发明和发展,促使摄影呈现出了全新的创作形态,除了在传统艺术领地中攻城掠地之外,摄影自身也在积极地探索更广阔的空间。

表 4-7 早期摄影实践代表人物

中文译名	英文名	生/卒(年)	作品兴趣	国籍	其他身份/表述
马歇尔·杜尚	Marcel Duchamp	1887~1968	实验、现成品	法	当代艺术鼻祖
莫赫里·纳吉	Moholy-Nagy	1895~1946	平面元素与影像实验	匈	画家、设计师
安迪·沃霍尔	Andy Warhol	1928~1987	艺术实验	美	画家、导演
杜安·麦克斯	Duane Michals	1932~	时间、空间与影像叙事	美	
理查德·汉密尔顿	Richard Hamilton	1922~	混合媒介	英	波普艺术家
大卫·霍克尼	David Hockney	1937~	实验、摄影拼贴、混合媒介	英	波普艺术家
弗朗西斯·培根	Francis Bacon	1909~1992	实验、混合媒介	英	

当代数字影像创作的主要范式

除了之前章节所述的常见创作类别和形式外(主要在传统摄影视野范围内),本节我们试图以宽广的视野来审视当代艺术创作中的主要思路和创作方法,借助对作品和作者的分析介绍,为读者建立起一幅更广阔的当代艺术和当代摄影指南图。

与摄影史的研究目的和方法不同,我们通过技术和立意上的分析来获得当代摄影(特别是艺术摄影)中主要的创作方式和思路。这些思路的提出,一来可以协助读者建立对当代摄影的大致认识,更重要的是我们可以通过设计训练课程,要求学生跟踪这些创作手法,从模仿、研究中掌握影像创作的方法。艺术摄影是商业摄影的实验基地,所有艺术摄影中的新实验都可以被完全商业化。所以,进行艺术影像实验对专业学生来说也有较强的现实意义。

当代摄影的版图非常大,这些范式必然是不完整的,因为任何"复述"行为似乎都不能反映出最新的变化,唯有自己掌握了研究的方法并能将其引入实践,才可能探索出独立的影像创作思想。

我们在研究中发现,当代摄影艺术创作的基本诉求就是超越镜头和现实画面,即无论从技术上或者从拍摄内容上获得"与众眼不同"的画面。远离新闻化和报道化,超越现实和纪实而不拘泥于所谓的真实,是当代摄影的主要特点。

调整美学和材料美学(超视觉)

数字摄影所能做的调整在多数情况下,都可能超越现实。所谓超越现实,也就是说影像和拍摄者当时的观看情况差别很大。简单地说,数字摄影能够(大幅度地)调整和变更画面效果,强化影像与现实之间的差异,以达到超越视觉的目的。

这条道路甚至可以追溯到 F64 小组时期。F64 小组是个很难定义的概念,文献纪实类摄影认为他们不属于什么摄影创作,这些人拍摄风光、静物,追求纤细的质感和细节,显得很不严肃。但我们却认为对 F64 可能有另一种解读,F64 小组或许在无意间完成了对传统题材的反叛,即将调整、材质美学发挥到极致,从而传递出一种观念摄影的气息,是建立在真实假象上彻底的反真实(图 4-19)。

F64 在摄影调整理念上是数字摄影的导师之一, 说 F64 是摄影中的波普或达达或许有些惊世骇俗,但 F64 确实在无意间完成了对摄影纪实传统的第一次策反,可以说是摄影中的"艺术"势力在画意摄影失败后的"反攻"。在题材上,F64 小组和绘画走在一条线上,主攻风光和静物,通过对技术的不断

图4-19 《冬季日出，内华达山脉》，1944年(安塞尔·亚当斯 摄)

研究获得不同的表现效果。

以安塞尔·亚当斯(Ansel Adams)、爱德华·威斯顿(Edward Weston)、卡尔·布鲁斯菲尔德(Karl Blossfeldt)为代表的材料美学学派，其创作目的并非获得一种真实的视觉再现，而是通过对摄影镜头和感光材料的极限性挖掘来获取人的肉眼不可能看到的画面。这在某种意义上和当代美术中的照相写实主义有异曲同工之妙。

调整是一种非常基本的方法，数字摄影的用户借助数字软件可以轻松地改变画面色彩，让天空显得更浓郁甚至完全改变，但如果没有一种思想来维系作品，就极易演变为技术表演，削弱作品本身的价值。我们始终认为技术调整应忠实服务于作品内容。

即使我们不能看到原始相机拍摄的未处理的原件，但毫无疑问的是，莎朗·酷尔(Sharon Core)对她的作品进行过非常深入而彻底的调整，纯净而丰富的色调和有趣的暗部细节有效地展现了作者的调整功力。但是，首先吸引我们的是内容——布局、拍摄对象及其潜藏的观念 (图4-20)。

从本质上来说，使用红外胶片、技术型黑白胶片，乃至于波拉和LOMO相机来实现各种效果的摄影方式都属于试图超越视觉的美学试验。在数字技术下，各种技术风格上的尝试日益复杂，因而也可以实现更为独特的视觉效果，但如果拍摄的内容一团糟，那么调整得再美，也似乎没有更多价值。

后期调整的超现实化远不及前期拍摄时所持有的超现实观念重要。比如布鲁斯菲尔德所拍摄的超越视觉经验的植物作品，则显然是观念而不是技术在起作用了。

笔者于2004年拍摄并完成的《雪杨》(图4-21)严格来说算是一个技术的实验场。在超越现实的影像背后，是数十步色

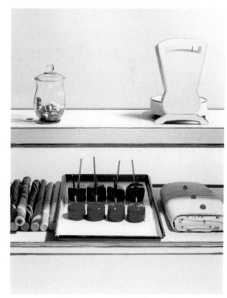

图4-20 《糖柜》，2005年(莎朗·酷尔 摄)

调操作和对画笔细节控制的结果。笔者特别强调了对现场感受的强化处理。在后期制作过程中,笔者极力回忆拍摄时的实际感受,并尽可能地运用影像调整的方式来实现,通过对图层、色调、影调的深度调节,来实现对这种感受的模拟,于是在最终影像和实拍影像之间建立起了某种"神似"的联系。为了达到现场"观看感受"、"拍摄原片"、"最终调节"这三者之间的有机联系,笔者尝试了包括手工制作肌理、细部加减曝光、使用绘图板绘

图 4-21 《雪杨》,2004 年(刘灿国 摄)

制等方式来完成图像。实际效果证明,只有采取这种针对性、复合型的制作,才能达到一种完全不同于以往的图像效果。相对来说,更为重要的是协调上述三种制作图像过程的关系,笔者认为它们三者缺一不可。

拍摄的前期和后期同样重要。相比来说,拍摄的前期环节似乎更为重要,感受和拍摄是属于前期的,如果没有融入景物的氛围仅从形式、构图的角度来撷取影像的话,那么就很难在后期环节达到良好的控制。另一方面,如果没有形式、构图的训练,也难以捕获到能恰当"留存"感受信息的原始图像,这对于后期都是不利的。

数字图像技术给了影像后期很大的自由度,但随之就是各种片面追求效果的快餐式调整所带来的问题,人们都希望色彩艳丽、影像明锐,又或者一种近于 LOMO 的影调,这样相似的要求抵消了数字影像的先锋性和实验性,将数字影像的改革又拉回到传统摄影的标准体系之内了。造成这一问题的根源有两个方面,第一是迷信后期而忽略前期,第二是对数字技术的理解和掌握不够。

简单来说,后期控制的灵感来源于前期拍摄的现场感受和原片中所存有的有效信息,如果孤立地认为后期制作可以解决一切问题,毫无疑问,那只会很容易得到公式化的影像,从而消减了图像的价值。但如果前期做得很好,而后期不能有效地掌握和运用技术,而必须依靠他人操作或只能自己做些简单的或借助插件所完成的所谓特效的话,那么这种感受和图像之间和谐的联系纽带也必然会被打破。

数字摄影和数字影像制作,是一个涉及广泛并具有很多新知识的领域,它不仅包括通常所说的前

期和后期,而更存在一个后期如何从前期获取足够信息的过程。应该认为,单纯地依靠现场感受、记录性拍摄或后期调整都难以获得更大价值的影像。

◎练习与研究

* 卡尔·布鲁斯菲尔德(Karl Blossfeldt, 1865~1932)

* 爱德华·韦斯顿(Edward Weston, 1886~1958)

* 安塞尔·亚当斯(Ansel Adams, 1902~1984)

* 约翰·帕弗(John Pfahl, 1939~)

* 里查德·米斯拉奇(Richard Misrach, 1949~)

* 阿兰·塞库拉(Allan Sekula, 1951~)

* 麦克尔·肯那(Michael Kenna, 1953~)

* 里涅克·迪克斯塔(Rineke Dijkstra, 1959~)

* 埃克·索思(Alec Soth, 1969~)

1. 搜索并收集F64小组的信息,包括成员、著名作品和自己的认识。需在课堂上进行接龙式讲解和补充。并扩展研究当代美术中的超级写实(照相写实)主义,从手法和观念上探讨它们的异同。

图4-22 《水塔》,1980年(贝歇夫妇 摄)

2. 搜索里涅克·迪克斯塔(Rineke Dijkstra)的信息,讨论他在拍摄观念、拍摄、用光、调整等方面的特点。

3. 参考布鲁斯菲尔德和威斯顿的植物创作,提出数字化的拍摄方案和后期调整思路,以植物、动物、模型、食物或其他物品的局部或整体为主体,选定一个相似题材进行超纪实化创作。

4. 在课堂上将自己的一幅照片调整出10种不同效果,最终选定一张为确定的内容,讲述选择它的原因。

杜塞尔多夫学派及其影响

我们在研究当代德国摄影时,无处不为德国当代摄影中的实验性所折服,凶悍的德国摄影是当代摄影新思想的温床,我们也看到以冷静、客观为特性的日耳曼摄影体系甚至在奥古斯特·桑德时代就已逐渐延续了。

德国杜塞尔多夫国立美术学院摄影系(Kunstakademie Düsseldorf)可以说是目前国际上最知名的摄影系了,这个于1976年由贝歇夫妇(伯得·贝歇,希拉·贝歇 Bernd & Hilla Becher)创建的摄影系培养了许多目前国际摄影界鼎鼎大名的人物,如托马斯·鲁夫、托马斯·施特鲁斯和安德烈亚斯·古斯基等。

杜塞尔多夫学派深受贝歇夫妇的"贝歇主义"的影响,贝歇主义(Becherism)是对桑德摄影理念的传承和发扬。它强调一种"观察家"、"旁观者"的角度以及冷静而理性的纪实态度(图4-22)。这种观点目前和以媒体化、表演化为主流的美国新纪实摄影一道,成为左右当代摄影的两个主要指标。

应该说明的是,本节所指的并不是传统意义的纪实摄影,在根本上它并未背负什么社会道义的重担,艺术家们早已将拍摄新闻和报道的任务交还给了记者。在当代摄影范畴中,摄影师之所以要去拍摄某样题材,更多的不是因为题材的表象或故事本身,而是表述自己在题材之上的发现,展示自己对题材的理解,目的也不是为了在媒介上发表照片、传递和讲述事件,更多的地为了进行艺术创作,只是这种创作拍摄的还是人或事物这样的"纪实"罢了。

托马斯·鲁夫(Thomas Ruff)1958年生于德国,是杜塞尔多夫学派的代表人物,也是我个人最为欣赏的摄影师之一,他的特点似乎和施特鲁斯与古斯基都有区别,后两者受到了贝歇夫妇过多的影响,在作品的创新力上比鲁夫显得有些差距。

鲁夫拍摄的系列非常多,每个系列又各有特点,以至于本书在写作时无法找到合适的代表作。鲁夫在创作中一直对真实性持有一贯的怀疑态度,于是我们最终选择了JPEG压缩系列中的一幅。鲁夫利用JPEG格式压缩会损毁画质的特点,将画面过度压缩后生成全新的画面,技术的暴力撕裂了虚伪的画面,呈现出赤裸裸的影像虚假本质(图4-23)。

作为观者,我们也无法确认哪种是真实的,因为我们并没有做什么,而是技术本身完成了对影像的撕裂,难道清晰就是真实的吗?如果我们拍摄时使用了最低的压缩质量,那么它和最高质量相比的差异就可以理解为真实缺失的部分了吗?真实或许并不可靠,因为它的参照物也许并不是可靠的。

图4-23 《JPEG系列,编号msh01》,2004年(托马斯·鲁夫 摄)

212

图 4-24 《科隆的里希特一家》,2002 年(托马斯·施特鲁斯 摄)

托马斯·鲁夫延续了杜塞尔多夫学派"旁观者"的身份认同，只是比他的师兄师弟似乎走得更远了一些。相比他的师兄弟，鲁夫在国内的认可度不高，但我们坚信鲁夫在未来会成为更重要的历史人物，因为在摄影领域，找到一种固定的成功模式并坚持下去似乎是很容易的，最困难的挑战是不断突破，勇于尝试并创造范式。

托马斯·施特鲁斯(Thomas Struth)1954 年出生于德国,和古斯基同为杜塞尔多夫学派中最为知名的人物,他的创作深受贝歇主义的影响,但有了一定的延伸和发展。在经历了早期对画面视觉中心的探索和研究之后,施特鲁斯寻找到了更彻底的方式。

在施特鲁斯的画面中,传统的画面中心、兴趣中心概念全部被判失效,画面中细节呈现得巨细无遗,将"旁观者"的视觉角度发挥到了极限,画面中物体不再为原有物体,而是一种结构和色彩符号,即使对象是具有灵性的人也是如此(图 4-24)。

这种如上帝又或是监控系统般的观看方式也许可以被理解为对世界的深度怀疑，但更为温和的说法或许是一种普世思想,即一切就是如此这般地存在着,没有差异、没有重心。如果还有其他什么的话,或许就是在画面中隐约感受到的摄影师那冷眼旁观的目光。

安德里亚·古斯基(Andreas Gursky)或许是最为国人所熟悉的杜塞尔多夫成员了。古斯基最直接的特点是大幅的画面,不仅画面最终呈现画幅很大,在拍摄时所截取的场景也异常大,这或许就如同电脑 15 英寸屏幕和 24 英寸屏幕的区别,呈现信息的差异最终导致了不寻常的画面(图 4-25)。

再分析古斯基的影像特点,或许还不只是广角镜头就可以完成的,古斯基的画面非常平面化,因而必须使用大画幅相机(焦距换算比不同)来消减广角带来的透视差异。古斯基的许多图片都是由多张图像经过数字拼贴得来的,拼贴后的画面场景恢弘、细节清晰、装饰性极好。因而,古斯基也是这几个人中作品卖得最好的。

应该注意的是,大幅画面是一个趋势,但并不是什么题材都适合的,一味地增大画面但不考虑画面内容,同样不能起到好的效果。之前由于技术的限制,摄影的画幅确实做不大,但随着数字输出技术的进步,在艺术创作展示上应该考虑较大的幅面,一般来说,40英寸左右是博物馆收藏的底线。

杜塞尔多夫学派在当代摄影中有极大的影响,但更有影响的是该学派所代表的纯客观立场(并不单是客观表象)拍摄思想,文后我们列出了大致引用这一思想的艺术家列表,列表中的许多摄影师并没有在杜塞尔多夫学习过,但是在作品表征上体现出了一定的相似性。

以杜塞尔多夫学派为代表的当代摄影客观体系中潜藏了许多对观念摄影、文献摄影极有价值的拍摄角度、方法和理念财富,值得我们进行深入的研究和学习。

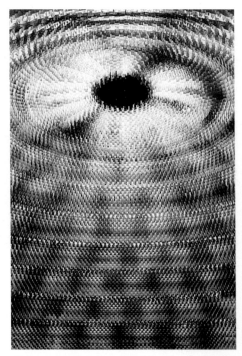

图4-25 《法国共产党总部》,2003年（安德里亚·古斯基 摄）

◎**参考、练习与研究**

* 贝歇夫妇（伯得·贝歇,希拉·贝歇 Bernd & Hilla Becher）

* 坎迪德·霍夫（Candida Höfer,1944~）

* 托马斯·施特鲁斯（Thomas Struth,1954~）

* 安德里亚·古斯基（Andreas Gursky,1955~）

* 托马斯·鲁夫（Thomas Ruff,1958~）

* 托马斯·费尔切（Thomas Flechtner,1961~）

* 优戈·圣赛（Jörg Sasse,1962~）

* 托马斯·韦德（Thomas Wrede,1963~）

* 迈尔思·库里吉（Miles Coolidge,1963~）

* 托马斯·德曼德（Thomas Demand,1964~）

* 奥里夫·鲍伯格（Oliver Boberg,1965~）

* 埃戈·安瑟（Elger Esser,1967~）

* 高蒂·戴尔加特（Götz Diergarten,1972~）

1. 掌握贝歇主义（Bernd and Hilla Becher,Becherism）的核心特征;通过网络搜索器深入研究托马斯·鲁夫和托马斯·施特鲁斯的系列创作。

2. 对本节文末所列举的摄影师进行研究,分析他们的共同特点。试用50字以内的书面文字概括他们共同的大致拍摄观念、拍摄手法和技术。

3. 尝试以中心消失点的方式拍摄宽阔的空间景物(如车站和广场、拥挤的街道和交通等),尝试以高的角度和平衡构图来完成拍摄。将其中一张经数字冲印放大至24英寸,体会大幅面影像的视觉效果,画面应经过严格的水平和垂直校正,可进行透视调整,并经过完整的色彩调整和修饰(可进行适度的插值放大)。

采样、标本式摄影

采样可以理解为一种采取相似样本,借助不同样本之间的异同来深化主题的方法。这种相似和变化的延续丰富了题材的特征,深化了主题的内涵。主题创作跟采样有相似之处,也有许多差异,我们将在本节分析这些差异。

采样可以说是目前最流行也是最易获得成功的摄影方法了,这种方法被当代文献摄影和观念摄影师频繁使用,继而有了泛滥的趋势。采样的关键在于选题,即对现实中的什么东西取样,一般常见的有人的取样、环境(建筑)取样、事件取样等。

现实生活中可取样的因素非常多,比如对人的取样就可以按照人类学的角度、职业的角度、群体的角度来进行,比如工人、农民、学生、军人、知识分子、清洁工,又可细分至老军人或残废的老军人或参加过某个战争的老军人等。基本上所有的可被拍摄的内容都可以按照一定的相似性进行取样(图4-26)。

当前摄影创作的趋势是主题化,也就是多数情况下,作者必须针对一个主题完成一组创作。在这种情况下,主题创作必须在系列作品中保持主题的连贯性才能成为系列,但与机械式采样不同的是,它更强调对主题的多次阐释,因而也不一定是机械式的相似。

依据连贯性的内在和外在特点,

图4-26 《十二骏马》,2004年(塞德瑞克·布歇 摄)

采样可以分为机械式采样和松散式采样两种。机械式采样就如同达·芬奇画蛋一样,系列中的画幅、构图具备更多视觉上的相似性。

比如,我们在时尚类杂志看到的街头时尚少年着装图片,就可以理解为一种机械式的采样。在这些画面中,人物被某种特征的相似性高度统一,比如他们均着装另类、在一定的年龄范围、都染发或持有某种电子娱乐设备等。时尚杂志的摄影师可能并不会把这些作品当回事,一切只是工作而已,但摄影界早就趋之若鹜了,当这些作品被并置、装裱或印成画册时,这种相似就会形成一种新的力量,因此也被视为非常严肃的创作(图4-27)。

国内也有摄影师在各地拍摄毛泽东雕像,或者拍摄各地的大礼堂,乃至我们学生在练习中去拍摄不同的人、门、窗、桥等,都是在画面同一性中寻找差异,这都可被视为机械式采样摄影。机械采样式的主要问题在于过于依赖题材切入点,并且由于进入起点过低,单幅作品的价值并不大,必须依靠并置的力量,如果没有核心的拍摄理念支撑,作品很难获得较高层次的认可。

所谓松散式采样与机械式有较大的不同。它不是生硬的复制和采样,即同系列画面可能有联系,但更多的是在同一个主导思想下所进行的。松散式采样是为了确保主题一致性的必然结果,只要进行的是系列化的创作,就必然存在松散型的采样联系。

比如以杉本博司的"剧院"为例,他的系列作品虽然具有一定的相似性,但更重要的是他在系列作品中传递出来的概念和思考,作品独幅呈现时具有和系列作品同样的价值。

强调独幅作品的存在价值,将系列影像统一在一个观念之下而不是机械的复写,是进行主题创作时最要优先考虑的。

图4-27 《融化雪糕》,1999~2004年(梅雷迪思·艾伦 摄)

◎**参考、练习与研究**

* 贝歇夫妇(伯得,希拉)(Bernd & Hilla Becher)

* 杉本博司(Hiroshi Sugimoto,1948~)

* 雷尼·霍恩(Roni Horn,1955~)

* 梅雷迪思·艾伦(Meredith Allen,1964~)

＊塞德瑞克·布歇(Cedric Buchet,1974～)

＊巴内特·费茨(J. Bennett Fitts,1977～)

进行一次采样创作,要求拍摄对象必须为同类物体或人物,画面严格使用相似的构图(以及表情、动作)或拍摄手段。主题可以为同类物品,如手机、糖果、玩具或儿童(女孩、男孩、同一班级、同一缺陷等)、制服(同工种工人、服务员等),每个题材至少10幅。

鼓励学生自由想象和寻找题材,在同一班级内,如题材近似将被减少分数。

组合、拼贴

将图像拼贴并置,这是从安迪·沃霍尔乃至更早就已经开始的影像实验。与采样式摄影不同的是,组合式摄影通常由多幅画面来构成一个画面,从而"一次性"呈现出艺术家的思想。在数字摄影无底片和高速连拍能力的极大诱惑下,数字拼贴也越来越多地受到了艺术家们的重视。

将画面组合,就必然涉及结构。受相机画幅的限制,常见的组合拼贴结构就是矩形画面的并置(图4-28)。并置可以达到两种效果:其一是不同空间、时间、场景的画面组合所形成的时空错乱;其二是画面内容在排列和堆叠中形成新的形态。

美国艺术家约翰·迪佛拉(John Divola)一直长期不懈地进行影像的时间和空间研究,而对组合式的创作也使用得得心应手。迪佛拉使用装有马达的照相机从运动的车上拍摄奔跑的狗,在这个时间、空间、相机、拍摄者、汽车和狗都在运动的过程中完成的系列,本身便呈现出了作者对时间、空间的质询(图4-29)。

图4-28 《100个汤罐》,1962年(安迪·沃霍尔摄)

图4-29 《奔跑:沙漠狗》,1996～2000年(约翰·迪佛拉 摄)

图 4-30 《造像·消失》，2004 年(刘灿国 摄)

从 2004 年起，笔者也进行过许多拼贴的尝试，在《造像·消失》中，使用了 400 余幅不同的石像雕刻照片进行并置，目的是探寻个性在被中和后消解的过程(图 4-30)。

《造像》把组合视为一种集体化的行为，着重探寻个体与整体的差异。首先是画面的"集体化"削弱了其中单个个体的价值，从而导致个体在集体中的消失，其次是画面的集体构成又重新生成了一个以个体为构成元素的新事物，不同画面的阴影和特征使得整体画面呈现出新的视觉特征，由此也产生出 1+1>2 的新观看角度。

组合拼贴也不一定都是矩形的有序排列，在数字化的方式下，作品也可以非常容易地突破矩形限制。比如在 2006 年的《150 号》中，笔者将从世界各地拍摄的图像中的建筑成分，依据透视的差异进行切分和组合，使用一个建筑的立面和另一个建筑的透视面构成一个视觉上成立的建筑，建筑看似成立，却实际上糅合了时间、

图 4-31 《150 号》，2006 年(刘灿国 摄)

空间、地域甚至风格上完全不同的建筑,于是透视在这种拼合中被正式消解,形成一种全新的体验(图 4-31)。

在数字技术的协助下,拼贴这一传统创作方式也可以进行许多改变,与传统的单张简单拼贴相比,数字化的拼贴具有的最重要特性就是拼贴的精细化和可恢复特性,因而可以实现更为丰富的变化,这就像一种语言的词汇和语法被极大的扩张一样,应该成为数字影像创作学习中需要重视的创作手段。

◎**参考、练习与研究**

* 安迪·沃霍尔(Andy Warhol,1928~1987)

* 大卫·霍克尼(David Hockney,1937~)

* 罗伯特·菲里克(Robbert Flick,1939~)

* 约翰·迪佛拉(John Divola,1949~)

* 托马斯·凯勒尔(Thomas Kellner,1966~)

1. 完成一组拼贴创作,学生应寻找一种结构将单个画面以元素方式构成起来,这种结构可以是一种内在联系,也可以是视觉上的联系。虽然鼓励学生自由发挥,但也可以按照以下思路进行创作。

2. 完成以下实验中的一个。在某个地区行走 60 分钟的路程中,使用数字相机每隔一分钟拍摄一张画面(可尝试固定角度或主要拍摄物),并在最终作品中按照素材中某统一的逻辑和规律进行拼合;或以 100 个台阶的观看差异为主题,每变更一个台阶即拍摄一张画面,由此完成素材收集,寻找到(或通过添加文字、改变色彩等方法建立)素材间的联系,并在电脑中完成最终拼合。

表演、自拍、行为

当代艺术家对摄影的使用方式不再是记录事件,大多是创造事件并借助摄影来作为最终载体。但实际上,他们留在艺术史中的只能是一张照片,于是摄影的性质和特征也就开始被艺术家越来越多的考虑了。

比如在著名法国艺术家菲利浦·拉美特(Philippe Ramette)对摄影角度借用所进行的艺术实践中,我们已经很难分清楚摄影艺术和行为艺术究竟在他的作品中哪个成分更大一些了。拉美特在草地上制作了一个框架,并悬空吊在上面,在最终展示时,画面被旋转了 90°,由此形成了一幅奇异的景观——拉美特站在一个城堡的阳台上,城堡"墙面"长满了"青苔",角度的变化使画面的存在变得诡异,也为人们的观看提供了新的角度(图 4-32)。

拉美特的《阳台》在本质上是一次行为艺术事件,但在最终作品的诠释中,摄影起到了画龙点睛的作用。借助摄影的真实性和人们对摆放角度的成见,艺术家成功地完成了一次摄影和行为实践。

借助摄影进行观念行为化创作的艺术家还有许多,比如以扮演闻名的行为艺术家辛迪·舍曼(Cindy Sherman)(图4-34)、以装扮、绘画性摄影创作为主的法国艺术家皮尔和吉尔(Pierre et Gilles)、英国著名的行为艺术二人组合吉尔伯特与乔治(Gilbert & George)(图4-33),以及当代著名的艺术家马修·巴尼(Matthew Barney)和杰夫·昆斯(Jeff Koons)。

这些艺术家的身份非常模糊,一方面他们大多以摄影影像的方式来完成最终作品,另一方面又是传统的摄影无法定义的。但毋庸置疑的是,他们均作为当代摄影的重要组成部分,促进了摄影的多样性和观念的发展。

图4-32 《阳台》,1996年(菲利浦·拉美特 摄)

◎参考、练习与研究

* 吉尔伯特与乔治(Gilbert & George)
* 皮尔和吉尔(Pierre et Gilles)
* 乔·思朋斯(Jo Spence,1934~)
* 裘迪·戴特(Judy Dater,1941~)
* 森村泰昌(Yasumasa Morimura,1951~)
* 辛迪·舍曼(Cindy Sherman,1954~)
* 杰夫·昆斯(Jeff Koons,1955~)
* 菲利浦·拉美特(Philippe Ramette,1961~)
* 赵半狄(Zhao Bandi,1966~)
* 马修·巴尼(Matthew Barney,1967~)
* 安·加斯克尔(Anna Gaskell,1969~)

1. 通过搜索器深入研究本节所列出的艺术家,并尝试通过连接和关联文件获取更多的艺术家信息,课堂将提供讨

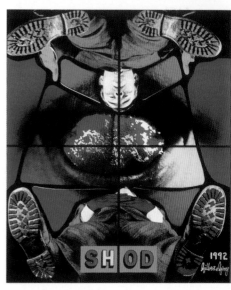

图4-33 《我们穿着鞋子》,1992年(吉尔伯特与乔治 摄)

图4-34 《无题电影照片10号》,1978年(辛迪·舍曼摄)

论和交流时间。

2. 列出一个"尽量大胆"的涉及行为、自拍、表演的有摄影师参与的艺术计划,并在课堂上进行讲解。这一计划并不要求执行,将会以新颖和独特性作为评判标准。

3. 拍摄一张"我自己"的自拍作品(可由别人代摄),这张作品将被用于学期作业文件封面,请在学期结束并提交你的作品集时再考虑拍摄,它要求体现你的系列作品所具有的特征和你的想象,比如你为作业所经受的痛苦折磨、你在一个瞬间灵感闪现的快乐景象等。

可通过着装、背景、灯光、后期修饰表现出你所认为的你在学期作品集中所展示出来的潜在精神(深刻、媚俗、中国化的、西方化的等),作品可经任何形式的修饰,但要求附短文解释。

最终作品应参考摄影类画册的封面设计,添加上你名字的中文和一种字母型语言(中文拼音、英、法、德语中一种)。

导演、布景

长久以来,摄影生活在纪实的语境中,受新闻纪实思想的影响,对"摆拍"一贯是不屑的。但在艺术家进入的时代,当不以新闻事件报道——即"客观"真实性——为唯一诉求的艺术摄影进入时,艺术家们却认为没有什么不可以的。理论依据就是,比如我们所拍摄的窗台上的花盆是人摆上去的,又如建筑是人建造的、空间是在人的影响下出现的、事件也是在人的驱动下发生的……既然如此,那么我们是否可以去影响改变景物、人物来促成艺术观念的表达呢?

既然花盆可以是由别人摆上去的,继而传递出某种情绪,那么我们也具有摆设这个花盆以构筑情绪的权利。在当今摄影界,"摆"早已不是什么禁忌的主题了,许多杰出的艺术家借助制造空间,导演故事和剧情来和摄影的真实性诉求一起谋求更大的观念表现能力(图4-35)。

我们可以将这种"摆"称之为摄影的电影化和布景化,也可以称其为编导(伪造)式摄影(Fabricated Photography)。在这条道路上聚集了非常多的艺术家,如当代著名艺术家杰夫·沃尔(Jeff Wall)、菲利浦-洛卡·迪柯西亚(Philip-lorca diCorcia)、贝尔纳·弗孔(Bernard Faucon)、山迪·思科伦(Sandy Skoglund)以及日本艺术家森村泰昌都是个中高手。

图 4-35 《死亡军队对话》,1992 年(杰夫·沃尔 制作)

在商业摄影领域,这一手法就更为常用了,出于宣传和推销的目的,摄影师在创作中几乎没有任何包袱(图 4-36)。在新一代的商业摄影师中,艾文·奥拉夫(Erwin Olaf)、米歇尔·穆勒(Michael Muller)都是较为典型的代表。

他们的画面的共同特点是都经过精心的设计和布局 (图 4-37),设想一个丰富独特的环境和情

图 4-36 米歇尔·穆勒的作品

图 4-37 游动猫群草图

图 4-38 《游动猫群》，2001 年（山迪·思科伦 摄）

图 4-39 《时装：艾塞克斯女孩》，2006 年（马丁·帕尔 摄）

节，艺术家可以完全营造出一个典型的空间和情节以符合表述的需要（图 4-38）。某种意义上，编导类摄影有些与行为艺术与装置艺术临近，但很明显，电影化的编导类摄影加入了更多的情节和诉求，在偏离狭义真实并走向心灵真实表述的方面走得更为彻底（图 4-39）。

◎参考、练习与研究

* 米歇尔·穆勒（Michael Muller）

* 蒂娜·巴尼（Tina Barney，1945~）

* 杰夫·沃尔（Jeff Wall，1946~）

* 山迪·思科伦（Sandy Skoglund，1946~）

* 拉里·苏坦（Larry Sultan，1946~）

* 贝尔纳·弗孔（Bernard Faucon，1950~）

* 贝丝·雅尼·爱德华兹（Beth Yarnelle Edwards，1950~）

* 菲利浦-洛卡·迪柯西亚（Philip-lorca diCorcia，1953~）

* 比特·斯特罗里（Beat Streuli，1957~）

* 艾文·奥拉夫（Erwin Olaf，1959~）

* 格里高利·克鲁德逊（Gregory Crewdson，1962~）

＊马修·巴尼(Matthew Barney,1967~)

＊安托尼·乔科里(Anthony Goicolea,1971~)

1. 编导类摄影的本质在于构思,学生们应扩展研究本节所提到的摄影师及其主要创作,着重研究编导类摄影在传统的各个摄影分类中的影响,提出观点交于课堂讨论并形成一个尽量篇幅短小的总结性说明文。

2. 学生同时应提供一份编导摄影计划,这一计划可以是泛商业用途的(比如针对某产品的广告),也可以是纯观念、艺术用途的,但作品所依存的环境空间必须经过设计或选择,以配合作品需要。作品中至少应当传递出虚拟而抽象的诉求点,比如斗争、冥想等,也可以设计为典型的事件和行为。

这个计划不要求必须拍摄,但学生必须提供拍摄所需的材料及其他预算,应该考虑是否可操作的问题,以及在现实问题无法解决的情况下如何借用数字处理的方法。

图 4-40　《肥胖者协会俱尔部》,1990 年(威廉·克莱因 摄)

混合媒介、混合元素

混合媒介(Mixed Media)的基本含义是使用多种不同的材料来完成作品(图 4-40),在摄影中较为常见的是将摄影与绘画结合,在摄影作品中营造肌理或其他内容。材料的变换是当代艺术的重要变革之一,多种介质本身的特性可以有机地融合在一起,产生意义的深化叠加。

以加拿大艺术家达伦·戈宁加的百万美元儿童为例(图 4-41),通过在摄影作品上附加红色材料,将小孩玩耍时用水管喷水改变为喷血的画面,使主题涉及社会和儿童暴力,形成了强烈的视觉震撼效果。

英国当代摄影师斯蒂芬·吉尔(Stephen Gill)一直在文献摄影和当代艺术创作中寻找契合点,它最新的作品《哈克尼鲜花系列》在摄影师对伦敦哈克尼地区所拍摄的街头

图 4-41　《无题(百万美元儿童)》,2006 年(达伦·戈宁加 摄)

记录中粘贴上不同的鲜花并融入画面,试图寻找媒介之间差异所带来的观感变化和联想(图4-42)。

除了介质的混合使用外,各种元素在数字方式下的混合则显得更为常见,元素混合将三维元素、平面元素有机地融入作品创作中,比如朱莉亚·贝绒(Julia Peirone)的作品《无题2号》,就是将摄影和平面设计元素糅合在一起,摄影和线条索构筑的符号性内容相互影响,催生出新的意义(图4-43)。

 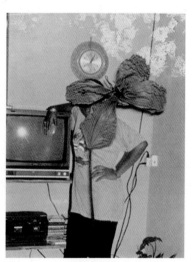 

图 4-42-a 《哈克尼鲜花系列》,2005年 (斯蒂芬·吉尔 摄)

图 4-42-b 《哈克尼鲜花系列》,2005年(斯蒂芬·吉尔 摄)

图 4-43 《无题2号》,1997年 (朱利亚·贝绒 摄)

图 4-44 《广告》,2004年(热纳薇耶芙·盖科勒 摄)

在没什么"思想包袱"的平面设计领域,这种融合显得更加历史悠久。在热纳薇耶芙·盖科勒(Genevieve Gauckler)为香港新太平洋百货开业所制作的作品中,所涉及的元素更是五花八门。

随着各种应用艺术在数字化时代的一统融合,平面设计、三维设计、数字摄影、数字绘画在统一环境下的元素融合必将是最重要的发展方向。我们也注意到近来设

图 4-45 《产品广告》,2005 年(苹果公司 摄)

计界对摄影活跃的"私有化"改造运动,比如 Apple 公司利用摄影元素和平面元素的有机组合所进行的 iPod 系列广告,色彩被极致化以强调视觉冲击力和青春气息,使用了摄影剪影的参与代表不同的群体,清爽简洁的形象获得了目标群体的高度认可(图 4-45)。

我们认为,多媒介传统元素的数字混合是摄影下一步发展的主要方向。不可否认的是,当代平面(广告)设计的探索对摄影概念的使用和拓展都起到了非常重要的作用。

◎**参考、练习与研究**

* 威廉·克莱因(William Klein,1928~)

* 热纳薇耶芙·盖科勒(Genevieve Gauckler,1967~)

* 斯蒂芬·吉尔(Stephen Gill,1971~)

* 朱莉亚·贝绒(Julia Peirone,1973~)

* 达伦·戈宁加(Darren Grainger)

1. 关注本节所列艺术家的创作,以所列艺术家为线索,搜索互联网上相关的作品和其他艺术家。学期完成时,应提交一份关于混合媒介和创意广告摄影作品的研究文件,这应该包括但不限于:优秀的广告摄影作品;当代艺术家借助摄影所进行的创作;依靠摄影所进行的照相写实主义和新现实主义绘画。文件使用 Word 文档,应至少包含所列三个类别的一位艺术家及作品。

2. 学生需提交一份进行混合媒介创作的方案或设想,尝试在一幅摄影图像中混合颜料、泥土、植物及其他材料。方案应涉及实际操作步骤,比如使用黏接剂、材料及工艺的深入描述。

装置、展示、扫描及其他试验

当代的摄影创作五花八门,许多作品的形成过程实际上是一个其他艺术的创作过程(图 4-46),比如杰夫·昆斯(Jeff Koons)的许多创作就可以理解为行为艺术,而山迪·思科伦(Sandy Skoglund)的作品则可以认为是装置和空间艺术。当代摄影艺术的发展要求摄影师不再仅仅是一个记录者,更可以成为一个创作者。

在雕塑家威利·寇(Willie Cole)刚刚进行的一次展出中,它将鞋子堆叠成一个"雕塑",通过他的拍摄,我们得到了一幅摄影作品(图 4-47)。实际上在传播过程中,一幅雕塑的摄影传播范围要远远大于雕塑本身,摄影师也完全可以借鉴当代艺术的处理方法,进行摄影创作。

在摄影的展示上,也可以进行装置化的处理,比如奥拉佛·依莱亚森(Olafur Eliasson)的水平线系列,使用40张9英寸×41英寸的图像构成了整个作品,这组作品由装置和摄影共同构成,难分彼此(图 4-48)。

图 4-46 《组合装置》(装置),(阿尔曼·费尔南德兹 制作)

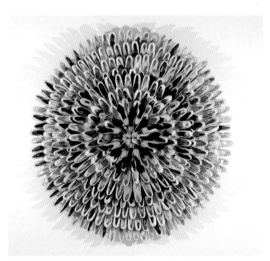

图 4-47 《有一颗黄金心》(装置),2006 年(威利·寇制作)

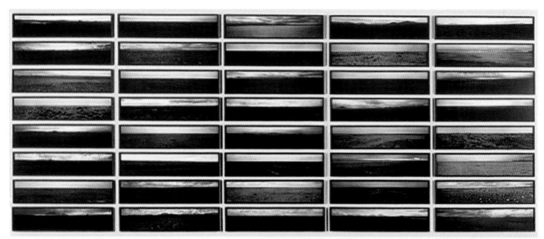

图 4-48 《水平线系列》(展示装置),2002 年(奥拉佛·依莱亚森 制作)。

除此之外,还有许多种可尝试的方法,比如对无镜头拍摄的尝试,除了使用计算机生成三维影像外,扫描仪作为一个影像装置也可以被创造性的使用。

2004 年,笔者进行了一些扫描实验,通过对平板式扫描仪表面的涂抹和控制形成基底纹理,在行进的传感器上试用各种材料跟随移动或同步运动,从而形成了一系列的抽象图像(图 4-49),这些图像既可以作为单独作品,更可以作为影像深度处理中的原始素材。

图 4-49 《线性抽象 3 号》(平板扫描),2004 年 (刘灿国 制作)

◎**参考、练习与研究**

* 克里斯蒂安·波尔坦斯基(Christian Boltanski,1944~)

* 佐藤时启(Tokihiro Sato,1957~)

* 克里斯多夫·巴克劳(Christopher Bucklow,1957~)

* 犹他·巴斯(Uta Barth,1958~)

* 凯利·伍德(Kelly Wood,1962~)

* 罗伯特·温加腾(Robert Weingarten,1962~)

＊加百利·奥罗斯科（Gabriel Orozco, 1962~）

＊沃尔夫冈·蒂曼斯（Wolfgang Tillmans, 1968~）

＊莎拉·霍伯茨（Sarah Hobbs, 1970~）

＊莎拉·皮克林（Sarah Pickering, 1972~）

＊伊斯特本·帕斯特瑞诺·迪亚茨（Esteban Pastorino Diaz, 1972~）

＊詹姆斯·派森（James Patten）

1. 研究本节所提供的艺术家名单，尝试将他们所做的工作分类。

2. 搜索雕塑和装置艺术的发展情况，并找出那些认为自己也可以完成的作品交于课堂讨论。

3. 本节需要提供一个展览规划，以本学期作品展览为主，设计一个适合自己作品的展示空间，内容应涉及装裱、外框及空间排列。学生应该掌握画框的基本价格、材料及可能的技术限制，在创意性展示的基础上，方案必须考虑到实施可行性和成本。

拼合、置换与数字化创作

从最早期的剪贴替换人头到今天复杂的数字置换，摄影师和艺术家们一直寻求从画面的变更中寻找新的表述力量。

图 4-51 《拿面包的女孩》，2005 年（洛蕾塔·勒克丝 摄）

图 4-50 《艺术史的女儿系列》，1990 年（森村泰昌 摄）

图 4-52 《圣马可广场》,2006 年(马斯莫·维塔里 摄)

图 4-53 《设计舞蹈动作系列》,2000 年(蒙纳·布瑞德摄)

图 4-54 《失语城》,2005 年(刘灿国 摄)

图 4-55 《PK》,2006 年(刘灿国 摄)

在数字修描技术极度发达的今天，摄影师借助计算机软件对影像进行深度修改是再正常不过的事情了。

观念还是老观念，却可以有新的想法，在数字化的创作空间中，摄影可以被拼合得很真实，从而和早期的粗糙拼贴拉开距离。借助摄影的真实感和数字模拟的真实感，摄影家可以在真实与"视觉真实"的博弈中游刃有余，展现出自己的艺术思想。

拼合一幅图像的技术要求很低，作品的关键不在于技术，而在于拼合后所生成的新价值。在日本摄影师森村泰昌的艺术史的女儿系列中，艺术家本人被装扮并拼合进名画中，这在某种程度上糅合了表演、装扮、导演、摄影、绘画等因素，从而形成了全新的视觉景观(图4-50)。当时的技术虽很粗糙，但并没有影响到作品的价值。

近年较为著名的摄影师洛蕾塔·勒克丝(Loretta Lux)的系列创作严格来说属于"美丽照片"派系，所谓美丽照片，也就是说为了追求美的效果而并不强调过多的观念阐述。艺术家通过绘制背景和精选模特来进行数字拼合，再经过精细的后期加工和调色，形成了类似插图的图像效果(图4-51)。

由此，当艺术家宣布使用简单规则放弃观念表述的同时，艺术家开始从画面中获得了纯正的原始力量，这种力量直接来自于画面的美感和超现实性。

数字化的方法将拼贴这一古老思想所能达到的效果不断拉升，比如以抠图拼贴或以多次曝光图层蒙版技术制作的拼合图像在当今摄影界更是非常常见，通过多次拍摄的局部所聚合形成的画面，传递出一种真实的荒谬感，是对真实性的强烈挑战。

在这两图中(图4-52、图4-53)，读者应该能看出作品间的相似之处，许多新的作品在我们的展览中总能看到复制的思想，比如勒克丝的拼贴作品或许我们可以在杰夫·沃尔的作品中找到影子，这都是非常正常的。因为在数字化环境中技术高度统一，几乎不存在技术不能学习和掌握的问题，任何已有的范式都会被别人迅速掌握。如何找到真正属于自己的创作方法，是摄影师进行数字创作时首先要考虑到的。

大多数人对数字化影像创作的认识就是拼贴和叠加，但我想还有另一种思路，即画面内元素的关系。一幅画面是由各个像素的有机组合而形成的，数字化可以控制该像素所形成的形态，画面内可被辨识的物体是组成画面的一个部分，它必然要和其他部分存在协同和合作的关系，如果我们用各种手段打破这种均衡，就必然会改变画面而生成全新的事物。

笔者在2005年进行的《失语城》(Aphasia City)系列创作中，将画面中的文字信息用数字手段全部清除掉，但同时保持了画面的原有形态，由此形成了一个初看真实细看荒诞的空间，拟真了一个失去文字的恐慌性空间，探讨了文字等符号信息在生活空间中的统治作用(图4-54)。

2006年的《PK》系列,将网络游戏中的PK(Player Killing)概念引入画面,把画面中的各个组成部分划分为不同的"势力",如老与新、东方与西方、传统与现代、环境与发展的斗争等(图4–55)。

在画面中,老旧的、不合时宜的或微弱的势力被强硬的势力PK掉,使用技术手段将其逐步消解和退化(马赛克化),画面中只留下先进的、新的、强大的"势力",以此荒诞化的景象反映和批判在中国剧烈变化和发展期间所出现的各种问题。

数字技术带来了许多新的创作手法,同时又带来了新的限制。摄影师必须要求自己从别人的阴影下走出来,避免去搞近似或恶意抄袭的创作,增强实验性的练习,从而发展出原创的创作体系。

当代摄影是创意的竞争,只有深入理解数字化的特点并掌握技术,不断扩展自己的知识体系和视野,并时刻进行新观念、新创作的演练,形成一定的"创作观念"储备,才有可能一步步地掌握主动。

◎**参考、练习与研究**

* 马斯莫·维塔里(Massimo Vitali,1944~)

* 李小镜(Daniel Lee,1945~)

* 森村泰昌(Yasumasa Morimura,1951~)

* 艾瑞妮·安德尔森(Irene Andessner,1954~)

* 路德·彦伯(Ruud van Empel,1958~)

* 乔思·曼纽尔·鲍尔斯特(José Manuel Ballester,1960~)

* 袁广鸣(Yuang Goang–Ming,1965~)

* 森万里子(Mariko MORI,1967~)

* 蒙纳·布瑞德(Mona Breede,1968~)

* 洛蕾塔·勒克丝(Loretta Lux,1969~)

* 安德瑞·格夫勒(Andreas Gefeller,1970~)

* 霍尔格·马森(Holger Maass)

* 伊兹·凡·朗茨伍德(Inez Van Lamsveerde)

* 文森特·德巴尼(Vincent Debanne)

* 约瑟夫·舒尔茨(Josef Schulz)

本节需提交一篇研究短文,应针对某一艺术家或自己的作品进行分析,这位艺术家必须是当前活跃的艺术家(所从事题材不限),作品必须创作于2000年以后。

短文中应分析该艺术家在数字化时代所受的影响,以及数字化如何改变了他的作品和创作题材。

所选艺术家不一定都使用数字方式创作,比如马丁·帕尔(Martin Parr)和埃克·索思(Alec Soth),试分析他们在数字摄影时代作品题材和形式的变化。

数字影像创作流程

影像创作一直是摄影专业高年级的课程,这多数是因为创作者需要累积一定的技术和知识储备的缘故。但今天的数字化摄影创作却可以从入学那天开始,一方面数字化的创作技术非常简单并易于掌握,另一方面,拘泥于技术因素和过于谨慎地遵循教师的观点,可能会在高年级时制约学生的创新能力。

通过本书的学习可以认识到,数字摄影的技术难度很低,关键问题在于创作者对数字化工具的灵活想像和创作观念的形成。在低年级应以数字创作思维训练为主,研究和认识当前的摄影发展,并提交一部分创作设想的雏形,这一部分创作思想可在较高年级掌握全部技术能力时再发展和执行。

无论是高年级还是低年级的学生,但凡进行摄影创作,都涉及对创作流程的认识。从以往经验中,我们总结了一些规律供读者参考,这基本上涵盖了从一个创作设想转化为作品并进行推广的过程。

一般来说,数字影像创作的流程可以分为两个阶段:第一阶段从开始计划设想到素材整理和拍摄完毕;第二阶段则包括后期制作、作品推广等工作。

◎**第一阶段:计划与执行**

●**第一步:选题、研究**　当创意的火花产生时,应迅速地将其转化为可记录的文字内容,使用手机或纸笔记录以备忘。接下来将它逐步完善,然后开始考虑这个方案的价值。这个阶段需要考虑以下问题:

＊我的创意启发来源于何处,是别人的作品还是自然的景物,或受何启发? 如果来源于别人的作品,那么是否和这个作品过于相似?

＊我的周围是否有相似的作品? 这个作品是否相似也没有关系?

＊你是否搜索了互联网,是否可以发现有相关或近似的创作? 如果有,是否可以体现出你的独特价值?

＊这是一个大到我无法执行的计划吗? 我是否有信心去完成?

＊这个创作是在学校所在地的城市就可以完成,还是必须到外地去?经费、安全和时间有保证吗?

＊这个创作的技术性要求如何,我是否可以独立完成?我的设备是否合适?如果需要合作,是我还是合作者的重要性更大?(在学生阶段,应通过学习来尽量独立地完成主要创作环节。)

＊这个计划是否值得执行?(作品是否能推广或销售,图片库会不会接受,我自己是否需要拍摄它?)

如果考虑过以上问题,还可以根据需要进行以下一些步骤:

＊记录下创意启发的线索,因为你随时可能从启发来源中产生新的想法。

＊设想你的目标观众。

＊将这个设想和自己的指导老师谈一谈,听听他的建议和意见。

＊先假设你已经完成了作品,尝试为你的创作写一个简短的说明文件。这会帮助你在创作前更有效地整理思路。

●第二步:进度表及进一步思考　当计划决定执行时,应当考虑是借用周末时间就可以完成,还是必须使用连续假期的时间,然后依据时间情况拟定计划和详细的进度表。

＊此时应完成一份详细的计划,应包括计划的初步命名,以及在第一步中所写的创作说明文件、时间安排、所需设备清单和预算。

＊详细设想可能遇到的各种拍摄问题,比如拍摄对象是否配合、所拍摄的区域是否有限制,做好后备计划,以及进度时间的随机调整范围。

＊如果需要借用设备,考虑向所在院系借用。此时应向主任教员提交一份计划,简要说明你要使用的设备、使用的地点及归还时间,并表示希望获得协助(应考虑无法借用到的替代情况)。

＊至少让主任教员了解你的创作意图,明确向他表示你已经开始这个计划。他可能会向你提供一些意见或意想不到的协助。

＊如有可能或其他关系,可向企业或基金申请一些设备或资金资助。在学生阶段所作的计划,应尽量减少资金投入。

●第三步:开始拍摄　当进度表被进一步完善后,应当严格按照进度表来执行,在任何拍摄中都可能会遇到计划临时调整的情况,但这种调整应该在你的主要创作思想之内进行。如果有较大变化的创作思想,应该记录下来在以后完善,无论如何尽量要保证完成当前的计划。当计划开始执行,即进入了素材的整理阶段。在拍摄中需要注意的情况:

＊人身和财产安全。

＊证件或拍摄介绍信(如果需要的话)。

* 足够你个人或团队吃饭并返回学校的钱。

* 使用相机(附件)和拍摄数据安全问题。

* 电池、存储空间问题。

* 道具、器材的携带和交通问题。

* 是否使用了 RAW 格式以保证素材在后期的质量。

◎**第二阶段:制作与完成**

●**第四步:生成原始文件**

* 完成素材的筛选与调整工作,使用 RAW 工具解出一个标准的原始版本另存,同时应保存 RAW 工具中的设置参数。

* 根据最终尺寸确定母文件的像素大小,如果最终打印尺寸过大,应该首先使用少量的插值以减少与最终尺寸的差距。

* 文件完成后,生成不超过 1000×1000 像素的 JPEG 样本,并选择代表性内容,如果为组照的话,选出 10~20 张,制作成 PDF 分页文件。将选出的可用素材批量压缩为不超过 800×800 像素的 JPEG 样本备用。

* 约时间请老师观看成品,在时间允许的情况下观看原始素材,听取意见并进行讨论。

* 完成对后期调整的修改和修饰工作。生成母文件。

●**第五步:成品的展示、输出、推广**

* 将最终确定的系列成品封装为较小的 PDF 文件包,可委托老师协助推广,或自己通过电子邮件与可能感兴趣的机构(杂志社、图片库)联系。

* 输出一组 10 英寸(或 A4 幅面)的留边硬拷贝留存(高年级同学可以尝试与画廊取得联系)。

* 使用 Blog 或个人网站发布作品。

* 保存好母文件。需要注意,即使在作品完成并推广之后,原始素材也依然有用,而且母文件也可以进行再次加工以获得新的版本。

* 需要打印输出时,请参考本书相关章节进行。对作品的装裱要求较高的质量。

* 注意国内的展览信息,如果可能,将 PDF 文件和说明文件发送到展会的电子邮箱并电话询问。有些展览会为学生提供一定的优惠甚至免费提供场地。

至此,基本完成了一个标准的(学生)拍摄计划流程。学生时代的创作是最轻松和没有压力的,基本上只要有热情就可以完成一组组的作品,创作也可以非常简单。本书设定的许多练习只要稍稍深入下去,加些自己的思考,就是一组创作了。

我们建议低年级的同学从最简单的标本采样式摄影开始,把镜头对准身边的人、事、物,找到事物之间的联系纽带,在创作训练中逐步锻炼自己的判断能力,直至进入真正的主题型创作阶段。

在计划执行中,如果读者有疑问,也可以与本书作者联系,笔者会尽量抽出时间来与读者交流。同时,读者所遇到的实际问题也可以协助笔者在今后对本书内容加以补充、完善。

后记
数字化的契机

对许多摄影人来说，数字化意味着难懂的指令、生硬的操作界面和冰冷的屏幕。这怎么也不如走在小路上随走随拍那么惬意的。

但历史把我们带到今天，我们已生活在数字时代。从昨天到今天，越来越多的人开始拥有自己的冰冷屏幕，这个屏幕时刻跳跃着鲜活的信息，在我们的生活中占据了越来越重要的地位。

你我的手中，每个人都开始持有一部带有照相功能的手机，这使得摄影的训练可以随时随地完成，那些经典的范式迅速被新的思想取代，一瞬间，摄影似乎已不再是专门技术，而是生活的基本技能了。在这个人人都可以摄影的时代，不禁让人浮想联翩：世界上每天会有多少影像被记录下来？未来的历史需要怎样的影像来书写？我们的影像是否也可以成为记录历史的一笔呢？

对于摄影专业的学生来说，专业摄影的道路终究是不好走的，似乎需要经历无尽的坎坷和磨练。但一切都很值得，坚持下去，在若干年后，我们会拥有一双洞察世界的双眼，它冷静而深邃，在深处又闪耀着理想的火焰，看起来是如此的与众不同，我想这也就足够了。

写到这里，本书的主体内容也就结束了，但必定还留有许多遗憾、一些悬念与未竟之话语，我想这需要留待未来解决。

刘灿国
2006 年 6 月 4 日于北京

责任编辑：余 谦
装帧设计：任惠安
封面设计：刘灿国
责任校对：程翠华

图书在版编目（CIP）数据

数字摄影／刘灿国著. —杭州：浙江摄影出版社，
2006.11（2008.3 重印）
（北京电影学院摄影专业系列教材）
ISBN 978-7-80686-531-6

Ⅰ. 数... Ⅱ. 刘... Ⅲ. 数字照相机—摄影技术—
高等学校—教材 Ⅳ. TB86

中国版本图书馆 CIP 数据核字（2006）第 118275 号

北京电影学院摄影专业系列教材

数字摄影

刘灿国 著

浙江摄影出版社出版发行
（杭州市体育场路 347 号 邮编：310006 电话：0571-85159646）
网址：www.photo.zjcb.com
经销：全国新华书店
制版：杭州兴邦电子印务有限公司
印刷：浙江新华印刷技术有限公司
开本：787×1092 1/16
印张：15.5
印数：3001-6000
2006 年 11 月第 1 版
2008 年 3 月第 2 次印刷
ISBN 978-7-80686-531-6
定价：38.00 元

如有印、装质量问题,请寄承印厂调换